I0573515

UN MOMENT SUSPENDU

Recueil de nouvelles

SUSAN STOKER

DU MÊME AUTEUR

<u>Autres livres de Susan Stoker</u>

<u>Ace Sécurité</u>

Au Secours de Grace

Au Secours d'Alexis

Au Secours de Bailey

Au Secours de Felicity

Au Secours de Sarah

<u>Sauvetage à Eagle Point</u>

Un sauveteur pour Lilly (29 Mars 2022)

Un sauveteur pour Elsie (28 Juin 2022)

Un sauveteur pour Bristol

Un sauveteur pour Caryn

Un sauveteur pour Finley

Un sauveteur pour Heather

Un sauveteur pour Khloe

<u>Delta Force Deux</u>

Un refuge pour Gillian

Un refuge pour Kinley

Un refuge pour Aspen

Un refuge pour Jayme

Un refuge pour Riley

Un refuge pour Devyn

Un refuge pour Ember

Un refuge pour Sierra

Hawaï : Soldats d'élite

Un paradis pour Élodie

Un paradis pour Lexie

Un paradis pour Kenna

Un paradis pour Monica (10 May 2022)

Un paradis pour Carly

Un paradis pour Ashlyn

Un paradis pour Jodelle

Mercenaires Rebelles

Un Défenseur pour Allye

Un Défenseur pour Chloé

Un Défenseur pour Morgan

Un Défenseur pour Harlow

Un Défenseur pour Everly

Un Défenseur pour Zara

Un Défenseur pour Raven

Forces Très Spéciales Series

Un Protecteur Pour Caroline

Un Protecteur Pour Alabama

Un Protecteur Pour Fiona

Un Mari Pour Caroline

Un Protecteur Pour Summer

Un Protecteur Pour Cheyenne

Un Protecteur Pour Jessyka

Un Protecteur Pour Julie

Un Protecteur Pour Melody

Un Protecteur pour l'avenir

Un Protecteur Pour Les Enfants de Alabama

Un Protecteur Pour Kiera

Un Protecteur Pour Dakota

Forces Très Spéciales : L'Héritage

Un Sanctuaire pour Caite

Un Sanctuaire pour Brenae

Un Sanctuaire pour Sidney

Un Sanctuaire pour Piper

Un Sanctuaire pour Zoey

Un Sanctuaire pour Avery

Un Sanctuaire pour Kalee

Un Sanctuaire pour Jane

Delta Force Heroes Series

Un héros pour Rayne

Un héros pour Emily

Un héros pour Harley

Un mari pour Emily

Un héros pour Kassie

Un héros pour Bryn

Un héros pour Casey

Un héros pour Wendy

Un héros pour Mary

Un héros pour Macie

Un héros pour Sadie

Un héros pour Annie (Feb 2022)

Autre

Un moment suspendu : Recueil de nouvelles

AUDIO

Un paradis pour Élodie

Au Secours de Grace

Au Secours d'Alexis

Au Secours de Bailey

LA SURPRISE DE CAROLINE

---

par Susan Stoker

Caroline pense que son mari, Matthew « Wolf » Steel, l'invite à dîner pour leur vingt-cinquième anniversaire de mariage, mais il lui réserve une plus grande surprise.

La Surprise de Caroline

Caroline Steel soupira d'exaspération en regardant son mari. Elle et Matthew « Wolf » Steel étaient mariés depuis vingt-cinq ans. En fait, aujourd'hui, c'était leur anniversaire de mariage. Ils étaient installés dans un hôtel de luxe au bord de l'océan, près de leur maison en Californie du Sud, et elle avait hâte de dîner dans l'un des meilleurs steakhouses de la ville.

Mais son *cher* mari venait de l'informer qu'il voulait faire un tour sur la plage avant de manger.

— La robe que tu m'as achetée hier n'est pas vraiment appropriée pour une promenade sur la plage, protesta Caroline.

— Tu es magnifique, rétorqua Matthew.

Caroline adorait quand il la complimentait, mais en ce moment, elle était trop irritée pour apprécier son commentaire.

— Ces chaussures vont être impossibles à porter sur le sable, répliqua-t-elle, en essayant de trouver une autre excuse qui l'obligerait à repousser son idée folle.

Son mari aimait l'océan. Il aimait tout ce qui s'y trouvait. La façon dont le vent soufflait sur la côte, l'odeur de l'eau, le sel dans l'air qu'on pouvait goûter sur les lèvres. Normalement, Caroline aussi, mais elle venait de passer une heure à se coiffer et à se maquiller, afin que tout soit parfait pour leur dîner. Ils avaient fait du shopping hier, et Matthew lui avait acheté la plus belle robe longue de couleur rose. Elle avait des petites manches ballon et s'évasait à la taille, ce qui lui donnait l'impression d'être une princesse.

À 57 ans, Caroline était consciente qu'elle était trop vieille pour être considérée comme jolie. Le fait est qu'elle n'avait *jamais* été une beauté. Elle était ordinaire. Ennuyeuse. Mais Matthew avait toujours affirmé qu'il avait su, à la seconde où il l'avait vue, qu'elle était la femme de sa vie. Ils s'étaient rencontrés d'une manière peu conventionnelle, dans un avion détourné par des terroristes. Grâce à son expérience de chimiste, Caroline avait pu aider à sauver tous les occupants. Mais les personnes à l'origine du détournement s'en étaient pris à elle...

Elle n'aimait pas s'attarder sur cette période de sa vie,

mais elle lui avait apporté Matthew, alors elle ne regrettait pas une seconde ce qui s'était passé.

Matthew avait 61 ans, et, au lieu de ressembler à un vieil homme ridé, il semblait devenir plus distingué avec l'âge. Ses cheveux étaient parsemés d'une bonne dose de gris, mais il les gardait courts, comme lorsqu'il était Navy SEAL. Il avait perdu la masse musculaire qu'il avait eue plus jeune, mais Caroline était toujours autant attirée par lui aujourd'hui que lorsqu'ils s'étaient mariés il y a vingt-cinq ans.

Il y avait eu quelques contretemps le jour de leur union – à savoir qu'ils n'étaient jamais arrivés à l'église à cause d'un accident de voiture impliquant leurs amis –, mais cela ne les avait pas arrêtés. Ils avaient fini par prononcer leurs vœux dans le service des urgences, entourés de tous leurs proches. Caroline n'avait jamais regretté de ne pas avoir eu un mariage traditionnel ; elle était trop reconnaissante d'avoir Wolf pour elle.

Mais il y avait des moments où son mari la rendait folle. Comme maintenant.

Il n'avait aucune idée de ce que marcher le long de la promenade occasionnerait à ses cheveux. Ça ferait voler en éclats tout son dur labeur. Le temps qu'ils arrivent au restaurant, elle aurait l'air pathétique, et Matthew semble-rait probablement aussi droit et beau qu'il l'était en ce moment.

Il était vêtu d'un jean et un polo bleu marine. Et alors que certaines personnes pourraient trouver étrange qu'il porte des jeans dans un restaurant chic, Caroline aimait qu'il fasse ce qu'il voulait, porte ce qu'il désirait et puisse se sentir bien.

— Matthew, sérieusement, je souhaite être belle pour

toi ce soir, et si nous marchons le long de l'océan, je vais être dans un sale état.

Son mari s'était approché d'elle et avait pris sa tête entre ses mains. Il l'avait inclinée vers le haut pour qu'elle puisse le regarder dans les yeux et lui avait déclaré avec passion :

— Tu es toujours belle, Ice. Je me fiche que tu portes ton pyjama ou cette magnifique robe. Tu es l'amour de ma vie, et je suis toujours fier d'être à tes côtés.

Elle frissonna de plaisir quand il l'appela Ice. Il lui avait donné ce surnom lors de leur première rencontre, et cela la rendait toujours guimauve à l'intérieur quand il le prononçait.

— Matthew, se plaignit Caroline, je t'aime, mais parfois tu abuses.

— Juste pour un petit moment, cajola Matthew. Nous ne resterons pas longtemps, mais je sais de source sûre qu'il y a quelque chose que tu auras envie de voir sur la plage ce soir.

Caroline soupira, n'ignorant pas quand elle avait perdu d'avance. Lorsque la voix de Matthew devenait basse et qu'il lui adressait ses yeux de chien battu, elle ne pouvait rien lui refuser.

— Très bien, mais si nous sommes en retard pour nos réservations, je te le reprocherai.

Son mari rayonna.

— Marché conclu.

Puis il se pencha et l'embrassa. Le baiser avait commencé par être tendre et léger, mais s'était vite transformé en quelque chose de beaucoup plus passionné. Ils étaient peut-être plus âgés et n'avaient plus l'endurance d'antan, mais leur vie sexuelle était toujours active et intense.

Caroline se retira et posa sa main sur la joue de son mari.

— Je t'aime, lui confia-t-elle.

— Je t'aime aussi. Et j'ai l'intention de te montrer à quel point ce soir quand nous reviendrons ici, dans notre chambre.

— Je n'arrive pas à croire que tu aies obtenu la suite nuptiale, lança Caroline en secouant la tête. J'aurais été parfaitement heureuse avec une chambre normale. Celle-ci est beaucoup trop chère.

— Rien n'est trop onéreux pour toi, rétorqua Matthew. Je ne peux peut-être pas t'acheter une Lamborghini toute neuve, mais je suis en mesure de faire des folies de temps en temps en t'offrant une belle chambre d'hôtel avec quelques extras pour que tu sois consciente de combien tu es aimée.

— Comme la douzaine de roses ? demanda Caroline en jetant un coup d'œil au magnifique bouquet sur la table à côté du lit.

Elle les avait voulues aussi près d'elle que possible pour pouvoir les sentir toute la nuit, même pendant qu'elle dormait.

— Et les fraises enrobées de chocolat, et le champagne, rebondit Matthew avec un sourire. Maintenant, viens, nous devons y aller, lui souffla-t-il en lui prenant la main et en la tirant vers la porte.

— Je te jure, s'il y a un tournoi de volley-ball avec des femmes peu vêtues qui sautent partout, je vais devoir te faire mal, menaça Caroline d'un air moqueur.

— Peut-être que ce sont des mecs qui portent des slips bananes, plaisanta Matthew.

— Beurk. Dégoûtant, s'esclaffa Caroline.

Elle adorait que son mari la fasse encore rire après toutes ces années. Lorsqu'ils étaient dans l'ascenseur en direction du hall d'entrée, elle se pencha sur lui.

— Si j'oublie de te le dire plus tard, merci pour les vingt-cinq meilleures années de ma vie.

Il embrassa le sommet de sa tête.

— Je pense que c'est ma réplique.

Les portes s'ouvrirent, et Matthew sortit légèrement devant Caroline. C'était l'une des petites manies qu'il avait de toujours la protéger. Il était en permanence à l'affût des gens qui marchaient trop vite et qui pouvaient lui rentrer dedans, ou des voyous qui pouvaient penser qu'ils étaient une cible facile à cause de leur âge. Matthew avait surpris plus d'une personne par sa force et sa détermination à préserver sa femme.

Ils traversèrent le hall, et Wolf adressa un signe de tête au concierge en passant. Puis ils se retrouvèrent dans la rue et avancèrent vers la promenade à proximité. Ce n'en était pas vraiment une, mais plutôt une vieille passerelle en bois entourée d'une étendue de sable. Elle n'était pas très longue, mais Caroline aimait les bancs que la ville y avait placés, et le fait qu'il y ait des gens dehors, des jeunes et des vieux, qui profitaient de l'air frais de l'océan.

Matthew et elle marchèrent main dans la main, et elle dut admettre que c'était une excellente idée. Son mari portait ses chaussures dans sa main gauche et la tenait fermement de sa main droite.

— Je n'arrive pas à décider quelle plage est ma préférée, lança-t-elle. J'adore la Californie du Sud, et nous avons passé la plupart de notre temps ici, mais celle en Alaska avait quelque chose de magique.

— Magique ? l'interrogea Matthew. Il faisait sacrément froid, si tu veux mon avis.

Caroline rit.

— Au moins, tu n'as pas eu à te baigner.

— Pas *cette* fois, non, rétorqua-t-il.

Caroline ne connaissait pas tous les détails des missions auxquelles son mari avait participé en tant que SEAL, mais elle savait qu'il y faisait référence. Elle lui serra la main, essayant de lui faire comprendre à quel point elle était fière de lui, puis poursuivit sa réflexion.

— La balade dans le New Jersey était amusante. Tous les stands avec de la nourriture et des jeux d'arcade. J'aimais bien cette plage aussi.

Matthew grogna. Elle était consciente que cela n'avait pas été ses vacances favorites, mais il y était allé parce qu'elle voulait en faire l'expérience.

— Je pense qu'Hawaii était ma deuxième préférée, poursuivit-elle. Pas Waikiki, il y avait trop de monde pour vraiment profiter des plages, mais le North Shore était incroyable. Je n'arrive pas à croire que les vagues étaient si grosses. Les surfeurs étaient fous ! Mais il y a une plage dont j'entends parler et que j'aimerais visiter.

— C'est où ? Je prendrai un ticket demain, déclara Matthew.

Et Caroline savait qu'il ne plaisantait pas. Il allait carrément aller sur Internet et leur acheter des billets pour n'importe quel endroit où elle voudrait se rendre. S'appuyant contre lui, elle passa son bras autour de sa taille, appréciant la sensation du sien autour de ses épaules. Ils continuèrent à marcher le long de la promenade à un rythme lent et régulier. Les gens insouciants passaient devant eux, marchant, courant, faisant du vélo ou du scooter, mais aucun des deux ne semblait les remarquer.

— Australie. Je n'y suis jamais allée, mais tous ceux avec qui j'ai discuté et qui y ont voyagé m'ont dit que les habitants étaient adorables. J'ai même cherché des plages célèbres là-bas.

— Tu veux voir la Grande Barrière de corail ? demanda Wolf.

Caroline secoua la tête.

— Non. Je veux dire, oui, j'adorerais, mais je pense que je préférerais visiter Bondi Beach. Ce n'est qu'à une trentaine de minutes du centre-ville de Sydney, et il y a une tonne de bons restaurants dans le coin. L'histoire de cette plage est fascinante. Bondi était à l'origine Boondi, un mot aborigène qui signifie « surf » en anglais. C'est une icône, et j'aimerais bien la découvrir un jour.

Matthew s'arrêta brusquement au milieu de la promenade, et Caroline leva les yeux vers lui.

— Qu'est-ce qui ne va pas ?

— Rien. Si tu veux aller en Australie, je t'emmènerai en Australie. Je m'assurerai que tu voies des kangourous, des koalas et des échidnés. Nous irons assister à un spectacle au célèbre opéra, et nous dînerons avec le pont de Sydney en arrière-plan. Et oui, nous nous rendrons à la plage de Bondi. Je vais même ravaler ma fierté et te conduire jusqu'à Manly Beach.

Caroline gloussa.

— C'est vraiment comme ça qu'elle s'appelle ?

— Oui. Mais ne te fais pas d'illusions, le seul homme que je veux que tu reluques à Manly Beach, c'est moi.

— C'est promis, affirma Caroline, en se blottissant contre son mari. Et merci de me faire plaisir.

— Je me plierais en quatre pour toi, admit Matthew. Viens, ce que je voulais te montrer est juste devant.

Caroline avait déjà oublié qu'il voulait lui présenter quelque chose. Elle avait supposé que c'était peut-être un concours de construction de châteaux de sable ou un truc comme ça. Elle avait toujours été fascinée par ces créations détaillées que les gens pouvaient réaliser.

Ils marchèrent plus loin sur la plage jusqu'à ce que Caroline voie un grand groupe de personnes rassemblées devant eux. Elle ne pouvait pas distinguer ce qui se passait, mais elle supposait que c'était là que Matthew l'emmenait.

Caroline ne prêtait pas attention à la direction qu'ils prenaient, trop occupée à rêver de l'Australie et de tenir dans ses bras un adorable koala, lorsque Matthew s'arrêta et se tourna vers la plage.

Elle se concentra finalement – et sursauta de surprise.

Elle *connaissait* ces gens. C'étaient leurs amis.

Tous les coéquipiers SEAL de Matthew étaient là avec leurs femmes. Abe et Alabama, Cookie et Fiona, Mozart et Summer, Dude et Cheyenne, Benny et Jessyka, et son ancien commandant avec sa femme, Julie, aussi. Même Tex et Melody.

En plus de cela, beaucoup d'autres hommes, des SEAL qu'ils avaient appris à apprécier au fil des ans, étaient également présents avec *leurs* épouses. Les enfants couraient partout, les plus âgés s'occupant des plus jeunes.

Et chaque personne portait du blanc : chemises, robes et pantalons. C'était comme si un nuage de blanc était descendu sur la plage... et c'était plus que magnifique.

Il y avait aussi des rangées de chaises installées dans le sable face à ce qui ressemblait à un autel.

— Quoi ? Qu'est-ce qui se passe ? demanda Caroline, en levant les yeux vers Matthew.

— Je me mettrais bien à genoux, mais on sait tous les deux que je me ridiculiserais en essayant de me relever puisqu'ils sont foutus. Je suis désolé que tu aies manqué ton magnifique mariage à l'église il y a vingt-cinq ans, Ice. J'ai pensé que tu aimerais qu'on s'accorde une deuxième chance et qu'on puisse renouveler nos vœux ici même.

— *Maintenant* ? demanda-t-elle bêtement.

Matthew sourit.

— Oui. Immédiatement. Tous nos amis sont là. Je suis désolé, mais j'ai menti pour le dîner au restaurant de steaks. Je te promets de t'y conduire plus tard. L'hôtel ici — il fit un geste vers un grand établissement derrière eux — organise une réception sur la plage après notre cérémonie.

Caroline avait envie de pleurer. Matthew n'était pas l'homme le plus traditionnellement romantique. Les roses et les chocolats dans leur suite nuptiale étaient les intentions les plus classiques dont il avait fait preuve depuis très longtemps. Mais il lui montrait chaque jour à quel point il l'aimait et tenait à elle. Il faisait le plein d'essence de sa voiture, préparait le dîner pour eux la plupart des soirs, sortait les poubelles, lui prenait la main partout où ils allaient. Elle avait toujours accepté Wolf exactement comme il était, sans les gestes romantiques à outrance.

Mais ça... c'était la chose la plus incroyable qui lui soit arrivée. Elle savait combien de travail il fallait pour planifier un tel événement. De la discussion avec l'hôtel à la coordination des emplois du temps de tous leurs amis.

— C'est ce que tu manigançais toutes les fois où tu semblais cacher un secret ?

Il avait l'air un peu penaud.

— Oui. Je priais pour que tu ne penses pas que je te trompais ou je ne sais quoi. Tous ces coups de fil tard le soir, et le temps que je passais sur l'ordinateur. Je voulais juste que cette nuit soit parfaite pour toi. Je te donnerais la lune si je le pouvais.

— Je t'aime, Matthew. Je t'aime tellement.

— Et je t'aime aussi. Alors ? Qu'est-ce que tu en penses ? On se lance ?

— Oui ! s'exclama Caroline.

Ils marchèrent main dans la main vers leurs proches, et Caroline remarqua que Matthew avait même engagé un photographe professionnel qui cliquait sur son appareil photo alors qu'ils s'approchaient du groupe.

Dès qu'ils furent à proximité, leurs amis les entourèrent. Tout le groupe voulait les féliciter et se vanter de la façon dont ils avaient réussi à garder ce secret pour elle.

Caroline accepta leurs taquineries et savait qu'elle souriait comme une idiote. Elle n'avait aucune idée de l'endroit où Matthew avait posé ses chaussures, et était bien consciente que ses cheveux – qu'elle avait mis tant de temps à attacher – étaient en train de s'envoler, mais elle ne s'en souciait plus du tout.

Après quinze minutes passées à saluer tout le monde et à les remercier d'être venus, Matthew siffla brusquement.

— OK, assez de bavardages. Il est temps pour moi d'épouser ma femme... de nouveau.

Tous rirent. Il fallut quelques minutes pour rassembler les enfants, mais bientôt chacun était assis et regardait avec impatience Caroline et Matthew au bout du chemin improvisé dans le sable.

— Tu es prête ? chuchota Matthew.

— Pour toi ? Toujours, lui répondit Caroline.

Puis ils avancèrent lentement dans l'allée vers le maître de cérémonie que Matthew avait engagé. Caroline eut du mal à se retenir alors qu'il souhaitait la bienvenue à tout le monde. Il parlait d'amour et d'amitié éternels. Ses mots étaient sincères et résonnaient en elle.

Matthew et elle se regardaient dans les yeux pendant qu'il discourait, et elle ne s'était jamais sentie aussi proche de son mari.

Bientôt, ce fut au tour de Matthew de parler.

Elle cligna des yeux de surprise et comprit qu'elle allait devoir trouver quelque chose de romantique et de spirituel à prononcer sous l'impulsion du moment. Elle n'était pas prête ! Elle n'avait aucune idée de ce qu'elle devait raconter.

Mais ensuite... Elle ne put penser à *rien d'autre* qu'aux mots de Matthew.

— Il y a vingt-cinq ans, je t'ai prise pour épouse. Je pensais que c'était le plus beau jour de ma vie, mais j'avais tort. Chacun de ceux qui ont suivi a été meilleur. Je crois en notre mariage, en nous, plus fortement aujourd'hui que jamais auparavant. Tu n'as jamais hésité à me soutenir. Chaque fois que je t'ai dit au revoir et que je suis parti en mission pour la Navy, tu n'as jamais montré ton appréhension. Tu n'as jamais montré ou prononcé quoi que ce soit qui m'aurait fait penser que tu ressentais autre chose que du soutien et de l'amour pour moi. Mais je sais que tu avais peur. Que tu étais terrifiée à l'idée de ne plus me revoir. Tu as fait ce qu'il fallait, et cela a rendu nos retrouvailles d'autant plus douces. Je t'aime, Caroline Steel. Tu m'as rendu meilleur dans tous les domaines. Je me tiens ici face à toi aujourd'hui, avec nos amis comme témoins, pour renouveler mes vœux à ton intention. Dans la maladie et la santé. Je te protégerai, je serai présent à tes côtés – et devant toi, si nécessaire. Tu seras ma priorité, car tu as passé une grande partie de notre mariage à assouvir mes désirs et mes besoins avant les tiens. Peu importe où la vie nous mènera dans les vingt-cinq prochaines années, sache que je serai toujours là pour toi.

Caroline pleurait de vilaines larmes. Celles qui rendaient ses yeux rouges et gonflés, mais elle ne pouvait pas s'en empêcher. Elle n'aurait jamais imaginé pouvoir connaître autant de bonheur qu'à cet instant – et Matthew l'avait rendue tellement heureuse ces vingt-cinq dernières années. Quand elle l'avait rencontré, elle était dans une période bizarre de sa vie. Elle voulait trouver quelqu'un qui l'apprécierait pour ce qu'elle était, mais ne pensait pas que cela arriverait un jour. Elle avait été négligée par presque tout le monde. Mais après un début difficile, Matthew *l'*avait cernée. Et l'avait aimée quand même.

— À ton tour, Ice, dit Matthew avec un petit sourire.

Il lui tendit la main, essuya doucement les larmes sur ses joues, puis plaça une mèche de cheveux derrière son oreille.

— Je ne suis pas certaine d'en être capable après ça, indiqua honnêtement Caroline. Mais je vais essayer. Il y *a eu* des moments au cours des vingt-cinq dernières années où je n'étais pas sûre de m'en sortir. Être mariée à un Navy SEAL. À un homme plus grand que nature comme toi. J'avais peur de passer au second plan et d'être perdue dans ton ombre. Mais dès le premier jour de notre mariage, tu as refusé que cela arrive. Grâce à ta force et à ton amour, je me suis épanouie. Tu m'as offert le cadeau de l'amitié avec tes coéquipiers, et j'ai gagné des sœurs grâce à leurs épouses. Je t'aime encore plus aujourd'hui à cause de tout ce que nous avons traversé. Je promets d'être à tes côtés quand tu seras malade, blessé ou que tu auras besoin de réconfort. Je promets de m'assurer que tu saches à quel point tu es apprécié chaque jour du reste de nos vies, peu importe combien de temps cela peut durer. Je n'ai pas peur de vivre jusqu'à 110 ans, car je sais que tu seras là, que tu m'aimeras, que tu me protégeras et que tu me donneras la meilleure existence possible. Je t'aime, Matthew. Je suis impatiente de découvrir ce que les vingt-cinq prochaines années nous réservent.

— Je t'aime, chuchota Matthew en se rapprochant.

— Je crois que tu es censé attendre qu'on te dise de l'embrasser ! cria Dude depuis le public, mais Matthew l'ignora.

Caroline sourit avant que son mari ne l'embrasse aussi passionnément que la première fois qu'ils s'étaient mariés. Cela pourrait faire grimacer certains des jeunes enfants sur la plage, mais elle avait hâte de ramener Matthew dans leur suite nuptiale et de lui montrer à quel point il comptait pour elle.

Comme s'il pouvait lire dans ses pensées, Matthew murmura contre ses lèvres :

— La réception d'abord, Ice, puis le lit.

Il se retira, la tourna vers le public et leva leurs mains jointes.

— Mariés... de nouveau ! cria-t-il.

Caroline savait qu'elle souriait comme une folle, mais

ne s'en souciait pas le moins du monde. Quand Matthew était heureux, elle était heureuse.

Une fois encore, ils étaient entourés de leurs amis, chacun les félicitant et leur disant combien la cérémonie était belle.

Ils marchaient tous ensemble jusqu'à l'hôtel, et Caroline fut surprise par l'installation. C'était à la fois élégant et décontracté... ce qui correspondait parfaitement au cadre. De magnifiques compositions florales étaient disposées sur chaque table avec des bougies qui, elle l'imaginait, donneraient à l'endroit une lueur romantique après le coucher du soleil. Les tables étaient placées directement sur le sable, et un énorme buffet était dressé sur le côté.

Matthew la conduisit à l'avant de la file et commença à remplir son assiette.

— Matthew, je ne peux pas avaler tout ça ! protesta Caroline en riant.

— Tu peux essayer, lui rétorqua-t-il.

— Pourquoi tentes-tu toujours de me faire manger ? grommela-t-elle alors qu'il l'accompagnait vers l'une des tables.

— Parce que tu as besoin de vitamines, répondit-il avec un sourire. Je dois t'apporter les bons nutriments quand je peux. Si ça ne tenait qu'à toi, tu n'engloutirais que des beignets et autres cochonneries.

Caroline sourit parce qu'il avait probablement raison.

— Et avant que tu ne te plaignes, les haricots verts sont bons pour toi, lui indiqua Matthew. Et... tu sais que je mangerai ce que tu ne peux pas finir.

Elle le *savait*. Matthew terminait ses restes depuis qu'ils étaient mariés. C'était un peu leur truc. Bien sûr, il n'était plus un Navy SEAL et devait faire attention à ce qu'il consommait, mais ils aimaient tous les deux la tradition qu'ils avaient commencée il y a si longtemps.

Le repas était délicieux, et Caroline ne s'était même pas souciée du vent qui soufflait ses cheveux dans sa nourriture ou de la façon dont les mouettes faisaient le guet à quelques mètres de là, attendant qu'un enfant laisse son assiette sans surveillance ou d'avoir la chance d'attraper un morceau de pain échappé.

Lorsque le personnel apporta le dessert, Caroline ne fut pas étonnée de voir ce que Matthew avait choisi.

— Un gâteau au chocolat allemand ? demanda-t-elle en riant.

— Ouais. C'est notre préféré.

— *Ton* préféré, corrigea-t-elle.

— Ouais, acquiesça-t-il encore, sans avoir l'air gêné le moins du monde.

Caroline n'y prêta pas attention. Il méritait une très grosse part de son dessert favori pour avoir réussi à préparer cette surprise. Tout avait été parfait en ce qui la concernait. Et elle aimait d'autant plus Matthew pour avoir organisé tout cela.

Elle ingurgita autant qu'elle put de son gâteau et sourit lorsque Matthieu fit passer devant lui sa portion inachevée.

Pendant qu'il finissait le reste de sa part, Caroline posa sa tête sur son épaule. Un serveur apporta une bouilloire remplie d'eau chaude et un sachet de thé Earl Grey. Elle sourit à son mari.

— C'est vraiment *ton* préféré, déclara-t-il avec assurance.

— Il l'est, convint Caroline. Tu me gâtes.

— Je ferais tout pour toi.

Après qu'elle eut terminé son thé, Wolf se leva et lui tendit la main. Caroline la saisit et il la conduisit au milieu de toutes les tables, où il y avait un petit espace dans le sable. Il sortit son téléphone et cliqua dessus plusieurs fois jusqu'à ce que le son de leur chanson de mariage remplisse l'air autour d'eux.

— Veux-tu bien m'accorder cette danse ? demanda Matthew.

Caroline hocha la tête et il la prit dans ses bras. Ils se balancèrent d'avant en arrière sur le sable en écoutant *Come To Me* des Goo Goo Dolls. C'était une chanson de mariage peu conventionnelle, mais elle n'oublierait jamais comment il avait changé les paroles il y a vingt-cinq ans pour qu'elles correspondent parfaitement à leur situation et à leurs fréquentations. Elle l'avait aimé alors, et elle l'aimait maintenant. Plus qu'elle ne pourrait le décrire avec des mots.

Quand ils eurent terminé leur danse, Caroline se rendit compte que la plupart de leurs amis s'étaient levés et se balançaient d'avant en arrière aussi. Il y avait tellement d'amour autour d'eux que Caroline se sentait presque écrasée.

— Le soleil est sur le point de se coucher. Viens avec moi, lui intima Matthew, en la tirant vers l'océan.

Caroline le suivit sans faire d'histoires.

Matthew s'arrêta juste après l'endroit où les vagues atteignaient le sable de la plage et se tourna vers elle. Il passa ses bras autour de sa taille, et elle posa ses paumes sur sa poitrine.

— Je suis désolé de t'avoir menti, lui confia Matthew. Je voulais vraiment que ce soit une surprise.

— Tu peux me mentir autant que tu veux sur ce genre

de choses, lança-t-elle en souriant. Personne d'autre que toi ne m'a jamais fait me sentir aussi spéciale et aimée.

— Tu *es* aimée, confirma Matthew sérieusement. Tout le monde était ravi de venir aujourd'hui. Nous n'avons peut-être pas eu d'enfants, mais tout le monde ici te considère comme sa seconde mère.

— Je sais. Tu te souviens de la fois où j'ai pensé que ce serait une bonne idée d'inviter treize de ces petits monstres en même temps pour que leurs parents puissent avoir un peu de temps pour eux ? demanda-t-elle.

— Ne me le rappelle pas, répondit Matthew en faisant semblant de frémir.

— Regrettes-tu de ne pas en avoir ? questionna-t-elle.

— Non.

Sa réponse fut immédiate et ferme.

— J'ai adoré t'avoir pour moi tout seul. Je sais que ça fait de moi un salaud égoïste, mais c'est comme ça. En plus, on a pratiquement aidé à élever les enfants de nos amis, je n'ai pas l'impression qu'on ait manqué quelque chose.

— Mais on n'a personne pour s'occuper de nous quand on sera vieux.

— Certains diraient que nous sommes *déjà* vieux, lâcha Matthew sans une once d'inquiétude dans son ton. Et puis, tu m'as *moi* pour prendre soin de toi, et tu prendras soin de moi. Tout ira bien.

Juste à ce moment-là, la petite-fille de Tex, l'aînée de sa fille Akilah, s'écrasa contre les jambes de Matthew, manquant de le renverser. Elle n'avait que 4 ans, mais elle était déjà très intelligente. Elle cria :

— Chat, grand-père Wolf, c'est à toi !

Et elle s'enfuit en courant.

Matthew leva les yeux vers Caroline et fronça les sourcils.

— Pas d'enfants ? ironisa-t-il sèchement avec un sourire.

Caroline rejeta la tête en arrière et rit jusqu'à en avoir mal au ventre. Il avait raison. Elle n'avait peut-être pas donné naissance à un bébé, mais elle avait certainement contribué à élever les jeunes hommes et femmes qui avaient partagé cette journée spéciale. Et maintenant, ces enfants étaient leurs propres enfants. Le cycle de la vie continuait, et Wolf et elle possédaient plus qu'assez de famille pour s'occuper d'eux si besoin quand ils seraient plus âgés.

— Regarde, prononça doucement Matthew, en la tournant pour regarder le soleil se coucher au-delà de l'horizon.

Caroline était toujours surprise de la rapidité avec laquelle cela se produisait. Une seconde, l'astre était là, comme une boule orange dans le ciel, et la suivante, il avait disparu.

La vie était comme ça. Un jour, vous étiez heureux et viviez la meilleure existence possible, et le lendemain, vous étiez parti. Mais jamais oublié.

Tout le monde laissait un héritage derrière soi, et elle espérait qu'elle et Matthew en légueraient un bon.

Tandis qu'ils remontaient vers la salle de réception, le photographe – qui les avait suivis sans qu'ils le sachent – leur montra un cliché qu'il avait pris. Il s'agissait d'eux, debout près de l'océan, le soleil se couchant en second plan. Caroline riait, la tête en arrière, et Matthew la regardait en souriant.

— Oh, mon Dieu ! s'exclama Caroline en observant la photo sur l'appareil. Je vais carrément l'encadrer.

L'homme sourit.

— Oui, je pense que c'est ma préférée de la soirée, et ce n'est pas peu dire, car vous avez une belle famille.

Oui, c'était certain.

———

Plus tard cette nuit-là, Wolf dézippa lentement la belle robe rose et la fit glisser des épaules de Caroline. Il n'arrivait pas à croire que sa femme soit encore aussi belle. Elle avait plus de rides qu'avant, et elle se plaignait que sa peau s'affaissait à tous les mauvais endroits, mais il ne voyait que la perfection.

Elle s'était rendue dans la salle de bains pour se préparer à aller au lit, et il avait fait de même dans la seconde pièce d'eau de la suite de luxe.

Ils se retrouvèrent dans la chambre, puis Caroline grimpa sur le lit et lui ouvrit les bras. Wolf la rejoignit rapidement, l'attirant dans son étreinte. Il inspira profondément, savourant l'odeur du sel et l'air frais de l'océan qui flottaient sur sa peau.

Aucun des deux n'était encore jeune, mais cela ne les avait jamais empêchés de s'aimer. Matthew descendit doucement le long de Caroline, excité par ses yeux mi-clos lorsqu'il écarta ses jambes et s'installa entre elles.

Après l'avoir fait monter en flèche avec un orgasme, il remonta sur son corps et se glissa en elle. Il fit l'amour à sa femme lentement, tout en souplesse, sans jamais quitter son regard. Il ne tiendrait pas longtemps, plus maintenant, mais cela n'avait pas d'importance pour eux.

Fermant les yeux et mémorisant la sensation de Caroline sous et autour de lui, Wolf explosa.

Il la prit dans ses bras de nouveau et les couvrit tous les deux avec le drap. Elle se blottit contre lui comme au cours des vingt-cinq dernières années.

— Quel est ton meilleur souvenir de notre vie ensemble jusqu'à présent ? demanda Caroline en sommeillant.

— Ton réveil à côté de moi, et voir l'amour dans tes yeux quand tu les ouvres et *me* vois, répondit Wolf sans hésiter.

— Vraiment ? renchérit Caroline. De tout ce qu'on a fait, c'est ce que tu préfères ?

— Absolument. Et toi ?

— C'est impossible pour moi de me limiter à une seule chose, avoua Caroline en secouant légèrement la tête. C'est la façon dont tu me fais toujours sentir que ce que je dis a de l'importance. La manière dont tu m'écoutes... vraiment. Quand on s'observe, c'est comme si on pensait pareil, comme si on partageait un seul cerveau.

— J'aime ça, admit Wolf.

Elle resta silencieuse si longtemps qu'il crut qu'elle s'était endormie, mais elle le surprit en prononçant doucement :

— Je pense que la raison pour laquelle je me réveille en te regardant avec de l'amour dans les yeux est que je dors toujours bien, sachant que tu veilles sur moi.

Wolf sentit ses yeux s'embuer. Il n'était pas un pleurnicheur. Il ne l'avait jamais été. Être un Navy SEAL avait pratiquement assuré qu'il ne pleurerait jamais. Il avait vu et vécu trop de choses pour sangloter sur un coup de tête. Mais ses mots l'avaient frappé de plein fouet.

— Je prendrai toujours soin de toi, Ice. Peu importe ce qui arrivera dans le futur. Tu peux compter sur moi.

Il s'attendait à une réponse affectueuse, mais tout ce qu'il obtint, ce fut un léger ronflement.

Gloussant doucement, Wolf ferma les paupières et resserra son emprise sur sa femme. Caroline et lui formaient une paire bien assortie. Et s'il n'avait aucune idée de ce qui les attendait, lui et Ice, dans le futur, il savait sans aucun doute qu'il ferait tout ce qu'il fallait pour que le prochain demi-siècle soit aussi formidable que les vingt-cinq premières années.

SUR LA PROMENADE

par Susan Stoker

Un jour, en se promenant sur la plage, un homme rencontre une femme assise sur un banc. Après une brève conversation, il l'emmène déjeuner. Mais comme pour la plupart des événements dans la vie, il y a toujours plus à raconter que ce que l'on croit.

Note de l'auteure

Quand j'ai écrit cette nouvelle, je pensais que c'était l'histoire d'amour ultime. Si c'était moi, je serais vraiment réconfortée de savoir qu'on me protège et qu'on s'occupe de moi quand je ne suis plus capable de le faire toute seule.

J'aimerais qu'on puisse tous rester jeunes pour toujours, mais c'est impossible.

Si je dois vieillir, je veux quelqu'un comme le héros de ce récit à mes côtés à chaque étape du chemin.

Maintenant, sortez les mouchoirs et lisez... si vous l'osez !
-Susan

———

Sur la promenade

L'homme baissa les yeux sur la montre sophistiquée qu'il portait au poignet. Elle intégrait de nombreuses fonctions qu'il n'avait jamais utilisées, mais cela n'avait pas d'importance, car la seule et unique raison pour laquelle il avait acheté cet appareil électronique extravagant avait plus d'une fois justifié le prix qu'il avait dû payer pour l'acquérir.

La brise fraîche provenant de l'océan ébouriffait ses courts cheveux gris tandis qu'il marchait avec détermination le long de la promenade. Ses yeux allaient et venaient de la montre à son poignet aux vagues de l'océan qui s'écrasaient paresseusement sur la plage, en passant par les nombreuses personnes qui profitaient de leur journée.

L'après-midi était parfaite. Le ciel était bleu, le soleil était de sortie, mais il ne faisait pas trop chaud, et, partout où il regardait, il y avait des gens qui profitaient de la météo. C'était un jour spécial pour lui, et il était heureux que le temps coopère.

Il y avait des bancs stratégiquement placés sur la digue, dont la plupart étaient occupés par de jeunes mères et des enfants qui prenaient une pause, ou par des hommes et des femmes plus âgés qui profitaient du soleil.

Fatigué lui-même, l'homme était heureux de voir un de ces bancs sur sa route. Une dame âgée était assise à l'une des extrémités, le visage tourné vers le soleil, un petit sourire aux lèvres.

— Ce siège est-il pris ? Puis-je m'asseoir ? lui demanda-t-il en souriant.

Ses cheveux, aussi gris que les siens, étaient attachés en un chignon à la base de son cou. Des mèches s'étaient échappées de sa coiffure et virevoltaient contre ses joues et son visage, mais elle ne semblait même pas le remarquer.

Ses mains étaient ridées et reposaient sereinement sur ses genoux. Elle portait un pantalon gris et un chemisier jaune. Ces deux vêtements étaient simples, plus destinés au confort qu'à la mode.

Elle leva les yeux vers lui et lui adressa un grand rictus.

— Bien sûr.

L'homme s'assit et posa un bras le long du dossier du banc. Ils restèrent comme ça en silence pendant un long moment avant qu'il ne dise poliment :

— Belle journée aujourd'hui.

— C'est vrai, répondit la femme. Cela me rappelle l'un des meilleurs jours de ma vie.

— Oh ?

Elle opina du chef et conserva son regard sur la plage en face d'elle pendant qu'elle parlait.

— Le jour de mon mariage. Enfin... pas de mon mariage original, c'était *le* plus beau jour de ma vie, mais celui-là vient juste après.

L'homme attendit qu'elle continue, mais quand elle sembla oublier sa présence, il s'éclaircit la gorge et demanda :

— C'était une cérémonie de renouvellement des vœux ?

Elle commença, puis gloussa et tourna la tête vers lui.

— Oui. C’était notre vingt-cinquième anniversaire, et mon mari avait tout prévu. Il ne m’en avait pas parlé et avait miraculeusement réussi à garder le secret.

Un sourire affectueux se dessina sur son visage face à ce bon souvenir.

— Tous nos amis étaient là, comme ils l’avaient été lors de la première cérémonie. En plus de cela, beaucoup de leurs enfants et petits-enfants étaient également présents. Mon mari m’avait demandé par ruse de faire une promenade sur la plage avec lui. Je n’avais aucune idée que tous nos proches étaient là. Ils nous attendaient quand nous sommes arrivés au bord de l’eau. Ça m’a foutu un sacré choc, je vous le dis.

L’homme rit de l’utilisation du juron.

— Je parie que c’était une belle surprise. J’imagine la scène, vous pensiez profiter d’une balade romantique le soir, et tout à coup, vous vous mariiez une seconde fois.

— Exactement ! lui confirma-t-elle en regardant de nouveau la plage, perdue dans ses pensées. Mais c’était charmant. Et pour un homme, mon mari avait réalisé un travail merveilleux en soignant chaque détail. Tout le monde s’était coordonné et portait du blanc, il m’avait acheté une nouvelle robe la veille, de couleur rose. L’hôtel voisin avait dressé des tables, donc, après avoir prononcé nos vœux, chacun avait pu s’asseoir pour manger.

Elle soupira.

— La photo de moi et de mon mari au bord de l’océan avec le soleil se couchant derrière nous est l’un de mes biens les plus précieux.

—Je parie que vous étiez magnifique.

La femme se retourna et jeta un regard furieux à l’étranger à côté d’elle.

— Est-ce que vous flirtez avec moi ?

Il leva les deux mains en signe de capitulation.

— Non ! Je sais reconnaître une femme prise quand j'en vois une !

Elle tritura le collier autour de son cou.

— Je ne porterai peut-être plus de bagues, elles n'arrêtaient pas de tomber et je les perdais, alors mon mari m'a offert ce collier à la place.

— Puis-je ? demanda l'homme, en tendant la main et en faisant un geste vers le grand pendentif.

Elle hocha la tête et le lui tendit.

L'homme se rapprocha d'elle sur le banc et referma ses doigts autour de la pierre rare autour de son cou.

— Je pense n'avoir jamais rien vu d'aussi beau.

— J'ai dit à mon mari que c'était trop. Surtout pour le porter jour après jour, mais il a rétorqué que seul le pendentif le plus unique et le plus beau pouvait rendre justice à ma beauté.

— Quelle est cette pierre ? demanda l'inconnu.

— De l'ammolite, lui apprit immédiatement la dame. Elle est faite d'aragonite, un minéral qui se forme naturellement dans les stalactites, comme dans les cavernes de Carlsbad.

Elle avait l'air de réciter par cœur, mais il ne l'interrompit pas.

— C'est produit à base de coquillages fossilisés. Mon mari a indiqué que c'était l'une des rares substances biogènes au monde... fabriquée par des processus de vie... ou quelque chose comme ça. Bref, il a expliqué que c'était parfait pour moi parce que ça venait de l'océan... et comme il aimait ça, ce serait comme si je portais toujours une partie de lui autour du cou.

— Il a l'air d'être un sacré bonhomme.

— Oh, il l'était... l'est.

Elle fronça alors les sourcils, comme si penser à lui la rendait triste.

Ne voulant pas qu'elle s'attarde sur des pensées douloureuses, l'homme laissa retomber la pierre rose de sa main et changea de sujet.

— Je peux comprendre pourquoi vous aimez vous asseoir ici, alors, surtout que cela vous rappelle de si bons souvenirs. J'ai toujours aimé l'océan. C'est puissant et mortel, mais apaisant en même temps.

— Oui. Je n'ai jamais été une bonne nageuse, mais moi aussi j'ai toujours adoré être au bord de l'eau. Mon mari était un poisson. Il nageait mieux que tous ceux que j'ai rencontrés. Lui et ses amis passaient des heures dans l'eau, à s'amuser et à plaisanter.

L'homme sourit à l'affection dans la voix de la femme. Il s'appuya sur les lattes de bois du banc et grimaça. Son arthrite se réveillait aujourd'hui, et ses os lui faisaient mal. La chaleur du soleil était bénéfique à ses articulations douloureuses, et il n'était pas encore prêt à rentrer. Il avait 86 ans et n'était plus un jeune homme, mais il était hors de question qu'il passe la fin de sa vie allongé dans un lit à attendre la mort. De plus, il avait un travail important à accomplir et n'avait pas le temps d'être infirme.

Il était toujours mince et mangeait aussi bien qu'il le pouvait, refusant de remplir son corps de produits chimiques et d'additifs inutiles. Il avait fait de la musculation tous les jours de sa vie jusqu'à il y a environ dix ans, lorsqu'il s'était fait remplacer le genou. La convalescence avait été longue, et il avait cru pendant un moment qu'il ne marcherait plus jamais, mais comme pour toutes les autres blessures qu'il avait eues au cours de sa vie, il s'était battu contre la douleur et avait surmonté son handicap temporaire.

Son visage était ridé, tout comme le reste de son corps. Il n'était plus l'homme svelte et musclé qu'il était auparavant, mais la plupart du temps, il était trop occupé pour le remarquer ou s'en soucier. Marié lui-même, il s'occupait de sa femme de 82 ans depuis son réveil jusqu'à son coucher le soir. Il s'assurait qu'elle mangeait des repas sains. Il faisait attention à ce qu'elle ne soit pas harcelée ou traitée injustement pendant la journée − c'était incroyable comme les gens pouvaient être horribles avec les « vieux » −, et il lui tenait compagnie quand elle regardait la télévision ou jouait aux cartes.

Il avait fait le serment d'être à ses côtés dans la maladie et la santé, dans les moments difficiles, quoi qu'il arrive. Leurs existences touchaient lentement à leur fin, mais il ne pouvait rien imaginer de mieux que d'en passer chaque seconde avec sa belle épouse.

La femme avec qui il s'était marié était sa vie, et il comprenait parfaitement la dévotion de cette dame envers son propre conjoint. Pour poursuivre la conversation, l'homme dit :

— Il fut un temps où je savais très bien nager.

Ses yeux se tournèrent vers lui, et il retint son sourire alors qu'elle le regardait des pieds à la tête.

— Vous n'avez pas l'air d'un nageur, répondit-elle de façon un peu sarcastique.

L'étranger éclata de rire. Après s'être ressaisi, il poursuivit :

— Peut-être pas maintenant, mais à mon époque, on pouvait compter sur moi.

— Pas moi, admit la femme en souriant à elle-même et en observant la plage en arrière.

Il y avait plusieurs familles avec des enfants qui jouaient sur la plage et dans les vagues. Elle garda les yeux sur les gamins pendant qu'elle avoua :

— J'ai passé la plupart de ma vie dans l'ombre.

— Vous avez aimé ça ?

Elle secoua la tête, puis haussa les épaules.

— Pas vraiment, mais j'y étais habituée.

— Je ne peux pas imaginer cela.

— Eh bien, une fois que j'ai rencontré mon mari, il n'a laissé personne m'ignorer.

— Bien lui en a pris, répliqua l'homme. Un bon époux fait ce qu'il peut pour rendre sa femme heureuse. Et vous avez l'air d'être le genre de femme qui ne se contente pas de peu.

— Les apparences peuvent être trompeuses, rétorqua-t-elle.

— Vous avez des enfants ? demanda l'inconnu, notant le contentement sur son visage alors qu'elle regardait les bambins s'amuser sur le sable.

Elle secoua la tête.

— Non. Je n'en ai jamais voulu. Mais cela ne veut pas dire qu'il n'y en avait pas dans nos vies.

— Je suis confus, lui répondit l'homme en se déplaçant contre le banc, son dos continuant à lui faire mal.

— Mon mari et moi n'avons peut-être jamais eu d'enfants, mais la plupart de nos amis, si. Presque tous les week-ends étaient consacrés à des chérubins qui dormaient chez nous pour que leurs parents puissent s'accorder une pause. Je me souviens d'un week-end où nous en avions treize à la maison.

— Treize ? répéta l'homme moqueur en frissonnant. Tous appartenaient à un seul couple ?

Elle gloussa.

— Non. Quatre.

— Je crois que j'ai envie d'entendre cette histoire, indiqua l'homme en se penchant en avant pour étirer les courbatures de son dos, ses coudes reposant sur ses genoux, la tête tournée pour garder le visage de la femme en vue.

— Mes amies et moi étions assises en train de nous plaindre de ceci et de cela et du fait que nous ne voyions jamais nos maris autant que nous le voulions. Les deux mois précédents avaient été difficiles au travail, et ils étaient absents plus souvent que d'habitude. Je m'étais mise à penser à quel point j'aimais le temps que je passais seule avec mon mari lorsqu'il rentrait de ses longues absences, et je m'étais sentie coupable que mes amies aient dû partager ces occasions avec leurs enfants. Alors, j'avais proposé de tous les garder durant un week-end après que nos maris furent partis pour une période prolongée.

— C'était une intention généreuse.

— Ça l'était, confirma-t-elle sans artifice. Mais j'avais convaincu mon autre amie sans enfant et son mari de nous aider. Nous étions donc quatre adultes, huit petites filles de 2 à 13 ans et cinq garçons de 4 à 15 ans. C'était fou, mais amusant.

— Qu'est-ce que vous avez fait ? Comment les avez-vous tous divertis ?

— Avec de l'eau.

— De l'eau ?

— Oui, de l'eau. Des pistolets à eau, une piscine gonflable, des ballons d'eau. C'était le chaos, mais tellement drôle. Et en prime, on n'avait pas à leur donner de bain.

— Je peux l'imaginer, lui répondit l'homme, en se représentant des enfants hurlant et courant dans un jardin avec les adultes qui riaient et se joignaient à la fête.

— Mon mari et moi n'avons peut-être pas eu d'enfants, mais chacun de ceux de mes amis est spécial pour moi, et nous les aimons tous.

L'inconnu se déplaça une fois de plus sur le banc, sans se sentir à l'aise. Il fallait qu'il bouge. Quand ses os lui faisaient mal comme en ce moment, cela signifiait que s'il ne se levait pas pour marcher, il souffrirait encore plus après. Et si la douleur devenait trop forte, il ne serait pas capable de s'occuper de sa femme.

— Vous voulez faire un tour ? demanda-t-il à la femme.

Comme elle avait l'air gênée, il poursuivit rapidement :

— Pas loin. Et nous n'irons pas vite. Mais mon arthrite fait des siennes, et si je ne me lève pas maintenant, je serai à plat sur le dos ce soir. J'aimerais entendre encore certaines de vos histoires.

À l'évocation de ses récits, elle sourit, se mit lentement debout et lui tendit la main.

— J'aimerais marcher. Merci.

Il prit sa main et l'aida à se redresser. Une fois debout, il lâcha sa main et lui proposa son coude.

— Madame ?

Elle enroula son bras autour du sien et le laissa supporter une partie de son poids alors qu'ils commençaient à traîner sur la promenade.

Tout autour d'eux, des hommes, des femmes et des enfants déambulaient, couraient et passaient sur leurs scooters fantaisistes. L'étranger les garda sur la droite, hors du chemin. La dernière chose qu'il voulait était que sa compagne de balade soit blessée à cause de son besoin de se mouvoir.

— D'autres histoires d'enfants ? demanda-t-il alors qu'ils continuaient.

— Bien sûr. Ils sont épuisants, mais hilarants, lui confia-t-elle en souriant. Il y a eu la fois où Taylor s'était coincé les orteils dans le robinet de la baignoire. Son père a paniqué. Il voulait appeler le 911, mais heureusement sa mère m'a sollicitée à la place. Je me suis précipitée chez eux, et j'ai réussi à l'enduire d'assez de vaseline pour que ses doigts de pied sortent rapidement.

— Il avait sûrement l'habitude qu'elle fasse des trucs bizarres comme ça. Je veux dire, les gamins ont des problèmes tout le temps...

— Elle était sa seule enfant, et il était très protecteur. C'était un homme tellement viril, mais dès que sa femme ou sa fille était blessée, il se transformait en une loque sans défense.

— Quoi d'autre ? réclama l'homme, appréciant le ton joyeux de la voix de la femme lorsqu'elle parlait de ses proches.

— Moi et une autre amie avons proposé de faire du baby-sitting pour une copine qui avait six enfants. Ils étaient hors de contrôle cette nuit-là, je ne sais pas trop pourquoi. Mais le temps qu'on les mette tous au lit et qu'ils y restent, leurs parents étaient rentrés. Je suis retournée chez moi, j'ai dit à mon mari à quel point j'étais heureuse que nous n'ayons pas eu d'enfants, et nous avons fait l'amour comme jamais.

Elle avait une cadence réconfortante dans son intonation. Elle apaisait l'âme de l'homme. Il était marié et heureux, mais il pourrait l'écouter parler toute la journée.

— Et vous ? demanda-t-elle soudain. Vous avez des enfants ?

À sa question, le sourire sur le visage de l'homme disparut. Il avait l'air défait et triste tout à coup, mais il se reprit vite, se tournant vers la femme à côté de lui. Il tapota sa main qui reposait sur son bras pendant qu'ils marchaient, et lui lança :

— Non. Pas d'enfants. Comme vous, je n'en ai jamais vraiment voulu, et j'ai vécu par procuration à travers ceux de mes amis. Et maintenant leurs petits-enfants, raconta-t-il presque après coup.

— Des petits-enfants, répéta la femme en inclinant la tête et en regardant au loin tandis qu'ils continuaient leur chemin.

— Oui, il y en a trop pour les compter, lui avoua l'homme. À la dernière réunion, il devait y en avoir au moins vingt qui couraient partout.

— Il fut un temps où je gardais treize enfants en même temps, rétorqua-t-elle.

Il la dévisagea avec un regard indéchiffrable, puis lâcha avec hésitation :

— Vous me l'avez dit.

— J'ai fait ça ?

Elle eut l'air confuse pendant un moment, puis continua :

— Oh oui, je suis bête ! Parfois, je suis un peu distraite.

L'homme lui tapota la main de façon rassurante.

— Ne vous inquiétez pas pour ça.

Ils arrivèrent à une section de la promenade qui bifurquait. Le chemin de droite descendait vers la plage. Celui de gauche contournait un petit bâtiment où se trouvaient des toilettes, puis s'enroulait autour d'un grand édifice connu des habitants sous le nom de « The Establishment ». Il y avait des appartements à l'intérieur, une cafétéria, un petit bowling et une salle de cinéma exclusivement réservée aux résidents de l'immeuble. Il était spécialisé dans les vieux films classiques.

— Vous avez faim ? proposa-t-il.

— Quoi ?

— N'importe quoi. Vous voulez déjeuner avec moi ? Je vous invite.

Il lui sourit.

Elle sembla hésiter pendant un moment, comme si elle ne savait pas ce qu'elle devait répondre.

— Je suis marié, vous vous souvenez ? lui rappela tranquillement l'homme en levant la main gauche et en lui montrant la bague à son doigt. Je suis fatigué, et je me dis que vous l'êtes peut-être aussi. Nous pouvons manger puis nous séparer.

Elle hocha alors la tête.

— D'accord. Mais je ne peux pas rester trop longtemps. Je... je dois me rendre quelque part.

— Bien sûr, approuva-t-il immédiatement, en les faisant tourner vers la gauche. La cuisine ici est excellente. Je pense que vous allez l'apprécier.

Elle leva les yeux vers le grand bâtiment alors qu'ils approchaient et se détendit contre lui.

— Je suis sûre que oui, admit-elle doucement.

L'homme les conduisit jusqu'aux portes d'entrée et dans le hall. Quelques personnes les saluèrent respectueusement, mais il ne s'arrêta pas. Il les fit pénétrer dans le restaurant, et l'hôtesse à l'avant sourit à leur approche.

— Bonjour. Une table pour deux ? demanda-t-elle poliment.

— Oui, s'il vous plaît, répondit-il.

Sans un mot de plus, la femme les amena à une table qui donnait sur la promenade qu'ils venaient de parcourir et sur l'océan de l'autre côté. Il remercia l'hôtesse qui leur annonça que leur serveuse allait les rejoindre dans un instant.

— C'est magnifique, souffla la vieille dame en apercevant pour la première fois la vue. Comment savez-vous que j'aime regarder l'océan ?

Avec un petit sourire, l'homme lâcha :

— J'en ai eu l'intuition.

Il l'aida à s'asseoir et prit sa propre chaise à l'opposé de la petite table.

Dès qu'ils furent installés, une femme s'approcha. Elle posa deux verres d'eau devant eux et leur tendit un menu plastifié d'une page.

— Bonjour. Mon nom est Jessie. Je serai votre serveuse aujourd'hui. Le plat du jour est du poulet au four, des haricots verts et des pommes de terre gratinées.

— Et le dessert ? demanda l'homme.

La serveuse gloussa comme si elle avait déjà entendu sa question, posée avec autant d'impatience.

— Un gâteau au chocolat allemand.

— Un de mes préférés, lui annonça-t-il en adressant un clin d'œil à la jeune femme.

Elle éclata de rire.

— Je reviens dans un instant pour noter votre commande. Prenez votre temps.

Elle le tapa sur l'épaule, puis s'éloigna.

— Elle était sympa, nota distraitement la dame âgée.

Avec un regard lointain, elle poursuivit :

— Une des enfants que je gardais s'appelait Jessie.

— Vraiment ? s'étonna l'homme. Quelle coïncidence !

— Hum, hum.

— Vous voulez vous faciliter la tâche et commander le plat du jour ? suggéra-t-il.

— Quoi ? Oh ! Bien sûr. J'aime le poulet.

— Bien.

Dès qu'ils eurent posé les menus, la serveuse était de retour.

— Nous prendrons tous les deux le plat du jour, Jessie. Merci, lui dit l'homme.

— Deux plats du jour, ça vient tout de suite, déclara-t-elle efficacement, puis elle les laissa de nouveau seuls.

— Racontez-moi quel est votre meilleur souvenir avec votre mari, questionna-t-il en pensant à sa propre femme.

— Mon souvenir préféré. C'est difficile de choisir. J'en ai tellement. Voyons voir... Je pense que c'était de danser sur notre chanson le jour de notre mariage.

L'homme fit un grand sourire.

— C'est aussi l'un de mes meilleurs moments avec ma femme.

Elle fredonna quelques mesures d'une musique que l'homme reconnut.

— C'est une chanson de mariage peu conventionnelle, remarqua-t-il.

Elle acquiesça.

— En effet. Mais elle nous correspond si bien. J'ai eu beaucoup de mal à en sélectionner une. Ça me rendait folle. Mais la première fois que j'ai entendu celle-ci, j'ai su qu'elle était faite pour nous.

— C'est charmant.

Elle hocha la tête en signe d'accord.

— Quel est votre meilleur souvenir avec votre femme ? reprit-elle à son tour.

— Je ne peux pas en choisir un, affirma immédiatement l'homme. Dès notre deuxième rencontre, j'ai su qu'elle était à moi.

— Votre deuxième rencontre ? Pas la première ? s'étonna-t-elle en levant les sourcils.

— Comme elle aimait remuer le couteau dans la plaie, la première fois que nous nous sommes rencontrés, je ne l'ai pas vraiment remarquée. Mais Dieu merci, j'ai eu une seconde chance.

La femme rit.

— Elle a l'air d'être du genre à pardonner.

— Oh ! elle l'est, la rassura-t-il. Mais elle ne se laisse pas faire. Pas du tout. C'est l'une des femmes les plus fortes que j'aie jamais rencontrées dans ma vie, et j'en ai croisé plusieurs dans mon temps. Elle est altruiste, généreuse et gentille. Vous m'avez demandé quel était mon meilleur souvenir d'elle, et j'ai menti en disant que je ne pouvais pas en choisir un. C'est la vision de son visage paisible, endormi dans notre lit, puis le regard d'amour qui brillait dans ses yeux quand elle les ouvrait et me découvrait allongé à côté d'elle. C'est mon instant préféré.

Le sourcil de la femme se fronça et elle détourna ses yeux vers l'océan au loin. L'homme observa également dehors et aperçut un groupe d'hommes courant sur la plage en short et en tee-shirt gris.

Les pupilles de la femme s'illuminèrent.

— Oh, regardez ! Voilà les soldats !

Ils regardaient en silence les membres de l'escouade s'arrêter soudainement et commencer à réaliser des pompes dans le sable. Puis ils se placèrent sur le dos et exécutèrent une série d'abdominaux. Enfin, tous sautèrent et se remirent à courir. L'homme et la femme tournèrent la tête et observèrent leur progression sur la plage. Une centaine de mètres plus loin, ils se laissèrent de nouveau tomber sur le sable pour recommencer le processus de pompes et d'abdominaux.

— Ils font ça tous les jours, vous savez, confia-t-elle d'un air entendu. Sans faute. Tous les jours.

— Ils doivent être disciplinés, remarqua l'homme.

— Bien sûr. Ils ne pourraient pas devenir les meilleurs soldats du monde s'ils ne l'étaient pas.

— Que savez-vous à ce sujet ? interrogea l'homme, sincèrement curieux de connaître sa réponse.

La femme se tourna vers lui, ses yeux pétillant de malice.

— Je vous le dirais bien, mais alors je devrais vous tuer.

Il rejeta la tête en arrière et rit juste au moment où la serveuse revenait à leur table avec deux assiettes pleines.

— Deux plats du jour. Vous avez de la chance, le cuisinier vient de sortir les petits pains du four, ils sont donc tout chauds. Faites attention cependant, ne vous brûlez pas.

— Merci, Jessie, lança l'homme. Tout a l'air délicieux.

— Oh la la, c'est beaucoup trop de nourriture, s'exclama la femme en regardant son plat avec consternation.

— Ne vous inquiétez pas, tout ce que vous ne pourrez pas finir, je suis sûre que le beau gentleman à vos côtés se fera un plaisir de le manger, déclara la serveuse en souriant.

Puis elle repartit en ajoutant :

— Faites-moi savoir si je peux vous apporter autre chose. Je servirai le dessert quand vous serez prêts.

— Elle est très gentille, observa la femme.

— Elle l'est sans aucun doute, convint-il. On y va ? proposa-t-il en désignant du menton le repas qui se trouvait devant eux.

Ils dégustèrent en silence pendant un moment. L'homme regarda et vit qu'elle ne faisait que picorer ses haricots verts.

— Vous devriez les manger, vous savez. C'est bon pour vous.

Elle fronça le nez.

— Je n'aime pas vraiment ça.

Il haussa les épaules.

— À notre âge, on a besoin de toutes les vitamines possibles.

Elle sourit et confirma :

— C'est vrai.

— Je suis sûr que votre mari veut vous avoir dans les parages pour un bon bout de temps encore.

— C'est vrai, répéta-t-elle en hochant la tête. Il s'attendrait à ce que je nettoie mon assiette.

Puis elle saisit sa fourchette et piqua plusieurs des légumes verts. Elle les mit dans sa bouche, en mâchant soigneusement et délicatement.

— Votre femme est une bonne cuisinière ? demanda-t-elle quand elle eut ingurgité.

Il secoua la tête avec tendresse.

— Cela n'a jamais été l'une de ses activités préférées. Elle y consentait, bien sûr, et je mangeais toujours ce qu'elle nous préparait. Mais maintenant, nous prenons généralement nos repas à l'extérieur. Pourquoi passer du temps à faire quelque chose qu'aucun de nous n'aime ? La vie est trop courte.

— Je suis d'accord. Vous avez l'air d'avoir un bon appétit. Mon mari mangeait beaucoup trop si je ne supervisais pas les repas.

L'homme afficha un rictus.

— Ma femme m'a toujours accusé de ça.

Ils se sourirent, puis continuèrent à déguster dans un silence complice.

Au moment où ils terminaient leur repas, Jessie réapparut avec deux parts de gâteau au chocolat. Une plus petite pour la femme, et un plus gros morceau pour l'homme.

— Comment avez-vous su que celui-ci était l'un de mes préférés ? questionna-t-il, sans quitter des yeux le mets sucré.

— Peut-être que c'était la bave sur votre visage quand vous avez demandé ce que nous servions pour le dessert, répondit la serveuse.

Il la regarda d'un air moqueur tandis que la serveuse et la femme en face de lui rirent.

— Je vous taquine. Mais vous avez l'air d'un homme qui aime les choses sucrées.

Ses yeux jetèrent un coup d'œil à la dame de l'autre côté de la table, avant de rencontrer de nouveau les siens.

— Ma femme le dit toujours, raconta-t-il calmement, ne réagissant pas aux tentatives flagrantes d'entremetteuse de Jessie.

Elle comprit l'allusion, leur dit de profiter de leur dessert et les laissa seuls une fois de plus.

La femme réussit à manger la moitié de son morceau de gâteau, et l'homme s'empressa de demander s'il pouvait l'achever pour elle. Comme s'ils l'avaient déjà fait plusieurs fois, la femme ne prononça pas un mot, mais poussa sa petite assiette sur la table et le laissa la finir pour elle.

Jessie apporta deux tasses et les posa devant eux en lançant :

— Rien de tel qu'un bon thé pour terminer un repas.

La femme en but une gorgée, puis s'exclama doucement :

— Earl Grey. C'est l'un de mes préférés !

— Voyez-vous ça, lâcha l'homme, en cachant son sourire derrière la tasse et en prenant une goulée de son propre thé.

Plusieurs minutes s'écoulèrent. Des moments où le regard de la femme était de nouveau attiré par l'océan, comme contraint d'une manière ou d'une autre.

— Qu'est-ce que vous voyez quand vous observez l'eau ? demanda-t-il doucement, sincèrement curieux.

— Ce n'est pas quelque chose que je vois. C'est une sensation.

— Que ressentez-vous ?

— De la sécurité.

— Pourquoi ? continua-t-il.

— Je ne sais pas, répondit-elle immédiatement. Je ne peux pas l'expliquer. Mais quand mon mari était loin de la maison, j'allais vers l'océan, et je priais pour qu'il revienne sain et sauf. Savoir qu'il était quelque part dans le monde, qu'il nageait peut-être dans les mêmes vagues que celles que je regardais, me réconfortait.

Elle haussa les épaules.

— C'est idiot, mais être au bord de l'eau me fait toujours me sentir plus proche de lui.

— Ce n'est pas absurde du tout, lui rétorqua l'homme, les larmes aux yeux. Avez-vous déjà dit cela à votre mari ?

Elle secoua la tête.

— Non. Il s'inquiétait suffisamment pour moi quand il n'était pas chez nous. La dernière chose dont je voulais, c'était ajouter un poids à cette angoisse. Il valait mieux qu'il pense que j'étais occupée et que je ne me faisais pas de souci pour lui pendant son absence.

— Je doute qu'il ait jamais imaginé que vous étiez trop débordée pour penser à lui.

— Peut-être pas, admit-elle pensivement.

— Aujourd'hui, c'est mon cinquantième anniversaire de mariage, lui annonça l'homme à l'improviste.

Ses yeux rencontrèrent les siens.

— Félicitations.

— Je vous remercie. J'ai eu la chance de vivre cinquante ans avec l'amour de ma vie.

— Avez-vous des projets pour fêter ça ? s'intéressa-t-elle en avalant une autre gorgée de son thé.

Il secoua la tête.

— Pas vraiment. Nous avons des amis qui nous rendent visite, mais c'est à peu près tout.

— Même pas un gâteau ? lâcha-t-elle.

— Peut-être un gâteau allemand au chocolat, lui confia l'homme d'un ton taquin.

Elle gloussa.

— Eh bien, s'il est aussi bon que celui que nous avons eu aujourd'hui, elle va se régaler.

Elle fronça soudain les sourcils, puis chuchota :

— Je ne me souviens plus depuis quand je suis mariée.

Prenant le risque d'effrayer la femme, mais souhaitant la réconforter dans sa détresse, l'homme posa sa main sur la sienne sur la table.

— Ce ne sont pas les années qui comptent, mais le temps passé ensemble.

Elle acquiesça.

— Vous avez raison. D'ailleurs, je suis sûre que mon mari en tient compte. Il est intelligent.

— Il doit l'être. C'est lui qui vous a draguée, non ? plaisanta l'homme.

— Bien sûr que oui, acquiesça la vieille dame d'un ton narquois.

Ils rirent tous les deux.

Puis elle bâilla.

— Vous avez l'air fatiguée, observa-t-il. Vous savez, il y a une grande salle tranquille ici. Je suis sûr que ça ne les dérangerait pas que vous fassiez une sieste avant de continuer votre journée.

— Je ne sais pas, hésita-t-elle.

— Allez, laissez-moi vous montrer. Ensuite, vous pourrez prendre une décision, cajola l'homme.

— D'accord. Mais je ne reste pas si je ne veux pas.

— Bien sûr que non. Personne ne pourrait vous obliger à faire ce que vous ne souhaitez pas. Je le perçois en vous regardant.

Il se leva, réprimant un gémissement alors que ses articulations se plaignaient du mouvement, mais il tendit la main à la femme, ne laissant pas paraître qu'il avait mal. Elle la saisit et lui permit de l'aider à se lever.

— Voulez-vous emporter une tasse de thé avec vous ? demanda l'homme.

— Je ne pense pas, mais merci de le proposer.

— De rien.

Ils se dirigèrent vers la sortie du restaurant, et l'hôtesse leur souhaita une bonne après-midi. L'homme conduisit la femme à travers le hall démodé, dans un long couloir avec des portes de chaque côté, jusqu'à une autre porte au bout. Le mot « bibliothèque » était inscrit sur une plaque. Il l'ouvrit et ils entrèrent dans la pièce.

Il l'amena devant une table où un couple plus âgé jouait aux cartes, puis dans un coin salon avec une petite télévision que quatre personnes assises sur des chaises et un canapé regardaient. Il passa devant trois hautes étagères remplies de livres, une petite table avec une grande chaise de bureau à l'air confortable et un fauteuil dans une alcôve. Ce dernier était posé à côté d'une grande fenêtre, une fois de plus face à l'océan.

— Oh, comme c'est charmant ! s'exclama la femme.

L'homme sourit.

— J'ai pensé que vous aimeriez cet endroit.

— C'est le cas, c'est merveilleux. Et ce fauteuil est divin. Bien rembourré et douillet.

— Voyez-vous ça, murmura l'homme.

Puis, plus fort, il prononça :

— Asseyez-vous.

Elle accepta, et il l'aida à s'installer dans le confortable siège en cuir. Le coussin engloba sa petite taille, et elle s'enfonça comme si elle l'avait déjà fait des milliers de fois.

L'homme se pencha et poussa un pouf plus près du fauteuil, puis souleva les pieds de la femme jusqu'à ce qu'ils reposent sur le coussin en cuir.

Elle gémit d'extase, s'adossa et ferma les yeux.

— C'est merveilleux, dit-elle doucement.

— Allez-y, faites une sieste, lui intima l'homme.

Ses yeux s'ouvrirent.

— Oh ! mais je dois rentrer à la maison et m'assurer que le dîner est sur la table pour mon mari.

— Je suis sûr que vous serez debout dans une heure ou deux. Vous aurez tout le temps de retourner chez vous pour voir votre époux.

Elle hocha la tête.

— Oui, vous avez raison. Je me sentirai tellement mieux à mon réveil, j'en suis certaine.

— Dormez bien, lui glissa-t-il doucement.

« Hmm » fut la réponse de la femme. Elle tourna la tête et regarda par la fenêtre les vagues qui déferlaient sur la plage une fois de plus.

L'homme recula, sans la quitter des yeux. Il fit le tour et s'assit à la petite table devant laquelle ils étaient passés plus tôt. La chaise avait un rembourrage bien usé, et, même s'il y avait beaucoup de gens autour, personne n'avait réclamé l'endroit visiblement confortable et paisible où l'homme avait pris place.

Plusieurs minutes s'écoulèrent avant que la serveuse du restaurant n'apparaisse à côté de lui.

— Je peux m'asseoir ?

L'homme acquiesça et désigna d'un geste de la tête la chaise à côté de lui.

Jessie la tira, en prenant soin de ne pas émettre de bruit pour ne pas réveiller la femme endormie au coin de la pièce.

— Elle s'est installée ?

Il hocha la tête.

— Grand-père et les autres seront là dans une heure environ, informa la serveuse. Tu penses qu'elle dormira encore ?

Matthew « Wolf » Steel considéra la jeune femme assise à côté de lui. Elle était le portrait craché de sa grand-mère.

— Elle dormira tout au long de l'après-midi, lui confirma-t-il.

Jessie était la petite-fille de son bon ami, Jason « Benny » Sawyer. Lui et sa femme avaient donné naissance à six chérubins avant que Jessyka n'abandonne. Les six enfants avaient été aussi fertiles que leurs parents, et ces derniers avaient maintenant plus de quinze petits-enfants.

L'une d'entre eux était Jessie, qui travaillait à la maison de retraite comme serveuse à la cafétéria. L'endroit avait été aménagé pour ressembler davantage à un hôtel qu'à un foyer pour personnes âgées. Des recherches menées au fil des ans avaient montré que les résidents se sentaient mieux dans leur peau et étaient en meilleure santé s'ils vivaient dans un cadre moins clinique et déprimant.

Ils avaient transformé la cafétéria typique en un restaurant. Avec une hôtesse et des serveuses. Les personnes âgées pouvaient choisir ce qu'ils voulaient manger à partir d'un menu quotidien et, bien sûr, aucune facture n'était remise à la fin du repas.

— Au fait, dit doucement Jessie, Joyeux anniversaire.

— Merci, petite, lui répondit Wolf.

— Est-ce qu'elle le sait ?

— Que c'est notre anniversaire ? Non, reconnut tristement Wolf.

— Elle est dans un mauvais jour, observa Jessie.

Ce n'était pas une question.

— Pas pire que dernièrement.

— Le dispositif de repérage dans son collier fonctionne comme grand-père Tex l'avait prévu, n'est-ce pas ? C'est comme ça que tu l'as trouvée aujourd'hui ?

Wolf hocha la tête.

— J'ai pris un antidouleur hier soir, et quand je me suis levé ce matin, elle était déjà partie.

— Heureusement que tu as cette montre fantaisie, hein ? le taquina Jessie.

— Elle est laide comme le péché, mais elle me mène droit à elle, convint-il.

— Tu sais que tu n'es pas obligé de vivre ici, grand-père Wolf, énonça Jessie, même s'il le savait déjà.

Wolf répliqua la même chose que lorsqu'un de ses amis, ou leurs enfants, ou *leurs* enfants essayaient de le convaincre de quitter la maison de retraite.

— C'est ma Caroline. J'ai passé beaucoup trop de temps de notre mariage séparé d'elle. Je ne vais plus en rater une minute désormais.

— Mais elle ne te reconnaît pas, protesta Jessie, qui ne comprenait manifestement pas.

— Mais je la connais, éluda Wolf. Je l'ai toujours proté-gée. Toujours. Et je ne suis pas près d'arrêter maintenant.

Elle se pencha vers lui et effleura de ses lèvres sa joue ridée.

— J'espère pouvoir un jour trouver un homme qui me soit aussi dévoué que tu l'es à ta femme.

— Moi aussi, Jessie. Moi aussi.

Ils se sourirent un moment avant que Wolf dise :

— Merci pour le gâteau d'anniversaire.

— Je t'en prie. Je suis contente que tu aies pu le partager avec ta Caroline.

— Elle l'a aimé, n'est-ce pas ? s'enquit Wolf, un regard tendre dans ses yeux alors qu'il se rappelait le plaisir visible sur le visage de sa femme pendant qu'elle le dégustait.

— Bien sûr. Mais tes amis vont se demander pourquoi il en manque deux morceaux.

Wolf secoua la tête.

— Non.

Et ils ne diraient rien non plus. Abe, Cookie, Mozart, Dude, Benny et Tex comprendraient parfaitement. Ils avaient été aussi dévastés que Wolf lorsque Caroline avait appris qu'elle avait la maladie d'Alzheimer.

L'affection avait lentement pris le dessus sur son esprit, la laissant perdue dans le passé et ne sachant plus qui était son mari ni même les femmes qui avaient été ses amies pendant trop d'années pour les compter. Mais elles venaient toujours lui rendre visite. Tout le temps. Elles prétendaient être des inconnues et s'asseyaient avec Caroline, la laissant se remémorer son « mari et ses amis », sans jamais laisser entendre qu'elle parlait avec l'une d'entre elles.

Avant qu'elle perde complètement la mémoire, Caroline avait essayé de lui faire promettre d'avancer dans sa vie quand elle ne se souviendrait plus de lui, et il avait finalement cédé et lui avait affirmé qu'il le ferait. Mais il avait menti. Il ne pouvait pas plus continuer sa vie sans elle qu'il ne pouvait respirer sous l'eau.

De temps en temps, elle disait ou faisait quelque chose de si doux et amer à la fois que cela le mettait presque à genoux… comme aujourd'hui quand elle lui avait raconté qu'elle avait l'habitude de se tenir au bord de l'océan et de prier pour qu'il revienne sain et sauf de ses missions.

Quand elle était tombée malade, il avait effectué de longues recherches, avec l'aide de Tex, et ils avaient choisi « The Establishment ». Il jouissait d'une excellente réputation, et surtout, il était au bord de l'océan qu'elle aimait tant. Il avait fait installer un dispositif de repérage sur son pendentif et s'était proclamé son protecteur. Toute la journée, tous les jours, il veillait sur elle. Il s'assurait qu'elle mangeait, dormait, ne s'éloignait pas et ne se perdait pas. C'était une condition pour qu'elle puisse vivre à « The Establishment ». Ce n'était pas une maison spécialisée dans la démence ou Alzheimer. Mais ils l'avaient laissé y venir avec Caroline. En partie à cause de son service pour son pays, le propriétaire étant aussi un ancien combattant, mais surtout parce qu'il avait juré d'assumer la responsabilité du bien-être et de la sécurité de sa femme si elle s'égarait.

Dans la chambre privée de Caroline, il y avait une photo de lui. C'était celle de leur vingt-cinquième anniversaire, lorsqu'ils avaient renouvelé leurs vœux. Wolf était ravi qu'elle s'en souvienne si clairement aujourd'hui, tous les jours. C'était un merveilleux cadeau, même si elle ne savait plus qu'il le lui avait offert. Le cliché sur une étagère dans sa chambre les montrait tous les deux au bord de l'océan, exactement comme elle le lui avait décrit plus tôt. Elle était dans sa robe rose, il portait un jean et un polo bleu marine. Le soleil se couchait derrière eux, et ils étaient dans les bras l'un de l'autre. Elle avait rejeté la tête en arrière pour rire de quelque chose qu'il avait dit – il ne se souvenait plus de ce que c'était –, et le photographe avait capturé le moment.

Sur cette image, Wolf regardait sa femme, avec un grand sourire, l'amour étant facile à lire dans ses yeux sombres. C'était sa photo préférée entre toutes, et il était heureux qu'elle ait encore ce souvenir, même si elle n'en avait pas d'autres des sept dernières années environ.

Ils avaient vécu une longue existence bien remplie, et il en était reconnaissant.

— Je vais m'assurer que quelqu'un la surveille pour que

tu puisses aller te changer. Nous vous retrouverons dans la salle commune en bas.

Wolf fit un signe de tête à Jessie. Lui et Caroline n'avaient peut-être jamais eu d'enfants, mais tous ceux de ses coéquipiers les avaient adoptés comme parents officieux. C'était agréable. Et aujourd'hui, la plupart d'entre eux venaient pour fêter leur anniversaire et leur rendre visite.

Les enfants d'Abe et Alabama, Brinique, Davisa, Tommy et Kate. Ceux de Mozart et Summer, April et Sam Junior. Ceux de Benny et Jessyka, John, Sara, Callie, James, Matthew et Jessie. La fille de Dude et Cheyenne, Taylor. Et bien sûr, les filles de Tex et Melody, Akilah et Hope.

Wolf était sûr qu'ils amèneraient tous certains de leurs propres enfants aussi. Cela allait être une énorme fête folle qui dérangerait probablement la plupart des autres résidents de l'établissement. Mais il s'en fichait. Lui et Caroline avaient réussi à passer cinquante ans ensemble. Contre toute attente, ils y étaient parvenus.

Il se leva et embrassa le sommet de la tête de Jessie.

— Merci d'avoir été si géniale avec ma femme.

— Je l'aime, fut la réponse rapide de Jessie. Vous n'êtes peut-être pas mes grands-parents par le sang, mais je vous aime tout autant.

De vilaines larmes naquirent encore dans les yeux de Wolf, mais il les repoussa. Il détestait vieillir, surtout parce qu'il semblait ne pas pouvoir retenir ses émotions comme autrefois. Même s'il approchait des 90 ans, il serait toujours le dur à cuire alpha qu'il était autrefois.

— Très bien. Vas-y. Je veux dire au revoir à ma femme.

— OK. À plus tard, lança Jessie, puis elle lui embrassa de nouveau la joue et sortit de la bibliothèque pour s'assurer que tout était prêt pour la grande fête qui allait commencer dans une heure.

Wolf boita jusqu'au coin de la pièce pour regarder Caroline.

Elle dormait profondément, la bouche légèrement ouverte, la respiration profonde et régulière. Il leva les yeux vers le certificat et la médaille encadrés au-dessus de sa tête sur le mur. Cette alcôve était la place de Caroline. Les autres résidents le savaient et ne s'y asseyaient jamais. Wolf avait apporté sa chaise préférée de leur maison, ainsi que d'autres petites touches d'une vie dont elle ne se souvenait plus. Il voulait qu'elle se sente aussi à l'aise que possible dans sa nouvelle demeure.

Il observa la médaille pour bravoure qu'elle avait reçue du secrétaire à la Défense il y a trente ans. C'était la plus haute récompense civile pour le courage, et elle avait été créée après les horribles attaques du 11 septembre, il y a si longtemps. C'était la fille de Dude, Taylor, qui avait demandé un jour si elle pouvait nommer Caroline pour cet honneur, en raison de ses actions le jour où elle avait alerté Wolf et ses coéquipiers du complot terroriste visant à mettre de la drogue dans les glaçons de l'avion dans lequel ils se trouvaient. Cela avait conduit à un tas d'autres conséquences horribles pour sa femme, mais finalement, les plans avaient été déjoués.

Wolf avait donné sa bénédiction, et, avec la détermination de Taylor et l'aide de l'ancien commandant de Wolf, Patrick Hurt, Caroline avait été invitée à venir à Washington DC pour être honorée. La médaille reconnaissait les citoyens privés qui avaient accompli un acte héroïque en risquant volontairement leur sécurité personnelle face au danger.

Elle avait été gênée par tout ce battage et avait convaincu Fiona, la femme de Cookie, de les accompagner à Washington pour qu'ils puissent ensuite faire du shopping.

Mais Wolf n'oublierait jamais ce jour et ce qu'elle avait réalisé. Après tout, c'était la fois où il avait posé les yeux pour la première fois sur la femme qu'il aimait plus que la vie elle-même. Il avait fait encadrer sa médaille et son certificat et les avait placés sur le mur dans son alcôve spéciale. Caroline n'avait jamais posé de questions à ce sujet, elle n'avait jamais fait semblant de se rendre compte qu'ils étaient là, mais Wolf le savait. Et les enfants et petits-enfants de ses coéquipiers s'assureraient que la médaille resterait toujours pendue à cet endroit et que ses actions ce jour-là ne seraient jamais oubliées.

Caroline bougea sur la chaise, et Wolf attrapa sa couverture pelucheuse préférée, rangée sur une étagère à proximité, pour couvrir les jambes de sa femme. Il ne voulait pas qu'elle prenne froid.

Elle était encore si belle. Oui, ils étaient vieux et ridés maintenant, mais il pouvait encore voir la beauté discrète de Caroline qui brillait en elle comme une lumière dans l'obscurité. Il se pencha vers elle et l'embrassa doucement sur le front, laissant ses lèvres sur sa peau pendant un long moment.

Elle lui manquait. Son Ice lui manquait. Les seules fois où il pouvait la toucher, c'était lorsqu'il jouait le rôle, comme aujourd'hui, d'un étranger inquiet. Et même là, ce n'étaient que des contacts fugaces. Mais elle était vivante. Et chaque jour, il devait prendre soin d'elle. La protéger. La regarder. C'était plus que ce que beaucoup de couples partageaient, et il ne changerait pas une minute de leur temps ensemble.

— Je t'aime, Ice, prononça-t-il doucement. Joyeux anniversaire de mariage. Je te retrouverai demain au bord de l'océan, et nous nous souviendrons de notre vingt-cinquième anniversaire. On fredonnera ensemble la mélodie de *Come To Me*. Nous parlerons de tes amis et des enfants que tu as aimés comme les tiens. Puis nous recommencerons le jour suivant. Et le suivant. Jusqu'à ma mort, je serai là, à tes côtés.

Les yeux de Caroline s'ouvrirent sans prévenir, et Wolf se retira, ne voulant pas l'effrayer. Et se réveiller avec un étranger planant au-dessus d'elle la *terroriserait*.

— Matthew ? demanda-t-elle doucement.

Et les larmes qu'il avait réussi à refouler refirent surface dans ses yeux à ce mot chuchoté. Sa femme n'avait pas dit son nom depuis plus de deux ans. *Deux ans.*

— Oui, Ice, c'est moi.

— Je t'aime.

— Moi aussi, je t'aime.

Un petit sourire doux se répandit sur ses lèvres, et ses yeux se fermèrent.

— Dors bien, mon amour, lui susurra Wolf, pleurant ouvertement maintenant, n'essayant même pas de contrôler les larmes qui coulaient sur son visage ridé.

— Je dors toujours bien en sachant que tu veilles sur moi, murmura-t-elle.

Puis, quelques instants plus tard, sa poitrine se mit à bouger de haut en bas au rythme des mouvements du sommeil.

Les sanglots ne s'arrêtaient pas. Il venait d'assister à un miracle. Les médecins avaient affirmé qu'elle ne le reconnaîtrait probablement plus jamais. Elle était perdue dans ses souvenirs.

Il s'assit, s'essuya le visage avec ses mains et sourit finalement. Sa femme venait de lui offrir le plus beau cadeau qu'elle ait jamais fait. Le jour de leur anniversaire, en plus.

Il passa tendrement la main sur ses cheveux, plaçant une mèche échappée derrière son oreille, et dit doucement :

— Je veillerai toujours sur toi, Caroline. Jusqu'à demain.

Puis le vieil homme embrassa deux doigts, les posa doucement sur la bouche de sa femme et sortit de l'alcôve. Il se déplaçait avec aisance, comme s'il ne souffrait pas d'arthrite. Comme s'il n'avait pas 86 ans, mais plutôt des décennies de moins.

Quelque temps après, ses anciens camarades Navy SEAL se souviendraient de cette nuit et raconteraient que leur ami avait l'air plus heureux et plus léger que depuis longtemps.

Des années plus tard, lorsque l'alcôve fut réaménagée et qu'un grand canapé fut installé à cet endroit pour que les résidents puissent s'asseoir et profiter des sons et des images de l'océan, les gens regardaient la médaille dans le cadre sur le mur et se souvenaient du dévouement du Navy SEAL retraité qui avait passé ses dernières années sur cette planète à veiller sur sa femme.

La bibliothèque fut rebaptisée « Caroline Steel Ocean Room ».

Et chaque année, les personnes qui avaient été témoins du dévouement de Matthew « Wolf » Steel envers sa femme se réunissaient pour célébrer la vie du couple.

On raconte que tard dans la nuit, lorsque la lune est

pleine, les résidents de « The Establishment » observent parfois par les fenêtres donnant sur la promenade et voient un couple âgé assis sur un banc, se tenant la main, riant, tout en regardant les vagues s'échouer sur la plage. Mais lorsque les résidents se retournent pour prendre un appareil photo ou prévenir un ami et qu'ils regardent de nouveau derrière eux, le couple a disparu.

L'AUTRE FACETTE DE L'HISTOIRE

di Susan Stoker

Note de l'auteure

Cette nouvelle est une sorte de préquelle à mon livre *Un héros pour Kassie*. Elle explique comment Kassie a été contrainte de commettre ses actes. Si vous n'avez pas lu ce roman sur Kassie et Hollywood, ce ne sera pas un spoiler, mais si vous l'*avez* lu, cela vous donnera un peu plus d'informations sur comment et pourquoi ils se sont rencontrés. Bonne lecture !

-Susan

L'Autre Facette de l'histoire

Kassie tira son rideau, jeta un coup d'œil dehors et soupira de soulagement quand elle n'aperçut pas son petit ami,

Richard Jacks. La plupart du temps, quand il venait la chercher, il était en retard, mais aujourd'hui, elle espérait qu'il n'arriverait pas du tout.

Il était temps de rompre avec lui. Il avait radicalement changé depuis son dernier déploiement. Une bombe artisanale avait explosé, et, bien qu'il n'ait pas été blessé physiquement, quelque chose avait dû se produire dans son cerveau.

Avant cet événement, il était attentif et agréable à côtoyer ; maintenant, il était impatient, jaloux et se mettait en colère très facilement. En plus de cela, lui et son meilleur ami, Dean Jennings, étaient devenus... étranges.

Quand Richard n'était pas à Austin, où elle vivait, il demandait à Dean de la suivre partout pour s'assurer qu'elle ne le trompait pas. Peu importait le nombre de fois où Kassie avait assuré à Richard qu'elle ne voyait personne d'autre que lui, il avait quand même enjoint Dean à garder un œil sur elle.

C'était frustrant, insultant, et carrément effrayant.

Donc, après la fête de ce soir, elle allait dire à Richard que les choses ne marchaient plus entre eux. Elle l'aurait bien fait avant, mais ils n'avaient pas passé beaucoup de temps ensemble récemment, et elle ne pensait pas que c'était très cool de rompre avec quelqu'un par téléphone.

Richard s'était aussi donné beaucoup de mal pour organiser la fête. Elle ne voulait pas le décevoir. Il lui avait indiqué que le truc de ce soir était une sorte de réunion formelle de l'armée. C'était dans son appartement, donc ce n'était pas du tout officiel, mais il avait expliqué que tous les gars porteraient leurs uniformes et qu'il voulait qu'elle revête une robe longue.

Elle ne connaissait pas beaucoup les traditions de l'armée – en fait, rien du tout –, mais elle était prête à accepter la fête de ce soir parce que cela semblait signifier beaucoup pour Richard.

Elle fit un bond lorsqu'on frappa à sa porte avec force et agressivité. Elle rassembla son châle et son sac à main et prit une profonde inspiration avant d'ouvrir.

— Salut, Richard. Tu es très beau.

— Tu es prête ? demanda-t-il, sans lui retourner le compliment ni même la remercier.

Kassie soupira intérieurement. Elle ne devrait pas passer la soirée à compter tous les défauts de Richard… mais c'était difficile de ne pas être déçue qu'il ne mentionne même pas son apparence. Elle avait passé un bon moment à se préparer. Elle voulait peut-être rompre avec lui, mais elle ne voulait pas l'embarrasser devant ses amis et les autres femmes qui seraient certainement présentes ce soir en n'étant pas présentable.

— Oui. Je suis prête, lui répondit-elle, en sortant de son appartement et en fermant sa porte.

Elle la verrouilla, et, quand elle se retourna, Richard était déjà à mi-chemin vers sa voiture. Hésitant le temps d'une fraction de seconde, Kassie pensa sérieusement à rouvrir sa porte et à retourner à l'intérieur. Il semblait déjà de mauvaise humeur, ce qui n'était certainement pas de bon augure pour elle.

Redressant les épaules et prenant une profonde inspiration, elle se débarrassa de son appréhension qui logeait dans son estomac comme un morceau de pain mal cuit. À chaque respiration, la boule semblait grandir, millimètre par millimètre.

Kassie secoua la tête devant son imagination débile et

suivit le sillage de Richard. C'était une fête chic, comment cela pouvait-il être mauvais ?

* * *

Kassie s'était accrochée au verre d'eau entre ses mains comme si sa vie en dépendait. C'était un désastre, et elle aurait dû écouter son alarme intérieure quand elle s'était retrouvée devant sa porte. Dès leur arrivée, Kassie avait su que la nuit allait être un enfer sur terre.

Tout d'abord, elle était la seule femme.

Aucun des autres hommes ne s'était présenté avec une cavalière. Et comme si ce n'était pas suffisant, ils lui lançaient tous des regards bizarres du coin de l'œil. Richard avait invité cinq autres personnes, sans compter Dean et lui. Elle était en infériorité numérique, à sept contre une. Et elle regrettait de ne pas avoir choisi une autre robe... peut-être même un tailleur-pantalon avec un col haut et des manches longues.

La tenue bleu marine sans manches à col en V était parfaitement appropriée pour une soirée chic, surtout lorsqu'elle était associée au châle qu'elle portait, mais se trouver dans le salon de Richard, avec ses amis qui regardaient son décolleté comme s'ils étaient des lions affamés qui n'avaient pas mangé depuis des mois, était plus que déconcertant.

— Pouvons-nous passer à la première tradition de l'armée ?

La voix de Richard retentit dans la pièce, effrayant Kassie. De l'eau s'échappa du verre qu'elle tenait, et elle sourit nerveusement tandis que les autres approuvaient bruyamment et de manière turbulente.

— Le bol de grog ! annonça Richard, et tous les autres hommes applaudirent de concert.

Kassie remarqua alors qu'ils s'étaient tous réunis autour d'un saladier à punch vide. Elle grimaça lorsque tout le monde commença à y verser les ingrédients qui étaient posés sur la table.

Du jus de tomate, du jus d'orange, de la vodka, du rhum, du Jack Daniel's, du jus de citron, de la sauce Tabasco... Kassie cligna des yeux, prit une gorgée de l'eau qu'elle avait dans ses mains et regarda avec nostalgie la porte. Peut-être qu'elle pourrait s'éclipser pendant que tout le monde était occupé.

— ... sera ma petite amie.

Elle sursauta quand elle sentit une main saisir son biceps avec une poigne ininterrompue et la pousser vers la table où se trouvait le saladier. Elle laissa tomber le verre d'eau qu'elle était en train de boire en essayant de se dégager de l'étreinte. Les autres s'écartèrent autour d'elle, lui laissant de l'espace. Richard se tenait à côté de la table, un gobelet en plastique à la main et un sourire mauvais sur le visage.

— La tradition du bol de grog remonte à des siècles, lui lança-t-il. Si quelqu'un ne répond pas correctement à une question, il doit boire, n'est-ce pas les gars ?

Les hommes qui l'entouraient étaient tous d'accord. Kassie commit l'erreur de croiser le regard de Dean. Ses pupilles étaient rivées sur elle. Ses longs cheveux bruns et gras étaient ramenés en queue de cheval sur la nuque, et ses lèvres minces étaient plissées vers le haut dans un semblant de sourire. Mais c'étaient ses yeux qui avaient attiré son attention. Ils étaient grands ouverts et excités.

Comme s'il était au courant de ce qui allait se passer... et ne pouvait pas attendre.

— Alors, Kassie, nous allons commencer par toi. En quelle année l'armée a-t-elle été fondée ?

Elle détourna les yeux de Dean et pivota vers son petit ami.

—Je ne sais pas, je...

— Elle ne sait pas ! explosa Richard, l'interrompant. Je suppose que ça veut dire que tu dois boire.

Elle secoua la tête.

— Non. C'est bon, je ne...

Ses mots furent coupés lorsque l'un des autres amis de Richard se déplaça de l'autre côté et attrapa son bras. Les hommes la maintenaient immobile. Ses yeux étaient fixés sur son petit ami alors qu'elle se débattait entre les griffes de ses potes.

Il s'approcha d'elle avec la tasse de liquide infâme et lui tendit.

— Bois, Kassie.

Elle secoua la tête frénétiquement.

— Richard, je pense que je dois partir.

— Non. Tu dois avaler ça. C'est la tradition.

Il resta là, à tendre ce fichu gobelet comme si c'était un verre de champagne et qu'elle devait être ravie qu'il le lui ait offert.

Kassie serra ses lèvres. Il était hors de question qu'elle ingurgite ce truc dégoûtant qu'ils appelaient grog.

Richard se pencha vers elle jusqu'à ce qu'ils soient nez à nez, se touchant pratiquement. Elle pouvait sentir l'horrible odeur de la boisson dans sa main.

— Bois-le de ton plein gré, ou nous t'y forcerons. C'est la tradition. Tu ne peux pas dire non.

Les larmes lui montèrent aux yeux. Ce n'était définitivement pas l'homme qu'elle avait commencé à fréquenter il y a quelques années. Elle secoua la tête avec ténacité.

Richard se leva de toute sa hauteur et fit un signe de tête à quelqu'un qui se tenait derrière elle. Un bras entoura sa poitrine, et elle ne put retenir le cri de surprise qui sortit de sa bouche lorsqu'elle fut basculée en arrière.

Les hommes qui lui tenaient les bras ne s'interrompirent pas alors qu'elle était tirée vers le canapé de Richard. Elle fut forcée de s'asseoir entre les deux types qui l'immobilisaient. Son petit ami, qui avait toujours ce foutu verre à la main, s'était mis à cheval sur ses jambes et la maintenait captive sous son corps.

— Tu n'as pas répondu correctement à la question, tu dois boire, lui répéta-t-il. Tu as encore une chance d'être un homme et de le faire par toi-même.

Une larme s'échappa, et Kassie la sentit rouler sur sa joue.

— Richard, chuchota-t-elle...

Mais cela ne l'affecta pas le moins du monde. Il adressa un coup de menton à quelqu'un derrière le canapé. Une grosse main attrapa son visage et le pencha en arrière. Sa tête atterrit sur le coussin et elle leva les yeux. Dean se tenait là, la dévisageant de haut. Le regard mauvais dans ses yeux s'était intensifié.

— Bois, murmura-t-il, avant d'utiliser ses doigts pour appuyer sur sa mâchoire.

La douleur fut immédiate et Kassie haleta.

S'attendant manifestement à sa réaction, Richard porta le gobelet de grog à ses lèvres et l'inclina.

Le mauvais goût provoqua immédiatement un haut-le-cœur chez Kassie, et elle essaya de relever la tête. Dean appuya plus fort sur sa mâchoire, et elle sentit une autre main presser son front.

Elle se débattit sérieusement alors que Richard continuait de faire couler le liquide infect dans sa bouche. Elle donna un coup de pied avec ses jambes et sentit quelqu'un s'agripper à ses chevilles pour les maintenir en place. Elle essaya de tourner la tête, mais était maintenue immobile par les mains sur son corps.

Elle était bel et bien coincée, et son petit ami en était l'auteur.

Kassie ferma sa gorge, refusant d'avaler. La sauce Tabasco, ainsi que tout ce qu'ils avaient jeté dans le bol de punch quand elle ne regardait pas, lui brûlait l'intérieur de la bouche.

Elle regarda Richard, et sa haine grandissait dans son âme pour ce qu'il lui faisait subir.

— Avale, Kassie. Tu n'as pas répondu correctement à la question.

Elle réussit à initier un minuscule mouvement de tête, et il sourit.

C'était la réaction d'un homme qui n'en avait rien à foutre que sa petite amie pleure contre lui. Qui s'en fichait qu'elle souffre. Le rictus d'un type qui avait perdu toute décence bien qu'il n'en ait jamais eu.

Gardant le gobelet sur ses lèvres, il leva sa main libre et lui pinça les narines.

— Tu vas boire chaque goutte de ce grog, Kassie. Soit tu le fais de manière douce, soit de manière forte. Si tu t'évanouis, nous attendrons que tu reviennes à toi, et nous recommencerons avec une tasse pleine.

Kassie se débattait maintenant comme si sa vie en dépendait. Elle n'arrivait pas à respirer. Elle ouvrit sa gorge pour aspirer l'oxygène dont elle avait tant besoin, et le mélange glissa vers le bas. Elle s'étouffa, et Richard ricana, inclinant le gobelet plus loin, versant plus de cette décoction dans sa gorge.

— C'est ça, bébé. Bois-le comme une bonne fille.

Le réflexe nauséeux de Kassie se déclencha, et son estomac se gonfla, se préparant à évacuer de force l'horreur qui s'y trouvait.

— Si tu vomis, je te ferai boire quand même, menaça Richard.

Kassie ferma les yeux, et son corps se relâcha. Il s'exécuterait à coup sûr. Il n'en avait rien à ficher d'elle. Ce qui s'était passé dans son cerveau quand la bombe avait explosé avait tué le Richard Jacks qu'elle connaissait. À sa place, il y avait un bâtard insensible pour qui les précieuses traditions militaires comptaient plus que tout.

Sachant qu'elle ne se lèverait pas avant d'avoir fini ce putain de bol de grog, Kassie avala. Puis elle le fit de nouveau. Et encore. Elle sentait rapidement le trop-plein de l'horrible mixture qu'elle n'arrivait pas à avaler dégouliner sur son visage jusque dans ses oreilles. Elle pria Richard de ne lui faire ingurgiter que ce bol-ci.

Elle ferma son esprit jusqu'à ce que son petit ami lâche enfin son nez. Elle aspira de l'oxygène comme si elle en avait été privée pendant des heures au lieu des trente secondes que cela avait duré.

— Là, voilà, ce n'était pas si mal, n'est-ce pas ? lui chantonna Richard, qui se penchait et l'embrassait amoureusement sur les lèvres.

Son corps entier était toujours maintenu en position par ses amis, aucun n'avait relâché sa prise, et Kassie savait qu'elle porterait les marques de leur étreinte pendant un certain temps encore.

Richard se dégagea de ses genoux, et celui qui tenait sa tête et ses jambes la libéra également. Kassie leva les yeux vers Dean, qui sourit un moment en la regardant et en passant un doigt sous sa lèvre inférieure.

— Tu en as renversé un peu, se moqua-t-il avant de se lever.

Kassie pouvait sentir le grog sur son visage, là où il avait débordé de sa bouche. Elle pouvait également le sentir sur sa poitrine et n'avait aucun doute sur le fait qu'il se soit également infiltré dans son soutien-gorge.

Richard tendit une main.

— Viens, bébé. Il y a beaucoup d'autres traditions à découvrir. Les soirées de l'armée ne sont-elles pas amusantes ?

Elle tendit la sienne, lui permettant de l'aider à se redresser.

— Pourquoi n'irais-tu pas te nettoyer ? Je ne voudrais pas que tu ne sois pas au mieux de ta forme pour la ligne de réception.

Le sourire sur le visage de Richard effraya Kassie, tout comme celui de Dean.

— La ligne de réception est ma tradition *préférée*, annonça-t-il alors qu'elle se dirigeait vers la salle de bains.

Elle s'y rendit sur des jambes engourdies. Elle voulait rentrer chez elle, mais Richard était passé la chercher. Elle pouvait prendre un taxi ou un Uber, mais elle avait le senti-ment qu'il ne la laisserait pas partir avant de s'être *amusé*.

Elle ferma la porte de la salle de bains et se pencha sur le lavabo. Elle se regarda dans le miroir et vit une femme qu'elle ne reconnaissait pas. Des stries noires bordaient ses joues et le côté de son visage, là où son mascara avait coulé lorsqu'elle avait pleuré. Les restes du grog étaient sur ses lèvres, son menton, son cou, dans ses cheveux, et disparaissaient sous le voile de sa robe, sur sa poitrine. En tournant la tête, elle pouvait voir le début d'un bleu sur sa mâchoire, à l'endroit où Dean l'avait tenue de sa poigne cruelle.

Elle était dans un sale état, et Richard lui avait fait ça.

Elle voulait être assez forte pour sortir de la chambre et sortir par la porte d'entrée, mais si elle était honnête avec elle-même, elle avait peur.

Richard l'effrayait.

À mort.

Elle n'avait aucune idée de ce qu'il ferait si elle essayait de partir.

Soudain, le grog qui reposait dans son ventre se rebella. Kassie se précipita vers les toilettes, juste à temps. Comme s'il n'avait pas déjà été assez dur à ingurgiter, le liquide dégoûtant était encore pire à régurgiter.

Son nez brûlait à cause de l'alcool et de la sauce piquante, sa gorge lui faisait mal, et ses papilles gustatives étaient en grève permanente. Son estomac se soulevait encore et encore, et une fois qu'il avait expulsé tout le liquide, il continuait à se soulever, comme s'il voulait se débarrasser ne serait-ce que du *souvenir* de ce qu'on lui avait fait ingurgiter.

Lorsqu'elle cessa enfin de vomir, Kassie resta agenouillée près de la cuvette des toilettes, respirant difficilement, essayant de ne pas se briser en mille morceaux.

On frappa à la porte.

— Dépêche-toi, bébé. Tout le monde t'attend pour que nous puissions commencer la ligne de réception. Je sais que tu vas adorer *cette* tradition.

Le seul son de la voix de Richard retourna son estomac. Elle prit de grandes respirations et réussit finalement à se contrôler. Elle tira la chasse d'eau et se leva pour se regarder dans le miroir. Au-delà du désordre de son maquillage, des bleus sur son visage et de ses lèvres tachées de rouge par le grog, Kassie était dégoûtée par ce qu'elle voyait.

Que lui était-il arrivé ? Comment en était-elle arrivée là ? Elle avait toujours dit à sa petite sœur que si quelqu'un lui manquait de respect, s'il lui faisait du mal, elle devrait se sortir de la situation. Et elle était là. Elle ne se sortait *pas* de cette putain de situation.

Mais c'était différent quand ça arrivait à soi-même.

C'était différent quand vous saviez que votre vie était en danger si vous vous défendiez.

C'était différent quand un mot de travers pouvait transformer votre ancien petit ami en un monstre.

Ouvrant un meuble, Kassie en sortit un gant de toilette et le mouilla dans le lavabo. Elle se frotta le visage, ruinant l'heure de travail minutieux qu'elle avait passée à se maquiller avant l'arrivée de Richard. Elle n'avait aucune idée de ce qu'il avait prévu pour le reste de la soirée, mais elle avait le mauvais pressentiment que sa nuit d'enfer venait juste de commencer.

— Fais ce qu'il veut, se dit Kassie à voix haute, en fixant le miroir et la femme qu'elle ne reconnaissait pas qui lui faisait face. Passe la nuit, puis tu pourras rompre avec lui, et il sortira de ta vie pour toujours. Ce n'est pas parce que c'est un con que tous les hommes le sont.

Sur ce, elle prit une profonde inspiration et ouvrit la porte de la salle de bains. Richard était là, à l'attendre... Dean, debout au bout du couloir, observait.

— Prête ? l'interrogea Richard, en tendant sa main une fois de plus.

Kassie hocha la tête.

* * *

Kassie s'était couchée dans son lit et avait ignoré la sonnerie de son téléphone mobile, sachant que c'était sa jeune sœur Karina qui voulait savoir comment ça s'était passé avec Richard. Elle était en première année de lycée, et Kassie n'avait pas la force de lui parler en ce moment. Ni à qui que ce soit.

Comme elle le soupçonnait, sa nuit d'enfer ne s'était pas achevée avec ce premier bol de grog forcé. La ligne de réception était...

Elle ferma les yeux, essayant de retenir ses larmes. Elle ne voulait plus y penser. C'était fini et terminé.

Elle était recroquevillée en une boule plus serrée et avait tiré sa couette autour d'elle.

Deux heures plus tard, elle s'était réveillée une fois de plus et était sortie du lit à contrecœur. Elle ne pouvait pas rester là éternellement, même si cela pouvait paraître attirant.

Elle se doucha et enfila un sweat et un tee-shirt. Heureusement, elle avait un jour de congé. La dernière chose dont elle avait envie était de s'habiller avec une belle tenue et d'aller chez JCPenney pour essayer de vendre des vêtements.

Son portable sonna de nouveau, et Kassie vit que c'était Richard.

Et juste comme ça, elle était en colère. *Furieuse.*

Comment avait-il *osé* faire tout ça ? Comment ses amis avaient-ils pu participer ?

Serrant les dents et décidant sur-le-champ d'en finir entre eux, elle appuya sur le bouton pour répondre au téléphone.

— Allô.

— Hé, bébé. C'était bien hier soir. J'étais si fier de toi.

— Ce n'était pas amusant pour moi, Richard, lui rétorqua Kassie.

— C'est parce que tu ne savais pas trop à quoi t'attendre. Maintenant que tu connais les traditions, la prochaine sera plus facile. Et si j'étais toi, je prendrais le temps d'étudier l'armée... comme ça tu n'auras pas à boire autant de grog.

Richard rit de ses paroles, un long gloussement qui fit se dresser les poils de la nuque de Kassie.

— Il n'y aura pas de prochaine fois, dit-elle fermement. Les choses ne marchent pas entre nous. Je pense que nous devons passer à autre chose.

— Quoi ? demanda Richard d'un ton bas et égal qui effraya Kassie.

S'il avait crié, ça aurait été différent, mais cette voix sans tonalité était déroutante.

— Tu ne m'aimes *même* pas, Richard. Tu ne peux pas en m'ayant infligé toutes ces abominations. Me frapper, me faire suivre. Tu as demandé à tes amis de me retenir pendant que tu me forçais à boire ce truc dégoûtant.

Le silence accueillit ses mots, et Kassie devint encore plus nerveuse. La raison pour laquelle elle voulait rompre avec lui devrait être évidente, mais elle avait décidé d'essayer une tactique différente. Une qui ne donnait pas l'impression qu'elle lui mettait tout sur le dos... même si c'était le cas.

— Je veux dire, tu es à Fort Hood la plupart du temps, tu évolues dans ton milieu militaire. Je ne fais que te retenir.

Elle essaya de prononcer ces mots comme si elle les pensait.

— Tu ne vas pas rompre avec moi.

— Richard, je sais que c'est...

— Tu ne sais rien du tout, l'interrompit-il sévèrement. Et tu ne vas *pas* rompre avec moi.

Kassie commença à trembler. Elle sortit une de ses chaises de cuisine et s'y assit, ses jambes ressemblant à des spaghettis cuits.

— Tu as besoin d'une femme qui puisse te rendre fier.

Elle essaya de recourir à son côté arrogant.

— Tu es à moi, Kassie. Tu seras toujours à moi.

— C'est pour ça que tu as laissé tous tes amis m'embrasser hier soir sous prétexte que c'était une tradition de la ligne de réception de l'armée ?

Elle n'avait pas prévu d'en parler, mais elle n'avait pas pu s'en empêcher.

— Ce n'est pas ce que font les petits amis.

Du moins, pas ceux qu'elle désirait.

— C'est ça qui te dérange, bébé ? ronronna Richard. Je t'ai partagée avec eux parce que je suis fier de toi. Je veux montrer à tout le monde ce que j'ai. Combien tu es merveilleuse.

Au fur et à mesure qu'il parlait, sa voix passait progressivement de douce et cajoleuse à dure et méchante.

— En plus, tu es à moi. Si je veux voir Dean ou quelqu'un d'autre t'embrasser, ou davantage, je le ferai. Et tu t'exécuteras. Parce que c'est moi l'homme et que c'est moi qui commande.

— Richard, Dean me fait peur.

— Bien. Alors, tu te plieras à nos volontés.

Kassie pressa ses lèvres l'une contre l'autre.

— Je suis sérieuse, Richard. Je ne peux plus me soumettre à ça. Je ne veux plus te voir.

— C'est dommage. Parce que je viens tout de suite, et nous allons en discuter. Je dois retourner à Fort Hood demain. On a un exercice d'entraînement, et on va affronter un groupe de gars qui se croient très forts. On va leur montrer une chose ou deux. Mais avant de partir, je veux m'assurer que notre couple est solide.

— Il ne l'est pas, protesta Kassie. On a rompu.

— Non, nous n'avons pas rompu, insista Richard. Je te verrai bientôt.

— Richard, ne te donne pas la peine de venir. Richard ? Tu es là ?

Le téléphone résonna dans son oreille, elle poussa un gros soupir et l'éteignit. Il lui avait raccroché au nez.

Putain. Il était en route pour venir ici. Elle devait partir. Elle ne voulait pas être là quand il arriverait. Elle allait seulement l'éviter. Ils ne pouvaient pas être en couple s'ils ne se voyaient jamais, non ?

Ne sachant pas à quelle distance Richard se trouvait, Kassie courut dans sa chambre et enfila une paire de chaussettes et des baskets. Elle attrapa un chapeau et le mit bas sur sa tête. Les bleus sur ses bras et ses jambes étaient cachés par ses vêtements, mais ceux sur son visage et son cou seraient plus difficiles à dissimuler pendant un certain temps.

Elle sortit en courant de son appartement et verrouilla

la porte derrière elle. Elle se dirigea rapidement vers sa voiture et s'arrêta net lorsqu'elle vit Dean appuyé contre la portière conducteur.

— Tu vas quelque part, Kassie ?

— Dégage de mon chemin, Dean, prononça-t-elle d'un ton qu'elle espérait plus confiant qu'il ne l'était à ses propres oreilles.

— Je ne pense pas. Richard veut te parler, et ce qu'il désire, il l'obtient.

— C'est fou, marmonna Kassie.

— Non. Tu lui appartiens, tu fais ce qu'il te dit, l'informa-t-il en lui saisissant le bras d'une poigne assez forte pour lui faire mal, surtout parce qu'il l'attrapa à l'endroit où elle avait déjà des bleus de la nuit précédente.

Il la raccompagna à son appartement et la tint pendant qu'elle déverrouillait sa porte. Il la propulsa à l'intérieur et clama :

— Mets-toi à l'aise. Ton homme sera bientôt là.

Détestant sa docilité à réaliser ce que Dean exigeait, Kassie se consolait en pensant qu'elle pourrait sûrement faire entendre raison à Richard quand il serait là. Qui voudrait être avec quelqu'un qui n'en avait pas envie en retour ?

* * *

Sept jours plus tard, il était de plus en plus difficile de continuer à éviter Karina. Sa petite sœur voulait la voir, mais avec le bleu sur son visage, là où Richard l'avait frappée la semaine précédente, Kassie refusait. Elle ne voulait pas qu'elle voie à quel point les choses allaient mal entre sa grande sœur et son supposé petit ami.

Quand le téléphone sonna et qu'elle vit que c'était Richard, elle décrocha à contrecœur. Elle avait définitivement appris la leçon et ne prendrait pas le risque de l'énerver de nouveau.

— Quoi ?

— J'ai un travail pour toi.

Kassie fut décontenancée pendant un moment. Elle avait pensé qu'il s'excuserait de l'avoir frappée, qu'il parlerait de l'excellent déroulement de l'exercice d'entraînement qu'il attendait avec impatience, qu'il essaierait même de l'amadouer et de prétendre que tout allait bien entre eux.

— Un travail ?

— Oui. Il y a un site de rencontre sur lequel tu dois t'inscrire. Puis, tu dois trouver les profils d'un groupe d'hommes et leur envoyer des messages. Flirte avec eux, fais en sorte qu'ils soient intéressés. Ton but ultime est qu'au moins l'un d'entre eux te rencontre, puis de récolter autant d'informations que possible sur eux.

— Quoi ? Qui ? Qu'est-ce qui se passe, Richard ?

Kassie était confuse.

— Et avant que tu ne le dises, putain, on n'a pas rompu, lui aboya-t-il dessus. Tu es ma putain de petite amie, et tu vas faire ça quoi qu'il arrive.

— Pourquoi ?

— Pourquoi ? Tu veux savoir pourquoi ?

— Oui, chuchota Kassie, rebutée par le ton de Richard.

Il parlait exactement comme dans son appartement la semaine précédente, quand il avait perdu la tête et l'avait battue.

— Parce que ces enfoirés ont *triché*. Ils ont triché et

nous ont fait honte, à moi et à mon peloton ! Ils pensent qu'ils sont de la merde chaude, et ils ne s'en tireront pas comme ça. J'ai des plans pour eux. Oh oui, de grands projets !

— Qui ? Tricher à quoi ? demanda Kassie, toujours complètement perdue.

— Le putain d'exercice ! cria Richard. Ils nous ont fait tuer avant même que nous soyons prêts à commencer. Ils ont triché !

Kassie n'avait aucune idée de ce dont il parlait, mais elle essaya quand même de l'apaiser.

— OK, Richard. Je peux m'en charger.

Elle n'avait pas l'intention d'essayer d'attirer un gars pour lui parler sur un site web, puis de l'utiliser pour donner des informations à Richard. Elle ne le voulait pas. Il ne pouvait pas l'obliger, pas comme avec le grog et les autres trucs à son appartement l'autre nuit.

— Bien. Je viens juste de commencer à sortir avec une fille qui a un enfant. Je peux totalement me servir de ça.

Richard parlait plus à lui-même qu'à Kassie désormais, mais elle ne l'interrompit pas. Elle ignorait totalement à quoi il faisait allusion, mais elle était terriblement effrayée par les implications.

— Oui. Nous avons besoin d'un nouveau départ. Je peux demander à Dean de nous aider, et à mes autres potes. On aura besoin d'argent en revanche... oh oui, je sais comment en trouver !

Il ricana alors. Un rire diabolique, froid et insensible.

— Tu viens à Austin ce week-end ? s'enquit doucement Kassie, cherchant à savoir si elle avait besoin de se cacher pour rester loin de lui.

— Non. Mais ça ne signifie pas que tu peux te moquer

de moi. Dean est là, et il gardera un œil sur toi. Je dois y aller. Je t'enverrai les détails par e-mail.

Et il raccrocha sans un mot de plus.

Kassie éteignit son téléphone, soulagée que Richard ne vienne pas la voir chez elle, mais nerveuse pour la femme et l'enfant dont il avait parlé. Cela ne pouvait vraiment pas être bon. Elle se sentait coupable d'être contente que ce ne soit pas sur elle que Richard ait jeté son dévolu cette fois.

Soupirant, Kassie se rendit dans sa salle de bains pour se maquiller. Elle pouvait mettre un foulard autour de son cou pour cacher les bleus de ses collègues et des clients, mais il semblait qu'elle aurait besoin d'utiliser un fond de teint plus épais que d'habitude pour un moment encore.

* * *

Kassie s'effondra sur son canapé et soupira de soulagement d'être enfin dans son appartement. Le travail était pénible, et ça craignait que Dean la suive toujours partout, mais au moins elle n'avait pas vu Richard depuis un moment.

Elle alluma la télévision et ferma les yeux, essayant de trouver l'énergie de se lever et de préparer quelque chose pour le dîner. Les informations défilaient en arrière-plan, et ce ne fut que lorsque le nom de Richard fut prononcé qu'elle se redressa et que ses yeux s'agrandirent avec surprise.

La grande nouvelle de ce soir vient de Fort Hood. Le sergent Richard Jacks a été accusé d'enlèvement et de nombreuses autres charges découlant d'un incident survenu la nuit dernière. Il est prouvé qu'il a kidnappé une femme et son enfant et qu'il les a utilisés comme appât pour un peloton de soldats. Notre source nous informe qu'il était contrarié par un exercice d'entraînement qui a eu lieu il y a quelques mois, et qu'il s'est vengé en enlevant la petite amie et l'enfant d'un des soldats qu'il considérait comme responsable de son embarras.

Le sergent Jacks a été blessé lors de l'altercation, mais il devrait survivre. Il est actuellement à l'hôpital et, une fois rétabli, il sera jugé. S'il est reconnu coupable, il risque de passer du temps dans une prison fédérale, très probablement à Fort Leavenworth, dans le Kansas. Soyez à l'écoute demain matin pour les dernières évolutions de la situation.

Kassie essaya de retenir son souffle, mais elle n'y parvint pas. Richard avait kidnappé la femme et l'enfant dont il lui avait parlé il y a quelques mois ? Il était blessé ? Il était en *prison* ?

Pour la première fois depuis longtemps, presque un an, Kassie avait l'impression de pouvoir respirer.

Elle était libre.

Libérée de Richard et de ses menaces.

Libérée des yeux de Dean qui observaient chacun de ses mouvements.

Elle pouvait supprimer son compte sur ce foutu site de rencontre.

Libre.

Son téléphone portable sonna, et Kassie fit un bond de trois mètres. Elle se moqua d'elle-même et fit glisser son pouce sur l'écran sans regarder le nom.

— Allô.

— Ne crois pas que tu es tirée d'affaire.

— Quoi ?

— Ne pense pas que tu es tirée d'affaire, répéta Dean.

Ton petit ami est peut-être derrière les barreaux, mais rien ne change.

Kassie secoua la tête en signe d'incrédulité.

— Ce n'est pas mon petit ami, Dean. C'est de la folie.

— Tu es toujours sa femme. Jusqu'à ce qu'il me dise le contraire, je garde un œil sur toi, comme d'habitude. Sois une bonne fille, et je n'aurai pas à signaler ton insolence à Richard. Fais avancer les choses sur le site de rencontre. Ces enfoirés pensent qu'ils nous ont battus – ils ont tort. On a juste besoin de se regrouper. Et d'informations.

La boule de terreur qui avait disparu il y a un instant était de retour, décuplée.

— Pourquoi fais-tu ça ?

— Parce que tu appartiens à Richard. Sans restriction. J'appellerai plus tard avec plus de détails.

Kassie fixa son portable et s'effondra sur le canapé. Elle avait essayé de tenir tête à Dean et Richard. Elle l'avait fait. Mais après que ses pneus avaient été crevés quatre fois, que des lettres de menace étaient arrivées à son travail, et que Dean lui-même s'était présenté à son boulot à plusieurs reprises, seulement pour rester là et la fixer, elle avait cédé. C'était plus facile de faire semblant d'agir comme ils le voulaient que de les défier ouvertement.

La menace de Richard planait toujours sur elle. Il aimait se présenter à sa porte, la surprendre... et la frapper tant qu'il y était. Au moins, étant derrière les barreaux, il ne pouvait plus la battre, mais Kassie n'était pas sûre que Dean soit moins menaçant. Il était... plus effrayant. Il ne la taperait pas. Non, il détruirait sa vie comme il le pourrait, mais il ne lèverait pas la main sur elle.

Elle prit une profonde inspiration et se leva du canapé. Elle se dirigea vers la table dans l'autre pièce et pianota sur son ordinateur. Autant se débarrasser de l'histoire du site de rencontre pour la nuit. Avec des larmes dans les yeux, elle cliqua dessus et commença à chercher.

* * *

Kassie ne voulait pas passer l'appel, mais elle le devait. Elle tapa le numéro de Dean sur son téléphone et le porta à son oreille.

— Quoi ?

— J'ai réussi à ce que l'un d'entre eux me réponde.

— Qui ?

— Hollywood.

— Bien. Maintenant, ne fous pas tout en l'air. Nous avons besoin d'informations. Richard est prêt à aller de l'avant. Il est peut-être derrière les barreaux, mais il regarde, ne l'oublie jamais.

Kassie sentit la rancune monter en elle.

— Comment le pourrais-je ? Tu me le répètes chaque fois que nous parlons. Je n'aime pas faire ça, Dean. Je ne sais pas pourquoi vous ne pouvez pas laisser tomber. Richard est derrière les barreaux. C'est fini. On ne sort plus ensemble, je ne l'ai pas vu depuis des mois, c'est insensé. Qu'est-ce qu'il va faire si je dis merde ? Hein ?

— Ce n'est pas de Richard que tu dois t'inquiéter, lança Dean d'un ton bas et mauvais. Ce combat est notre combat pour la justice. Pas seulement celui de Richard. Tu veux savoir ce qui va se passer si tu ne t'y plies pas ? Si tu ne trouves pas ce que nous voulons savoir auprès d'un de ces connards ? Nous avons été patients. On a été gentils à propos de tout. Tu t'es dégonflée, et tu as essayé de rompre avec Richard, et il est passé au-dessus. Mais tu es toujours à lui, Kassie. *À lui*. Il peut faire ce qu'il veut, quand il veut et avec qui il veut. Mais si tu as besoin de motivation... peut-être que ta sœur te donnera ce courage.

— Quoi ? Karina ? De quoi tu parles ? Laisse-la tranquille ! S'il te plaît ! supplia Kassie.

— Obéis, et elle ira bien. Décide de t'en faire pousser une paire, et elle n'ira pas bien. C'est ton choix.

— Comment j'en suis arrivée là ? chuchota Kassie plus pour elle-même que pour Dean.

— Tu es exactement là où tu es censée être, répondit Dean. Maintenant, comporte-toi bien, et personne ne sera blessé. Fais-moi savoir comment les choses avancent avec Hollywood, et je transmettrai l'info à Richard. Tant que tu exécutes ses ordres, rien de mal n'arrivera.

Kassie raccrocha sans un mot de plus. À travers ses larmes, elle tira le clavier vers elle et sélectionna le message qu'Hollywood lui avait envoyé la nuit dernière. Elle lui en avait adressé quelques-uns, sans être sûre qu'il répondrait un jour, tout en espérant qu'il ne le ferait pas, mais apparemment, elle avait suscité son intérêt d'une manière ou d'une autre. Elle ferma les yeux et hésita avec ses doigts sur les touches.

— Je suis désolée, confia-t-elle doucement à l'homme à qui elle écrivait, même s'il ne pouvait pas l'entendre. Je suis vraiment désolée de t'entraîner dans cette histoire... mais je n'ai pas le choix.

Puis elle prit une profonde inspiration, énonça à haute voix « Ma vie est nulle » et commença à taper, répondant au mail d'Hollywood et essayant de faire semblant d'être une fille normale qui souhaitait rencontrer un homme avec qui sortir.

LE CADEAU

di Susan Stoker

Note de l'auteure

Cette nouvelle décrit la première rencontre entre Annie (d'*Un héros pour Emily*) et Frankie (d'*Un Protecteur Pour Kiera*). C'est une jolie petite histoire qui a totalement inspiré le livre d'Annie et Frankie, *Un héros pour Annie* .

-Susan

Le Cadeau

Annie s'agita entre ses parents et regarda fixement l'entrée. Elle serra la main de sa mère et leva les yeux vers elle.

— Combien de temps encore ?

— Je ne sais pas, bébé, répondit Emily à sa fille. Leur avion a atterri il y a dix minutes, mais il faut parfois un certain temps pour que tout le monde descende. Et peut-être qu'ils ont dû aller aux toilettes. Ils seront bientôt là. Patience.

— J'ai hâte de rencontrer Frankie, dit la petite à ses parents pour la millionième fois.

Son père, Cormac « Fletch » Fletcher, s'accroupit devant elle et posa ses mains sur ses épaules.

— Ne te vexe pas s'il est timide, ma puce, lui confia-t-il. Comme il est sourd, c'est probablement difficile pour lui de se faire des amis.

Annie hocha la tête avec enthousiasme.

— Je sais, mais je veux lui montrer mes soldats de l'armée, et ma chambre, et où je joue aux voitures derrière le garage. Tu crois qu'il voudra passer la nuit avec moi ? Il n'y a qu'un seul lit dans l'appartement, et les adultes voudront probablement y rester, et même si le canapé est super confortable, peut-être qu'on peut faire une soirée pyjama ?

— On verra, lui lança Fletch en se redressant.

Il s'approcha de sa femme et se pencha vers elle, lui murmurant à l'oreille :

— Je ne suis pas sûr d'être d'accord pour que ma fille organise des soirées pyjama avec des garçons à 7 ans.

Emily étouffa un rire et chuchota en retour :

— On verra comment elle se sentira quand elle ne pourra plus communiquer avec lui.

Fletch secoua simplement la tête et sourit.

— Ne la sous-estime pas. Je pense qu'elle pourrait devenir amie avec un terroriste si elle s'y mettait.

— C'est lui ? C'est lui ? C'est lui ? s'écria Annie, sautant de haut en bas dans son excitation.

Emily leva les yeux et vit un couple marcher vers eux. L'homme tenait la main d'un garçon qui semblait avoir à peu près le même âge qu'Annie. Quand il adressa un coup de menton à Fletch, elle sut avec certitude que c'était lui.

— Oui, c'est eux.

Avant que le dernier mot ne sorte de sa bouche, Annie se mit à courir vers le trio. Comme s'il s'agissait d'un frère et d'une sœur perdus de vue, elle s'approcha du petit garçon et le serra dans ses bras.

Le temps qu'Emily et Fletch atteignent le groupe, Annie s'était retirée et souriait à pleines dents au garçon.

— Coop, salua Fletch en tendant la main. Comment s'est passé le vol ?

— Sans problème. Merci d'être venus nous chercher.

— De rien. Quand notre commandant a dit que vous veniez donner quelques cours sur l'utilisation du langage des signes afin de communiquer avec les autres pendant les missions, je me suis souvenu que Tex avait parlé de vous. Je n'ai pas pu résister à l'occasion de vous demander votre avis avant d'arriver à la base.

Cooper « Coop » Nelson gloussa.

— Je suis toujours surpris quand je tombe sur des gens qui connaissent Tex, mais je ne devrais pas. Voici ma petite amie, Kiera Hamilton.

Fletch serra la main de la femme, tout comme Emily.

— C'est un plaisir de vous rencontrer, déclara Emily. Fletch a expliqué que vous êtes professeure.

— C'est exact, confirma Kiera.

Elle mima également les mots en langue des signes en même temps.

— Je travaille dans une école pour enfants sourds. Frankie est l'un de mes élèves. J'ai rencontré Cooper quand il était volontaire là-bas.

— Et son père vous a laissés lui faire parcourir le pays

en avion ? demanda Emily, ses sourcils se levant en signe de surprise.

— Oui. Nous avons traversé un… truc, avoua Kiera en regardant Cooper et en haussant les épaules, puis elle continua. Il a fait de nous les parrains de Frankie, et nous sommes tous assez proches.

Fletch voulait en savoir plus sur le « truc » dont Kiera parlait, mais il décida de poser la question à Cooper plus tard. Il sentit une traction sur sa chemise et baissa les yeux vers Annie. Lui et Emily lui avaient appris qu'il était impoli d'interrompre, mais parfois son enthousiasme prenait le dessus.

— Je veux dire mon nom à Frankie avec mes doigts. Mais je ne sais pas comment faire.

Kiera s'accroupit à côté des enfants. Elle montra patiemment à Annie comment épeler son prénom avec les doigts pour Frankie. La fillette comprit vite. Elle se tourna vers le petit garçon, qui était resté collé aux côtés de Cooper, agita sa petite main en se désignant, puis épela minutieusement A-N-N-I-E.

Un sourire apparut sur le visage du garçon pour la première fois. Il lui fit un signe de la main, se montra du doigt et épela son propre nom.

Sans un mot, Annie essaya de le copier, et quand elle oublia une des lettres, Frankie l'aida à manipuler ses doigts et sa main pour la représenter.

Kiera se leva et sourit à Cooper.

— On dirait qu'ils vont bien s'entendre.

Ils prirent tous l'escalator en direction de la zone de récupération des bagages, en ne discutant de rien en particulier. Cooper et Fletch parlèrent de leur travail, Emily et Kiera de l'appartement au-dessus du garage où ils seraient logés et de ce que Kiera pourrait vouloir faire pendant que Cooper officierait à la base, et Annie et Frankie réalisèrent des gestes dans les deux sens, gloussèrent et consolidèrent leur amitié naissante.

* * *

Emily s'assit avec Kiera sur le patio arrière après le dîner pendant que les hommes avaient disparu à l'intérieur pour bavarder à propos du boulot. Les deux femmes regardèrent Annie et Frankie jouer ensemble dans l'herbe. Annie avait sorti ses précieux soldats de l'armée que Fletch lui avait donnés lorsqu'il l'avait rencontrée. Ils étaient encore dans leurs boîtes, même si le carton avait l'air un peu usé. Tout autour des poupées Barbie, il y avait des petites figurines vertes en plastique, des voitures Matchbox et des petits tanks en métal qu'elle avait reçus pour Noël l'année précédente.

Les deux enfants s'amusaient, communiquant par des gestes d'avant en arrière et beaucoup de pointages du doigt.

— Quelle est l'histoire de Frankie ? demanda Emily.

— Il a été malade quand il était bébé et a perdu son audition. Son père a déménagé dans notre région et l'a inscrit dans mon école. Il était renfermé et maussade à cause du drame, des bouleversements du déménagement et de son mécontentement face à sa vie de famille. Que sa mère lui ait fait comprendre qu'elle n'aimait pas vraiment son fils et qu'il ne puisse pas entendre n'a pas aidé.

Emily aspira un souffle horrifié.

— Oh, mon Dieu ! Pauvre Frankie.

— Oui, je simplifie à l'extrême, mais son père a divorcé

de cette femme, en partie parce que c'était une salope, et surtout parce que c'était une putain de droguée. Frankie a rencontré Cooper, qui ne peut en aucun cas être considéré comme moins qu'un homme, et a immédiatement eu un cas de culte du héros... Je ne peux pas lui en vouloir.

— Eh bien, Dieu merci pour ça, reprit Emily, en se rasseyant dans sa chaise avec soulagement.

— Oh ! mais ensuite, elle est venue à l'école et a essayé de le kidnapper.

Les yeux d'Emily s'ouvrirent si grands qu'on aurait cru qu'ils s'étaient détachés de sa tête.

Kiera rit.

— Ne vous inquiétez pas. J'ai sauté dans sa voiture aussi, et Cooper et un de ses amis sont venus à notre secours. Frankie a appris ce jour-là à quel point c'était cool d'être capable de communiquer en code secret.

Kiera leva les mains et dessina des guillemets autour des deux derniers mots.

Emily lui sourit.

— Et vous ? Comment avez-vous appris le langage des signes ?

— Ma mère est sourde.

— Ah. C'est logique. Alors, le père de Frankie était d'accord pour que vous l'emmeniez avec vous au Texas ?

— Oui. Avec la tentative d'enlèvement, Cooper qui a sauvé son fils et moi qui me suis mise en danger pour lui, il nous a officiellement désignés comme les parrains de Frankie. Son père avait une réunion en dehors de la ville, et nous nous sommes portés volontaires pour prendre Frankie avec nous.

— C'est génial. Je sais que je confierais la vie d'Annie à n'importe quel ami de Fletch, dit Emily.

La petite fille se mit à rire à ce moment-là, et les deux adultes se retournèrent pour voir ce qui était si drôle.

Annie gloussait tellement qu'elle était tombée sur le dos dans l'herbe et se roulait de joie.

— Qu'est-ce qui est si marrant ? cria Emily.

Annie se tourna sur le côté et releva sa tête d'une main en regardant sa mère.

— C'est Frankie. Il est hilarant.

Emily eut l'air confuse.

— Mais vous ne pouvez pas vous parler, fit-elle remarquer à sa fille.

Annie s'assit, s'approcha de Frankie et passa son bras sur ses épaules avant de déclarer :

— Nous pouvons discuter. Il vient de me raconter une blague.

— Vraiment ? répliqua Emily, en inclinant le visage en signe d'interrogation.

— Oui, confirma Annie. Il a demandé : « Pourquoi le militaire a traversé la route ? »

Comme la petite fille ne poursuivait pas, Emily s'impatienta :

— Pourquoi ?

— Il protégeait le poulet, lâcha Annie, puis elle éclata de nouveau de rire.

Les adultes se dévisagèrent un long moment avant de sourire. Ce n'était pas si drôle, mais ils avaient appris depuis longtemps que ce qui était marrant pour un enfant de 7 ans ne l'était pas forcément pour les autres.

Annie et Frankie retournèrent à leurs jeux, les éclats de rire occasionnels d'Annie résonnant sur la pelouse. Une heure plus tard, Cooper et Fletch revinrent dehors, et Kiera fit signe à Frankie qu'il était temps d'aller au lit.

— S'il vous plaît, est-ce que Frankie peut participer à une soirée pyjama ? demanda Annie avant qu'ils ne partent.

— Pas ce soir, lui répondit Emily. Il est probablement fatigué par son voyage, et la dernière chose dont il a besoin est d'être tenu éveillé par une petite fille excitée.

— Mais Mamaaaaaaaaaaaaan, protesta-t-elle en grimaçant.

— Ta mère a dit non, prononça Fletch sévèrement. Si tu es sage, et s'il le veut, nous en discuterons avec Cooper et Kiera pour demain soir.

Comme si son père avait déjà accepté, le visage d'Annie s'éclaira, et elle fit signe à Frankie.

Il lui en rendit un, et avant que quelqu'un ait pu le traduire, Annie l'avait copié.

Frankie sourit et le répéta une fois de plus, puis adressa un signe.

Après que le trio fut parti pour traverser la cour et rejoindre l'appartement du garage où ils allaient loger, Emily demanda à sa fille :

— Comment as-tu su ce que Frankie te racontait ?

Annie haussa les épaules.

— Je l'ai compris.

— Mais comment ?

— Je ne sais pas, Maman, c'était juste logique. Je lui ai fait signe, et je me souviens qu'il a dit à Miss Kiera que son repas était bon, et elle a traduit ce qu'il racontait au dîner, tu te souviens ? Bref, la première chose qu'il a montrée était « bien », et j'ai supposé que l'autre était « nuit ».

Emily regarda fixement sa fille. Elle avait raison. Elle ne s'était pas rappelé la conversation au dîner, mais Annie ne manquait jamais grand-chose. Jamais.

— Je t'aime, déclara Emily.

— Je t'aime aussi, répondit Annie, puis elle se retourna et fila vers la table de la salle à manger, où elle avait déposé ses précieux soldats après être rentrée.

Elle les prit dans ses bras et fonça vers sa chambre en passant devant ses parents.

— Quinze minutes, ma puce, lui lança Fletch.

— D'accord, Papa ! répondit Annie en criant, mais sans ralentir.

Emily secoua la tête et se tourna vers son mari.

— On est sûrs de vouloir une autre Annie par ici ?

Fletch posa ses mains sur les fesses de sa femme et l'attira contre lui.

— Absolument. Il n'y a rien qui puisse me faire plus plaisir que d'avoir d'autres petits toi qui courent partout.

Emily grimaça, sentant l'érection de son mari contre son ventre.

— Je vais peut-être prendre un bain pendant que tu mets notre fille au lit.

Fletch gémit.

— L'image de toi nue dans notre baignoire ne va pas calmer de sitôt mon érection.

— Après avoir couché Annie, je m'en occuperai pour toi, lui glissa Emily, les lèvres frétillantes. Tu sais que c'est ma période fertile du mois.

— Tu es diabolique, lâcha Fletch en louchant sur elle. Tu es consciente que quand elle est énervée, il faut deux fois plus de temps pour la coucher ?

— Je vais devoir commencer sans toi alors, annonça Emily.

Sur ce, Fletch l'attira dans ses bras et l'embrassa avec toute la passion refoulée que ses taquineries avaient générée. Se retirant quelques minutes plus tard, il tourna Emily et la poussa vers le hall.

— Vas-y. J'ai besoin de quelques minutes pour me contrôler avant d'aller voir Annie.

Emily s'éloigna, balançant ses hanches dans un mouvement exagéré. Regardant par-dessus son épaule, elle sourit à Fletch.

— Je te vois au lit, chéri.

* * *

L'un des moments préférés de Fletch était l'heure du coucher avec Annie. Il n'était pas toujours à la maison le soir pour partager cet instant avec elle, mais quand il l'était, il appréciait beaucoup leurs conversations. Parfois, ils ne parlaient de rien d'important, d'autres fois, Annie partageait ses peurs avec lui, mais ce soir, elle était, sans surprise, encline à parler de Frankie.

— Comment a-t-il perdu l'ouïe ?

— Il a été malade quand il était bébé, et l'infection lui a endommagé les oreilles.

— Comment a-t-il connu le langage des signes ?

— Je suppose de la même façon que tu as appris à parler.

— Je peux l'apprendre, moi aussi ?

— Oui, ma chérie, je suis sûr que tu peux. Tu l'as déjà fait aujourd'hui.

— Je veux discuter davantage avec lui. Je l'aime bien.

— Je pense qu'il t'aime bien aussi. Je suis sûr qu'il aimerait pouvoir te parler.

— Mais comment, s'il ne peut pas m'entendre au téléphone ?

— Tu peux communiquer avec lui par téléphone,

Annie. C'est un appareil spécial ; quand tu parles, il retranscrit ce que tu lui dis.

— Mais comment peut-il me répondre s'il n'utilise pas de mots ?

Fletch marqua une pause à ce sujet.

— Je ne suis pas sûr.

Il essayait toujours d'être honnête avec Annie.

Elle eut l'air bouleversée, puis sa lèvre inférieure vacilla.

— Mais il va rentrer chez lui dans quelques jours, et je ne pourrai plus lui parleeeeer.

Le dernier mot fut gémi comme si elle commençait à pleurer.

— Chut, bébé. Nous allons discuter avec Cooper et Kiera et voir s'ils peuvent nous aider. Je suis certain qu'ils en savent plus que moi.

La fillette continuait à renifler, et ses larmes à couler sur ses petites joues.

— Viens ici, bébé, intima Fletch, et il l'installa sous ses couvertures.

Il s'allongea et reposa sa tête sur l'oreiller à côté d'elle. Elle était sur le dos, et il était sur le côté.

— J'étais fier de toi, aujourd'hui.

— P-p-pourquoi ?

— Parce que je suis persuadé que des enfants ne sont pas gentils avec Frankie comme il ne peut pas les entendre.

— C'est stupide. Il est drôle.

Fletch sourit.

— Il l'est. Mais certaines personnes ne prennent pas le temps d'essayer de connaître les gens qui sont différents d'eux.

— Il aime mes petits soldats, lui confia-t-elle.

Le sourire de Fletch ne faiblit pas. Aimer ou non ses

précieuses figurines permettait à Annie de décider si quelqu'un valait la peine qu'elle s'y attarde. Et apparemment, Frankie avait réussi son test.

— J'ai vu ça.

— Si je pouvais, je vendrais mes soldats pour nous acheter un moyen de nous parler quand il est à des millions de kilomètres.

Fletch cligna des yeux. Il ne se souvenait que d'une seule autre fois où Annie avait proposé de vendre ses jouets précieux – c'était lorsque sa mère avait désespérément besoin d'argent et ne mangeait pas. Elle emmenait les bonshommes en plastique partout avec elle. Elle refusait d'ouvrir les boîtes, disant que cela les rendrait « vieux ». Le fait qu'elle ait exprimé à haute voix le désir de les vendre pour un petit garçon qu'elle ne côtoyait que depuis quelques heures et avec lequel elle voulait rester en contact était surprenant. Et de l'Annie tout craché.

— Je ne pense pas que ce sera nécessaire, ma chérie. Je vais en discuter avec mademoiselle Kiera et Cooper et voir ce qu'ils en pensent, OK ?

— Demain ?

— Oui, demain.

— OK. On peut aller sur Amazon et commander un livre pour apprendre à parler avec les mains ?

— Amazon ?

— Oui, c'est ce que j'ai dit.

Fletch hocha la tête.

— Oui, je pense qu'on peut faire ça.

Annie se tourna sur le côté et refléta la position de son père avec une main sous sa tête. Ses petites joues étaient encore rouges, et elle renifla une fois avant de déclarer :

— Je vais l'épouser, Papa.

— Tu vas l'épouser, hein ?

— Oui. Et je dois apprendre à lui parler le plus vite possible. Ce ne serait pas bien si je ne pouvais pas bavarder avec mon mari ou le comprendre, n'est-ce pas ?

Fletch voulait protester, mais Emily et Annie lui avaient appris que plus il s'opposait à quelque chose, plus Annie semblait le vouloir. Ça lui passerait, elle n'avait que 7 ans.

— Non, tu as raison. Ce serait bien que tu discutes avec ton mari.

Annie acquiesça.

— D'accord. Tu n'oublieras pas d'en parler à mademoiselle Kiera ?

— Non, je n'oublierai pas.

— Bien. Maintenant, va, Papa.

— Que je m'en aille ? Tu ne veux pas que je te fasse la lecture, ce soir ?

Annie secoua la tête.

— Non. Je suis fatiguée, et je veux que mon cerveau se repose pour pouvoir apprendre autant que possible demain comment faire des signes avec mes mains. Je veux connaître l'alphabet.

— OK, ma chérie. Dors bien.

Il se leva, puis se pencha vers Annie et l'embrassa sur le front.

Sa fille leva les yeux vers lui et signa « bonne nuit », comme elle l'avait appris de Frankie plus tôt.

Fletch afficha un rictus et lui rendit son signe.

Souriant joyeusement, Annie ferma les yeux et se blottit dans son oreiller.

Plus tard dans la nuit, beaucoup plus tard, après que Fletch eut fait l'amour à sa femme, intensément et avec beaucoup de vigueur, il l'informa des noces prochaines de leur fille.

— Tu n'as pas été en désaccord avec elle ou tu n'as pas prétendu qu'elle changerait d'avis un jour, n'est-ce pas ? demanda Emily d'un air endormi, pas du tout préoccupée par l'annonce de sa fille.

— Bien sûr que non. J'ai retenu cette leçon.

— Elle se lassera probablement de lui d'ici la fin du week-end, prédit Emily. Tu sais comment elle est.

Fletch savait comment était sa fille. Il n'avait pas exprimé son opinion, mais il avait le sentiment que deux jours avec le petit garçon n'allaient pas atténuer l'enthousiasme d'Annie.

— J'en suis certain. Dors, ma chérie, ordonna-t-il à Emily.

— Tu es tellement autoritaire, marmonna-t-elle, mais elle attira la main de Fletch, qui était enroulée autour de sa poitrine, jusqu'à ses lèvres et en embrassa la paume. J'aime bien cette histoire d'essayer de tomber enceinte, lui confia-t-elle.

Il sourit.

— Moi aussi. Mais même si ça n'arrive pas, ou si ça prend cinq ans, je ne cesserai jamais de t'aimer. En fait, chaque jour qui passe, je t'aime davantage.

— Le sentiment est définitivement réciproque. Mais j'ai l'intuition que ça ne va pas prendre des années. Si ton sperme est à moitié aussi autoritaire que toi, ce n'est qu'une question de temps.

Fletch sourit. Donner à son sperme des qualités anthropomorphes était typique d'Emily.

— Bonne nuit.

— Bonne nuit, répondit Emily.

***

— As-tu passé un bon moment avec Annie, aujourd'-
hui ? fit signe Kiera à Frankie.

— Oui ! signa avec enthousiasme le petit garçon. Elle
est gentille.

— Tu avais l'air de t'entendre avec elle aussi bien ou
mieux que Jenny et les autres filles de notre classe,
supposa-t-elle.

Frankie haussa les épaules.

— Elle est différente.

— Différente comment ? Parce qu'elle ne connaît pas
le langage des signes ? demanda Kiera.

— Non. Parce que je l'aime.

Kiera baissa les yeux vers Frankie, choquée. Cooper
avait déjà souhaité bonne nuit au petit garçon et était
actuellement dans la chambre, se préparant à aller au lit.
Elle voulait se rassurer en se disant que Frankie allait bien.
Il ne voyageait pas beaucoup, et être entouré de personnes
qui pouvaient entendre pouvait être épuisant et déroutant
pour lui. La dernière chose à laquelle Kiera s'attendait
était qu'il déclare son amour pour la petite fille de la
maison d'en face.

— Tu l'aimes, hein ?

Frankie hocha la tête.

— Elle pense que je suis drôle, et elle a partagé ses
jouets spéciaux avec moi. Elle se fiche que j'aie l'air bizarre
quand je ris ou que j'essaie de parler, et elle a vraiment
essayé d'apprendre quelques signes aujourd'hui. Je l'aime.

Kiera sourit et fit de son mieux pour ne pas avoir l'air
sceptique ou pour ne pas s'esclaffer. L'esprit d'un enfant
était merveilleux et étrange.

— Eh bien, demain, tu pourras apprendre à la

connaître davantage. Est-ce que ça te convient ? Tu veux passer la journée avec elle et sa mère pendant que Cooper et son père travaillent au poste de l'armée ?

La tête de Frankie bougea de haut en bas avec enthousiasme.

— Je veux lui offrir un cadeau, indiqua-t-il à Kiera.

— Un cadeau ?

— Oui. Quelque chose qui lui permettra de se souvenir de moi afin qu'elle ne décide pas d'aimer quelqu'un d'autre et de m'oublier avant que je puisse grandir et revenir pour elle.

Kiera sentit son cœur fondre.

— Quel genre de cadeau ?

Elle savait qu'il n'avait pas d'argent sur lui, mais ça n'avait pas d'importance, elle paierait pour n'importe quelle babiole qu'il voudrait obtenir pour son crush.

— Je ne sais pas encore. Mais je suis sûr que lorsque je la connaîtrai mieux demain, je saurai. Combien de jours encore restons-nous ici ?

— Deux jours complets, puis on prend l'avion pour rentrer le troisième.

Sa lèvre inférieure fit une moue alors qu'il signait :

— Ce n'est pas assez long.

— Je suis persuadée que vous pourrez rester en contact après que tu seras rentré chez toi, tenta de le rassurer Kiera.

Il haussa les épaules.

— Je vais penser à lui offrir quelque chose pour qu'elle ne puisse pas m'oublier. Un cadeau qui la fera se souvenir de moi chaque fois qu'elle le regardera.

— Je sais que tu le feras. Maintenant, c'est l'heure de dormir. Ferme les yeux, on s'amusera plus demain.

— Merci d'avoir convaincu mon père de me laisser venir avec vous, mademoiselle Kiera. C'est le meilleur voyage que j'ai effectué dans ma vie.

Elle se pencha vers lui et l'embrassa sur le haut de la tête avant de signer :

— De rien. Bonne nuit.

— Bonne nuit. Vous avez vu à quelle vitesse Annie a compris comment dire bonne nuit ? Je ne l'ai signé qu'une fois, et elle savait ce que ça signifiait.

— J'ai vu. Maintenant, chut. Va dormir, ordonna Kiera.

Frankie opina du chef et se tourna sur le côté du canapé.

Elle éteignit et se dirigea vers la petite chambre où Cooper l'attendait. Elle grimpa dans le lit et se blottit contre le grand homme, se sentant à l'aise avec lui, peu importe où ils étaient couchés.

— Il t'a dit qu'il était amoureux d'Annie ? demanda Cooper.

Kiera leva la tête et fixa son petit ami.

— Comment tu le sais ?

— Parce que c'était la première chose dont il voulait me parler quand tu as quitté la pièce. Quand est-ce que j'ai su que tu étais la bonne femme pour moi.

— Et qu'est-ce que tu lui as répondu ? s'intéressa Kiera.

— À la seconde où j'ai posé les yeux sur toi, j'ai su que tu changerais ma vie.

— Et ? répliqua-t-elle.

— Et Frankie a hoché la tête, puis a indiqué que c'était pareil pour lui. Qu'à la seconde où Annie l'a serré dans ses bras à l'aéroport, il a compris qu'il l'aimait.

Kiera fixa Cooper pendant un long moment avant de s'enquérir :

— Tu ne le crois pas vraiment, n'est-ce pas ?

— Des choses plus bizarres sont arrivées, éluda-t-il.

S'installant de nouveau à ses côtés, Kiera prononça :

— Il n'a que 7 ans et vit à l'autre bout du pays. Il l'oubliera dès qu'il rentrera et que la petite Jenny lui fera de nouveau les yeux doux.

— Hmmmmm.

Depuis les quelques mois qu'ils sortaient ensemble, Kiera savait que ce son signifiait qu'il n'était ni d'accord ni en désaccord avec elle. Elle décida de laisser tomber. Cela n'avait pas vraiment d'importance dans un sens ou dans l'autre. Ils allaient partir avec Frankie dans deux jours. Annie serait sortie de sa vie et ce serait fini.

* * *

Le lendemain soir, après le dîner, Frankie prit Kiera à part.

— Tu vas bien, Frankie ? signa-t-elle, en regardant les Fletcher.

Emily et Fletch étaient assis sur le canapé, et Annie était sur le sol. Elle avait ses soldats de l'armée appuyés contre les pieds de la table basse, et elle et Frankie lui avaient expliqué une sorte de jeu alambiqué dont Kiera n'avait pas pu comprendre les règles. Mais cela n'était pas grave, car les deux enfants semblaient être heureux comme des poissons dans l'eau.

La journée avait commencé par un petit déjeuner dans la grande maison. Ensuite, Cooper et Fletch étaient partis au bureau pour le cours de formation que ce premier donnait sur l'importance d'un programme universel de signaux manuels pour les soldats.

Emily et Kiera avaient emmené les enfants au musée

Mayborn. Il y avait plus d'une douzaine de salles pour les jeunes, et Annie et Frankie avaient passé plusieurs heures à se divertir. Il y avait eu quelques moments gênants lorsque d'autres bambins avaient montré du doigt et chuchoté à propos de Frankie dans son dos, mais Annie l'avait défendu et avait dit aux enfants qu'ils étaient impolis, et que s'ils pensaient que quelque chose n'allait pas avec Frankie simplement parce qu'il ne pouvait pas entendre, ils étaient stupides.

Emily avait grondé sa fille pour ses mots durs, mais ils avaient apparemment eu leur petit effet. Après cela, la glace avait été brisée, et ils avaient joué tous ensemble.

Puis ils s'étaient rendus dans un centre commercial à Temple, simplement pour tuer le temps. Ils s'étaient arrêtés et avaient parlé à une femme nommée Kassie, qui travaillait à JCPenney et qui était la petite amie d'un des coéquipiers de Fletch. Ils avaient pris une collation dans l'espace de restauration et s'étaient promenés.

À un moment, Kiera observa les enfants et donna un coup de coude à Emily. Frankie et Annie se tenaient la main. Frankie signait de sa main droite libre, et Annie essayait d'épeler des mots avec sa main gauche pendant qu'ils marchaient.

C'était plus mignon que tout ce qu'elle avait jamais vu. Alors qu'ils regardaient la scène, un homme heurta Annie, qui trébucha et serait tombée si Frankie ne s'était pas accroché à elle. Il avait immédiatement lâché sa main et avait fait un pas au-devant d'elle. Kiera sursauta en observant les mouvements rapides de la main de Frankie qui s'en prenait à l'individu pour ne pas avoir fait attention où il allait et pour avoir presque blessé Annie.

Le type dévisagea Kiera et haussa les épaules.

— Il dit que vous auriez pu faire mal à Annie, lui traduisit Kiera, en prenant la liberté de paraphraser pour ne pas avoir une altercation juste là, au centre commercial.

Frankie était en colère. C'était clair comme de l'eau de roche.

— Désolé, petit gars, marmonna l'homme, puis il tourna le dos et s'éloigna, même si Frankie lui « parlait » toujours.

Il fallut un moment à Kiera pour calmer Frankie, suffisamment pour qu'ils puissent continuer leur promenade dans la galerie marchande. Ce ne fut que lorsqu'Annie elle-même reprit la main de Frankie dans la sienne et lui sourit pour lui faire savoir qu'elle allait bien qu'il fut finalement apaisé pour continuer.

Maintenant, ils étaient à la maison, nourris et déten-dus... du moins, Kiera avait pensé qu'ils étaient tous décontractés.

— Je sais ce que je veux acheter à Annie, signa le petit garçon.

— Quoi ?

— Des boîtes pour ses soldats, lui répondit Frankie. Celles dans lesquelles ils se trouvent tombent en morceaux, et elle m'a avoué qu'elle avait peur que, si elles se cassaient, ses figurines soient ruinées, expliqua-t-il. J'en ai vu quelques-unes quand on se promenait aujourd'hui.

Kiera fronça les sourcils un instant, puis signa :

— Elles sont probablement très chères.

De ce qu'elle pouvait en dire, les figurines d'Annie coûtaient probablement au maximum une dizaine de dollars. Dépenser cinquante dollars ou plus par caisse afin de garder des jouets bon marché en sécurité lui semblait idiot.

— Alors ? signa Frankie avec impatience.

— Et si tu lui offrais de nouveaux soldats ? suggéra Kiera.

Frankie secoua la tête avec entêtement.

— Non. Elle aime ceux qu'elle a. Fletch les lui a donnés. Je veux les protéger pour elle.

— Je ne suis pas certaine que ton père approuvera de dépenser autant d'argent pour quelqu'un que tu viens de rencontrer, indiqua lentement Kiera à Frankie. Peut-être que tu peux penser à quelque chose de moins onéreux.

— Je les paierai, lui affirma le petit garçon, ses petites lèvres rapprochées en une ligne serrée de concentration.

— Tu as autant d'argent ? s'étonna Kiera.

— Pas pour le moment, mais je peux le gagner. J'effectuerai des travaux dans la maison. Je peux demander à Papa s'il y a quelque chose que je peux réaliser contre de l'argent. Je me fiche du temps que ça prendra, même si je n'ai jamais d'argent de poche jusqu'à ce que je sois très vieux, comme 13 ans par exemple, je le ferai.

Kiera essaya de ne pas sourire. Très vieux à 13 ans. Être entourée d'enfants la faisait se sentir âgée parfois.

— Et si ton père n'a pas autant de sous à te prêter ?

Les épaules de Frankie s'affaissèrent. Il était évident qu'il n'avait pas pensé à ça. Ses yeux erraient dans la pièce alors qu'il essayait de trouver une solution dans sa tête. Kiera le vit fixer Annie pendant un long moment avant qu'il se retourne et signe :

— Dites à mon papa que je vendrai l'iPad que j'ai eu à Noël pour le payer.

Kiera fixa Frankie en état de choc. Il *adorait* cet iPad. Il n'avait pas arrêté d'en parler dans le cercle de discussion de la classe. Il avait expliqué qu'avec une application qu'il avait sur lui, il pouvait réellement « parler » aux personnes entendantes. Il avait raconté que cela lui donnait un sentiment de liberté et plus de confiance pour aller dans leur monde par lui-même. Le fait qu'il lui annonce qu'il le vendrait pour acheter quelque chose à Annie était choquant.

— Je suis persuadée qu'il ne voudrait pas que tu fasses ça, et si...

Frankie l'interrompit et secoua la tête, ses cheveux châtain clair virevoltant autour de son crâne.

— Non. Ce sera suffisant pour acheter les caisses, non ? Les bonnes. ? Pas les bon marché ?

Kiera opina lentement du chef.

— Je suis sûre que oui.

— Vous l'appelez ce soir et vous lui en parlez ?

— Tu pourrais utiliser la caméra intégrée et l'application pour lui annoncer toi-même, répondit Kiera.

Frankie secoua de nouveau la tête.

— Non. Je serai occupé avec Annie. Elle a dit que je pouvais passer la nuit ici et que nous allions faire un village de tentes et une course d'obstacles dans sa chambre. Je n'aurai pas le temps.

— D'accord, Frankie. Si tu es sûr que c'est ce que tu veux.

— Je suis sûr, signa-t-il.

Observant Annie une fois de plus, il rencontra le regard de Kiera.

— Elle en vaut la peine. Même si je ne peux pas la voir sur mon application spéciale et que je ne peux que lui envoyer des e-mails jusqu'à ce que je gagne assez d'argent pour m'acheter un nouvel iPad, elle le mérite.

Et après ça, le petit garçon retourna directement près

d'Annie, et ils commencèrent à jouer comme s'il ne s'était pas absenté.

Kiera retourna s'asseoir à côté de Cooper, et il s'enquit :

— Tout va bien ?

— Oui. Je te parlerai plus tard.

L'air inquiet, mais comprenant que ce n'était pas une urgence, Cooper hocha la tête, et ils se tournèrent tous pour regarder le film.

* * *

Une heure plus tard, Emily aidait Annie à se préparer pour le lit tandis que Fletch assistait Frankie.

— Je sais que tu veux encore jouer, mais seulement une heure de plus. Je suis sérieuse, Annie. Je vais vous surveiller. Vous avez besoin de dormir pour une autre journée amusante demain.

— D'accord. Maman ?

— Oui, mon bébé ?

— Est-ce que tu peux demander à Papa d'aller au magasin demain pour acheter le cadeau dont on a parlé pour Frankie ?

Emily soupira. Elle avait espéré que sa fille l'aurait oublié avec l'excitation de la journée et avec Frankie qui dormait chez elle.

— On verra bien.

Le visage d'Annie se crispa, ce qu'Emily reconnut comme le signe précurseur d'une dispute monstre.

— J'ai parlé à Kiera aujourd'hui. Elle a expliqué qu'un appareil photo spécial a été mis en vente récemment et qu'il se branche sur un ordinateur ou un iPad. Non seulement il montre la photo de quelqu'un et permet à l'autre personne d'entendre ce qu'il dit, mais il y a aussi une petite personne informatisée qui affiche ce qui est raconté en langage des signes dans une fenêtre dans le coin. C'est comme FaceTime, mais ça traduit.

Emily la fixa en état de choc. Elle savait qu'Annie voulait parler à Frankie quand il serait parti, mais elle supposait qu'elle souhaitait quelque chose comme une caméra web ou autre. C'était bon marché... et facile.

— Si c'est quelque chose de spécial, je ne suis pas sûre qu'on puisse simplement aller dans un magasin et l'acheter, ma chérie.

— C'est vrai, admit Annie, qui n'eut pas l'air moins déterminée ou découragée. Mais Kiera a dit qu'ils en avaient en Californie dans des magasins spéciaux. On pourrait le commander et Frankie pourrait le récupérer à son retour.

— Pourquoi ne pas commencer par lui écrire des lettres, puis s'il veut continuer, on peut envisager une webcam.

— Non. Je vais apprendre le langage des signes, et Frankie va m'aider. Mais il ne pourra pas si on ne se voit pas et si on ne se parle pas.

Emily soupira et s'assit sur le côté du lit d'Annie.

— Ça a l'air cher, chérie.

— Je sais, dit la fillette en fronçant le nez. J'ai demandé à mademoiselle Kiera combien c'était, et elle n'était pas sûre. Mais Maman, j'ai quelque chose qui vaut *beaucoup* d'argent.

— Qu'est-ce que c'est ?

— Mes soldats.

Emily prit une grande inspiration. Annie avait

mentionné la vente de ses précieux bonshommes de l'armée la nuit précédente, mais elle avait pensé que sa fille ne faisait que divaguer. En insistant, elle comprit que ce que sa fille ressentait pour Frankie était sérieux.

— Je sais qu'ils valent beaucoup, *beaucoup* d'argent. Ils sont encore dans leurs boîtes et tout neufs. Tu te souviens quand je t'ai demandé de les vendre quand on était pauvres et que Papa Fletch n'était pas dans notre vie ? Tu as dit qu'ils rapporteraient beaucoup et que je devais les garder jusqu'à ce que je trouve quelque chose que je désire vraiment. Eh bien, je souhaite vraiment ça.

En grimpant sur les genoux d'Emily, Annie tourna des yeux énormes vers sa mère. Elle enroula ses bras autour de son cou et la regarda droit dans les yeux.

— Je ne veux pas que Frankie retourne en Californie et m'oublie. Je veux pouvoir lui demander comment s'est passée sa journée. J'ai envie de célébrer ses anniversaires avec lui, et si une autre fille pense qu'il est à elle, de lui dire que ce n'est pas le cas. S'il te plaît, Maman. Je sais que si Papa les emmène chez le prêteur sur gages, il en tirera une tonne d'argent et je pourrai alors me permettre d'offrir à Frankie cet appareil photo spécial.

Emily soupira. Annie n'était pas une enfant qui réclamait beaucoup. Elle ne l'avait jamais été. Il n'y avait pas moyen de lui refuser ça. Surtout que ce n'était pas quelque chose qu'Annie souhaitait pour elle-même. Si elle était prête à vendre ses biens les plus précieux, qui était-elle pour s'y opposer ? Elle savait que les jouets ne rapporteraient qu'une dizaine de dollars, voire rien du tout, mais entre elle et Fletch, ils pouvaient se permettre de combler la différence et d'acheter l'équipement.

— OK, bébé. Je vais voir avec ton papa pour apporter

tes jouets chez le prêteur sur gages demain, et j'appellerai le père de Frankie pour prendre des dispositions pour la caméra. Tu es certaine de ça ? Une fois que tes soldats seront partis, on ne pourra pas les récupérer.

— J'en suis sûre, répondit immédiatement Annie, un sourire aux lèvres. Ils vont me manquer, mais en échange, je pourrai parler à Frankie tous les jours. Ça en vaut la peine. Peux-tu demander à son père d'envoyer par e-mail une photo de l'appareil spécial ? Je veux l'imprimer et la lui donner demain comme cadeau avant qu'il ne parte.

— Oui, je suis persuadée qu'on peut arranger ça.

— Il va être tellement surpris ! Je suis impatiente de voir son visage, s'enthousiasma Annie.

Juste à ce moment-là, Fletch frappa à la porte.

— Permission d'entrer ? questionna-t-il.

Frankie était à ses côtés et sourit à Annie.

En un éclair, la petite fille sauta des genoux de sa mère et se retrouva devant Frankie. Elle lui fit signe de la suivre, mais il n'avait pas d'autre choix, car elle s'était accrochée à sa main et le traînait jusqu'à une pile de couvertures et de serviettes qu'ils avaient apportées plus tôt pour préparer leur « tente ».

— Je suppose que nous sommes oubliés, murmura Fletch en passant son bras autour de la taille d'Emily. Vous avez eu une bonne discussion ?

— Attends que je t'explique ce que tu vas faire demain, souffla Emily à Fletch en secouant la tête.

— C'est si mauvais ? s'inquiéta Fletch en la conduisant hors de la chambre de leur fille.

— Pas mauvais, mais surprenant, c'est sûr, répondit-elle.

Le lendemain soir, avant la dernière nuit qu'Annie et Frankie allaient passer ensemble pendant un long moment, les adultes s'étaient assis à la table de la salle à manger tandis que les enfants étaient allés dans le séjour. Annie avait demandé un peu d'intimité pendant qu'elle « parlait » avec Frankie.

— Tu es sûre que tu ne veux pas que je sois là pour traduire ? demanda Kiera à la petite fille.

Annie secoua la tête et dit :

— Je peux très bien le comprendre.

Les adultes haussèrent les épaules. Ils ne savaient pas si elle était honnête à cent pour cent, mais ils aimaient tous son attitude.

Lorsque les enfants disparurent dans l'autre pièce, Kiera se pencha sur la table et demanda à Emily :

— Qu'est-ce qu'Annie a acheté pour Frankie ? Je pense que c'est tellement mignon qu'ils veulent chacun quelque chose pour l'autre.

— N'est-ce pas ? rebondit Emily avec un petit rire. Grâce à votre discussion avec Annie, elle a décidé qu'elle devait acheter cet appareil photo spécial. Vous savez, celui qui a la petite figure humaine dans le coin et qui traduit les mots en langage des signes. Le père de Frankie passe le chercher aujourd'hui et l'aura à l'aéroport quand vous rentrerez demain.

— Quoi ? réagit Kiera, clairement décontenancée.

— Je sais, je sais, c'est cher, mais Annie a insisté. Elle a même demandé à Fletch de vendre ses soldats de l'armée pour le payer, gloussa Emily. Comme si ça allait couvrir le prix, mais honnêtement, ce n'était pas aussi cher que je le pensais. Frankie peut brancher la petite caméra sur son iPad et télécharger l'application, et Annie peut utiliser sa caméra normale et installer le logiciel. Ils pourront parler autant qu'ils le souhaitent. Je sais que ça aidera Annie à apprendre le langage des signes aussi.

— Elle a vendu ses bonshommes de l'armée ? s'étonna Kiera.

— Ouais.

— La vache ! Demandez-moi ce que Frankie a acheté pour Annie, lâcha Kiera à Emily.

— J'ai presque peur d'oser.

— Une paire d'étuis coûteux pour ses soldats, indiqua Kiera d'un ton neutre.

Les yeux d'Emily s'écarquillèrent.

— Il n'a pas fait ça.

— Maintenant, demandez-lui où il a trouvé l'argent pour les payer.

— Non... S'il vous plaît, ne dites pas son iPad, souffla Emily.

— Ouais. Son précieux iPad, sur lequel il est généralement collé. Il voulait avoir les boîtiers en plastique les plus chers et les plus solides, pour qu'Annie n'ait pas à s'inquiéter que ses soldats se salissent ou soient « usés ».

— Putain de merde. On est en plein milieu d'une histoire de cadeaux des Rois mages, jura Emily.

Aucune des deux n'avait prononcé quoi que ce soit pendant un battement de cœur, jusqu'à ce que Kiera murmure :

— J'ai besoin de voir ce qui se passe.

Apparemment d'accord, Emily suivit Kiera qui se dirigea sur la pointe des pieds vers la porte du séjour.

Fletch et Cooper les rejoignirent, et tous regardèrent les deux enfants échanger leurs cadeaux.

* * *

Annie était si excitée de donner son présent à Frankie. Il semblait vraiment petit à côté des deux grandes boîtes qu'il avait emballées pour elle, mais ce n'était pas grave. Il allait l'adorer.

En lui souriant, elle lui tendit l'enveloppe contenant la photo de l'appareil photo sophistiqué qui traduirait ses mots en langage des signes pour lui. Il lui avait dit le premier jour de leur rencontre combien il aimait son iPad et combien il l'utilisait. C'était parfait.

Elle avait encore son visage illuminé quand il le déballa. Il sortit la photo de l'enveloppe et la fixa pendant un long moment.

Trop excitée pour attendre, elle la lui prit des mains et la montra du doigt. Elle se désigna ensuite, puis lui. Elle porta alors sa main à son oreille, en faisant semblant de téléphoner, et fit de faux signes avec sa main et le montra du doigt. Puis vers le bas, vers la photo qu'elle tenait. Elle revint enfin vers elle.

Annie afficha un grand rictus et lui rendit l'image, extrêmement contente d'elle.

Frankie ne souriait pas. En fait, il bougeait à peine, il continuait juste de fixer l'illustration de l'appareil photo fantaisie pour les sourds.

Finalement, il lui adressa un petit sourire et posa la photo. Puis il poussa les deux grosses boîtes vers Annie.

Désormais confuse, et un peu inquiète du fait que Frankie

n'ait pas l'air très enthousiaste à l'idée de lui parler après son départ, Annie déchira le papier du premier paquet. Elle vit l'image sur la boîte et son sourire s'effaça. Elle se tourna vers le cadeau suivant et l'ouvrit tout aussi rapidement. C'était une copie du précédent. Elle leva les yeux vers Frankie.

Il lui sourit. Il fit le signe de l'homme, puis du soldat – il le lui avait appris quand elle lui avait montré ses figurines de l'armée –, et désigna les boîtes. Il hocha la tête et ses sourcils se relevèrent comme pour signifier « cool, hein ? ».

Il la désigna, puis effectua un geste comme pour demander :

— Où sont-ils ?

Annie fixa les magnifiques boîtes destinées à ses hommes de l'armée. Frankie avait fait des pieds et des mains pour lui offrir quelque chose qu'il était sûr qu'elle allait aimer. Elle éprouva un pincement au cœur en pensant aux jouets qu'elle savait perdus à jamais, mais elle sourit courageusement.

Frankie devait se soucier d'elle. Il ne lui aurait pas acheté quelque chose d'aussi cher si ce n'était pas le cas. Il n'avait pas besoin d'être informé qu'elle avait vendu ses jouets pour leur donner la possibilité de se parler entre eux.

Elle pointa du doigt l'iPad de son père posé sur la table, puis Frankie. Elle fit un geste vers la porte, espérant qu'il comprendrait qu'elle voulait qu'il aille chercher sa propre tablette pour qu'ils puissent télécharger l'application et se familiariser avec elle afin de pouvoir communiquer quand il rentrerait chez lui.

Comme il ne bougeait pas, Kiera remua de sa place. Ils

se regardèrent simplement, comme s'ils attendaient que l'autre se manifeste.

* * *

— Je peux vous interrompre ? demanda Kiera depuis le seuil de la porte.

Annie sursauta, puis toucha Frankie au bras pour attirer son attention et désigna Kiera.

La fillette hocha la tête.

Kiera et Emily entrèrent, tandis que Fletch et Cooper restèrent près de l'embrasure.

— Est-ce que tu aimes ton cadeau ? fit signe Kiera à Annie.

Elle hocha la tête et signa « Oui ».

Puis elle se tourna vers Frankie et dit :

— Je l'adore, Frankie. C'est parfait.

Les mains de Frankie se murent alors, signant rapidement, comme s'il était excité par quelque chose. Kiera traduisit pendant qu'il parlait.

— Je savais que tu les aimerais. Elles sont parfaites pour tes soldats. Ils resteront les mêmes et parfaits pour toi, pour toujours. Tu n'as plus à t'inquiéter que les boîtes se cassent. Va les chercher. Je veux m'assurer qu'ils vont bien.

— Et toi, Frankie ? demanda Kiera. Tu aimes ton cadeau d'Annie ?

— Oui, c'est génial, signa-t-il avec un peu moins d'enthousiasme.

— C'est pour qu'on puisse parler quand tu rentreras à la maison, précisa doucement Annie. Je t'aime beaucoup, et j'adorerais apprendre le langage des signes pour que nous puissions discuter avec des caméras normales, mais en attendant, cet appareil traduira ce qu'on se dit. Le petit bonhomme dans le coin fera les gestes pendant que nous parlerons. Tu branches la caméra sur ton iPad, et j'ai juste besoin de l'application sur le mien. Je suis sûr que Papa Fletch ou Cooper nous aideront à l'installer si tu vas chercher ta tablette.

Les enfants se regardèrent fixement pendant un long moment avant qu'Emily ne pose sa main sur l'épaule de sa fille et déclare :

— Chérie, Frankie a vendu son iPad pour payer les boîtes pour tes soldats.

Annie dévisagea Frankie avec de grands yeux.

— Il a fait ça ?

— Oui.

— Mais j'ai vendu mes soldats pour payer l'appareil photo spécial, déplora-t-elle, sans quitter Frankie des yeux.

À la seconde où Kiera finit de traduire pour elle, le regard du garçon revint sur celui d'Annie. Il inclina sa tête et épela lentement :

— Tu as fait ça ?

La fillette hocha la tête.

Les adultes retinrent tous leur souffle, attendant une réaction des enfants. Ils allaient être contrariés, c'était certain. Ils avaient chacun vendu l'un des biens les plus importants qu'ils possédaient pour offrir quelque chose à l'autre, et maintenant les deux cadeaux étaient pratiquement inutiles.

Ce fut Annie qui craqua en premier.

Un gloussement jaillit de sa gorge. Elle couvrit sa bouche avec sa main pour essayer de l'étouffer, mais c'était inutile. Un autre s'échappa, puis un autre. Rapidement, la petite fille riait comme une hystérique.

Et étonnamment, Frankie se joignit à elle. Ils tombèrent à la renverse et se roulèrent par terre en s'esclaffant comme s'ils n'allaient jamais s'arrêter.

— Oh ! s'exclama Cooper à travers le vacarme. Je ne m'attendais pas à *cette* réaction.

Il se tourna ensuite vers Fletch.

— Tu penses que nous devrions sortir *nos* cadeaux, maintenant ?

Fletch acquiesça, et les deux hommes parcoururent la pièce, chacun avec un paquet dans les bras. Cooper tendit une petite boîte à Frankie et Fletch une plus grande à sa fille.

Cooper adressa un signe à Frankie pendant que Fletch parlait.

—Je sais que vous êtes probablement un peu déçus de vos cadeaux, mais...

— Papa, interrompit Annie. J'adore le mien. Oui, je suis un peu triste de ne pas avoir mes soldats à mettre dedans, mais Frankie me les a achetées. Et il l'a fait parce qu'il m'aime bien et qu'il voulait que je sois heureuse. Je ne peux pas être triste.

— Moi aussi, signa Frankie. Je suis content qu'Annie veuille me parler après mon départ. Parce que je le souhaite aussi. Je vais assumer des corvées supplémentaires et gagner assez d'argent pour acheter un nouvel iPad, puis nous pourrons communiquer.

— Eh bien, lança Fletch, je suis content que vous ne soyez pas fâchés l'un contre l'autre. Allez-y, et ouvrez vos cadeaux de notre part maintenant.

Les deux enfants se jetèrent sur leurs paquets, et leurs petits cris d'incrédulité résonnèrent dans la pièce.

Annie sortit ses deux soldats de sa boîte en même temps que Frankie extrayait son iPad adoré. Deux paires d'yeux se tournèrent vers les hommes.

— Comment ? demanda Annie.

Au même moment, Frankie signa :

— Comment as-tu eu ça ?

Fletch sourit.

— Emily m'a appris ce qu'Annie voulait te payer, Frankie, et Kiera a raconté à Cooper ce que tu devais acheter à Annie. Ensuite, il n'y avait plus qu'à discuter avec Cooper. Je ne peux pas vous dire à quel point nous sommes fiers de vous deux. Le fait que vous vous appréciez assez pour vouloir vous offrir un cadeau est génial. Mais c'est encore plus incroyable que vous soyez tous deux prêts à vendre quelque chose que vous aimez pour donner à l'autre quelque chose que vous pensiez qu'il adorerait. Vous êtes *formidables tous les deux*. Il nous était insupportable de vendre vos affaires. Maintenant, vous pouvez tous les deux profiter des cadeaux que vous avez reçus.

Annie se leva d'un bond et serra son père dans ses bras. Puis elle étreignit Cooper. Réticent à ce que les femmes se sentent exclues, elle embrassa sa mère et Kiera. Puis elle se tourna vers Frankie et se jeta autour de son cou aussi.

Les deux enfants restèrent au milieu de la pièce enlacés, et Emily leva les yeux vers son mari.

— Souviens-toi de ce moment, dit-elle doucement. J'ai le sentiment qu'à un moment de notre vie, nous les regarderons s'étreindre comme ça à leur mariage.

Fletch traversa la pièce et s'assit sur le canapé à côté de sa femme. Alors qu'Annie et Frankie tournaient leur attention vers les bonshommes de l'armée et sur la façon d'ouvrir les étuis de protection pour insérer les boîtes abîmées, il répondit :

— Si un Frankie adulte peut faire ce qu'il faut pour rendre une Annie adulte aussi heureuse qu'elle l'est en ce moment, je n'ai aucun problème avec ça.

* * *

Le lendemain, Frankie était assis sur son siège dans l'avion, avec une grande boîte en plastique sur les genoux. Annie lui avait donné un de ses précieux soldats de l'armée, en lui disant qu'il pouvait le garder en sécurité pour elle et qu'ils joueraient de nouveau avec eux la prochaine fois qu'ils se verraient.

— Heureux, Frankie ? signa Kiera quand ils furent installés.

Il acquiesça. Puis il se tourna vers l'autre côté et demanda à Cooper :

— Quel âge dois-je avoir pour me marier ?

— Dix-huit ans, mon pote.

— C'est dans longtemps, pensa Frankie.

— Oui et non, rétorqua Cooper au petit garçon. Peu importe qu'elle ait 18 ou 48 ans. Tu attends que le moment soit venu. Elle peut vouloir aller à l'université ou sur la Lune, et tu la laisses faire. Montre-lui que tu es à ses côtés, que tu l'encourages, que tu sois littéralement avec elle ou à des milliers de kilomètres à l'autre bout du pays. Quand le moment sera venu pour toi de réclamer ta femme, tu le sauras.

Frankie leva les yeux vers l'homme qu'il admirait plus que tous les autres ... à l'exception de son père, bien sûr.

— Et si elle ne veut pas de moi ?

Cooper tapota la boîte dans les bras de Frankie.

— Elle te veut, mon pote. Sois un homme sur lequel elle peut compter. Qu'elle puisse appeler quand elle est triste ou heureuse. Soutiens-la. Aime-la. Et elle finira par venir vers toi.

— Tu promets ?

— Promis.

— Tu ne peux pas promettre ça, chuchota Kiera derrière le garçon. Ne le prépare pas à avoir le cœur brisé.

Quand Frankie hocha la tête et regarda la photo de l'appareil spécial qu'Annie avait fait en sorte qu'il obtienne, Cooper regarda l'amour de sa vie.

— Si je t'avais rencontrée quand j'étais enfant, j'aurais entrepris tout ce qu'il fallait pour que tu sois à moi. J'ai dû attendre d'avoir une vingtaine d'années. J'ai la plus grande confiance possible en Frankie pour savoir ce qu'il doit faire.

Kiera se mordit la lèvre puis sourit.

— Je suppose que tu as raison. Si Frankie était prêt à abandonner son précieux iPad, un appareil qui lui permet de parler au monde entier, pour une fille qu'il vient de rencontrer, il doit y avoir plus qu'un simple crush d'écolier.

— Exactement.

— J'ai hâte de voir ce qui va se passer, commenta Kiera.

— Moi aussi. Et avec un peu de chance, nous serons aux premières loges pour les dix prochaines années.

— Ou plus, ajouta Kiera. Tu lui as expliqué qu'elle pourrait vouloir aller à l'université ou réaliser autre chose quand elle aura 18 ans.

— C'est bien ce que j'ai dit.

Cooper se pencha sur Frankie et attira Kiera vers lui avec une main derrière son cou. Il l'embrassa rapidement puis s'assit.

— Qu'allons-nous raconter à son père ? s'enquit Kiera.

Son petit ami sourit.

— Rien. Laissons-le le découvrir tout seul.

— Découvrir quoi ?

— Que son fils de 7 ans vient de rencontrer la fille qu'il veut épouser.

Kiera sourit et secoua la tête.

— Il ne nous croirait pas de toute façon.

— Vrai. Tellement vrai.

Des heures plus tard, après l'atterrissage de l'avion et que le père de Frankie les eut salués et eut donné à ce dernier l'appareil photo qu'il avait acheté au nom d'Annie, et lorsque tous deux étaient sur le chemin du retour, le papa de Frankie signa :

— Alors, tu as fait bon voyage ?

Frankie répondit :

— Oui, Papa. Ça a changé ma vie.

Puis il serra l'étui en plastique contenant le soldat militaire contre sa poitrine et sourit. Un large rictus.

PREMIER BAISER

par Susan Stoker

Annie Fletcher est bien plus garçon manqué que fifille ; Frankie Sanders a un handicap que la plupart des garçons n'ont pas à supporter. Mais dans les yeux de l'autre, ils sont parfaits – et les adolescents amoureux ont attendu près de dix ans pour leur premier baiser.

S'ils parviennent à trouver plus que quelques minutes d'intimité lors de la visite chez Annie, le Noël de Frankie et Annie promet d'être le plus magique de tous les temps.

Annie (de *Un héros pour Emily*) et Frankie (de *Un Protecteur Pour Kiera*) ont bien grandi ! Et ils sont toujours aussi déterminés à se marier quand ils seront adultes. Ils ont la possibilité de se rendre visite de temps en temps, et voici l'histoire de leur premier baiser ! Profitez-en !

    ~Susan

— Papa ! cria Annie à la seconde où la porte d'entrée de sa maison claqua derrière elle. Tu es prêt ?

Cette journée avait été la plus longue de toutes, et pas seulement parce que c'était le dernier jour d'école avant les vacances.

Frankie venait leur rendre visite aujourd'hui.

Annie savait que ses amis pensaient qu'elle était folle d'être si sérieuse avec un garçon qui vivait à l'autre bout du pays, en Californie. De n'avoir jamais été tentée de sortir avec quelqu'un d'autre. De prétendre l'aimer, même s'ils n'avaient jamais passé plus d'une semaine ensemble.

Elle *aimait* Frankie. Point. Elle avait décidé à l'âge de 7 ans qu'elle l'épouserait, et rien dans les dix ans qui avaient suivi ne l'avait fait changer d'avis. Elle lui parlait au téléphone autant que ses parents le lui permettaient, et ils s'envoyaient des e-mails et des messages tout le temps.

Ses parents avaient discuté avec son père, et ils étaient tous d'accord pour qu'il vienne lui rendre visite une semaine avant Noël. Son avion devait atterrir dans une heure et demie, et il faudrait presque autant de temps pour aller à l'aéroport d'Austin. La dernière chose qu'Annie voulait était d'être en retard.

Son estomac faisait des sauts de puce à l'idée de le retrouver en personne. Ils se voyaient régulièrement par FaceTime, mais ce n'était pas pareil.

— Papa ! cria-t-elle encore, laissant tomber son sac à dos sur le sol.

Normalement, elle prenait soin de l'accrocher ou de l'apporter dans sa chambre, mais à cet instant, tout ce qu'elle souhaitait, c'était monter dans la voiture et commencer à se diriger vers le sud.

— Il n'y a pas de raison de hurler, objecta calmement sa mère quand Annie entra dans le grand salon attenant à la cuisine.

Emily Fletcher était debout près de l'évier, en train de rincer des plats et de les mettre dans le lave-vaisselle.

— Maman ! siffla Annie avec exaspération. Nous allons être en retard ! S'il te plaît, dis-moi que Papa est rentré du travail, plaida-t-elle.

— Il est à la maison.

Annie soupira de soulagement.

Mais Emily poursuivit :

— Il est arrivé il y a environ cinq minutes. Il est sous la douche et sera prêt dans une dizaine de minutes.

Annie grogna.

Les lèvres d'Emily tressaillirent.

— Si dramatique, lança-t-elle à sa fille. Rayne et Harley sont déjà venus chercher tes frères, nous n'avons donc pas à les attendre.

Annie roula les yeux et se dirigea vers les escaliers, mais elle fut très reconnaissante que ses petits frères ne soient pas là pour les ralentir. John avait 2 ans, Doug 6 ans et Ethan 10 ans. Ethan et Doug étaient aussi très excités de voir Frankie, mais John était trop jeune pour le connaître vraiment. Et même si elle aimait ses frères, elle était soulagée que les amis de sa mère les aient déjà récupérés.

Comme son père n'était pas encore prêt à partir, elle en profita pour se changer et se rafraîchir. En temps normal, elle ne se souciait pas trop de ses vêtements et de ses cheveux, mais elle voulait être au mieux de son apparence pour Frankie.

Après avoir ôté sa chemise dès que la porte s'était refermée derrière elle, Annie resta devant son armoire pendant une longue minute, essayant de décider quoi mettre. Elle soupira. Elle n'aimait pas les vêtements fantaisistes et froufrous. Elle ne les avait jamais appréciés. La plupart de ses affaires étaient de couleur noire, vert foncé ou kaki. Il n'y avait ni froufrou ni dentelle sur quoi que ce soit. Puis, en jetant un coup d'œil à sa poitrine, Annie serra les lèvres. La plupart du temps, ça ne la dérangeait pas de ne pas avoir de gros seins. Ils auraient rendu la course d'obstacles plus difficile. Mais elle voulait désespérément que Frankie soit attiré par elle, et d'après ce qu'elle pouvait dire des garçons à l'école, ils adoraient les seins. Les gros.

Secouant la tête et refusant de se laisser aller à l'autodérision, elle tendit la main et attrapa une chemise noire à manches courtes. Ce n'était pas un tee-shirt, ce qu'elle portait normalement, mais elle espérait ne pas donner l'impression qu'elle essayait trop d'éblouir Frankie.

Elle l'enfila par-dessus sa tête et prit une décision en une fraction de seconde. Elle enleva son jean et attrapa une mini-jupe noire que sa mère lui avait achetée il y a environ un an et qu'elle n'avait jamais portée. Annie n'était pas du tout du genre à mettre des jupes, mais aujourd'hui était une occasion spéciale.

Dernièrement, les conversations nocturnes entre Frankie et elle étaient devenues plus intimes. Rien d'excessif, mais il lui avait déclaré combien il la trouvait jolie et qu'il avait hâte de la tenir dans ses bras. Annie, à son tour, avait admis qu'elle avait rêvé de l'embrasser.

Ses amis se moquaient d'elle parce qu'elle n'était jamais sortie avec un garçon. Mais la seule personne avec qui elle voulait être aussi proche était Frankie. Et comme il n'était pas là, elle refusait de céder à la pression de ses camarades et d'embrasser n'importe quel mec qui passait par là.

Annie chaussa les bottines de combat qu'elle portait avec presque tout et s'observa dans le miroir. Ses longs cheveux blond cendré étaient attachés vers l'arrière en un chignon désordonné en haut de son cou, ses yeux bleus semblaient pétiller d'excitation, et elle avait travaillé sur la musculature de ses bras en effectuant des tractions et des pompes, ce qui lui donnait des biceps impressionnants. Son père et le reste de l'équipe lui rappelaient souvent qu'elle était belle comme elle était, ce qui lui donnait confiance en son apparence.

En hochant la tête, Annie décida que la chemise noire, la jupe *et* les bottes étaient peut-être un peu trop.

Elle se tourna vers son armoire et aperçut une chemise rouge au fond. Elle l'attrapa et se demanda si elle avait le courage de la porter ou non. C'était une chemise à col rond et à manches courtes. Il y avait un lien au bout de chacune d'elles, ce qui lui donnait un air plus féminin.

Prenant une profonde inspiration, Annie l'apporta sur

son lit et la posa. Elle enleva le haut noir qu'elle venait d'enfiler et l'échangea contre le rouge.

Cette fois, quand elle alla se regarder dans le miroir, elle sourit. Le rouge sur noir était toujours audacieux, toujours son style, mais la féminité du chemisier la faisait se sentir... jolie.

Elle retira le chouchou de ses cheveux et passa rapidement une brosse dans ses longues mèches. Acquiesçant mentalement, elle se détourna du miroir et se dirigea vers le hall. Elle fila vers la porte de la chambre de ses parents et frappa.

— Papa ? Tu es bientôt prêt ?

— Presque, lutin, répondit-il à travers la porte.

— Ne m'appelle *pas* comme ça quand Frankie sera là, ordonna Annie.

Ce surnom la faisait se sentir spéciale, mais elle ne voulait pas que Frankie l'entende et pense à elle comme à une petite fille.

La porte s'ouvrit, et Annie leva les yeux vers son père. Fletch l'avait adoptée quand il avait épousé sa mère, et il était la meilleure chose qui leur soit arrivée à toutes les deux. Elle aimait cet homme plus qu'elle ne pourrait jamais le dire.

— Tu es magnifique, avoua-t-il avec une mine renfrognée.

Annie ne put s'empêcher de rire.

— Ce n'est pas ce que tu dégages, lança-t-elle en souriant.

Fletch gloussa, tendit la main et attira Annie dans ses bras.

Elle se laissa faire, car elle aimait la sensation des bras

de son père autour d'elle. Elle s'y sentait toujours en sécurité.

— Je ne suis pas sûr d'être prêt à ce que tu sois si grande, murmura-t-il dans ses cheveux.

— Papa, se plaignit-elle. J'ai 16 ans. Plus huit.

— Je sais.

Il se retira et posa ses mains sur ses épaules.

— Tu as peut-être 16 ans, mais ça ne signifie pas que tu es une adulte. Et même si j'aime bien Frankie et que j'ai accepté qu'il vienne nous rendre visite, je dois te rappeler qu'à aucun moment tu n'as le droit d'être derrière une porte fermée avec lui.

Annie roula des yeux.

— Je sais, Papa. Tu me l'as déjà dit.

— Je veux juste m'assurer que tu t'en souviennes. J'ai déjà eu son âge, et, crois-moi, il va te regarder et ses hormones vont se déchaîner.

Annie gloussa. Elle secoua la tête.

— Frankie n'est pas comme ça. Il est respectueux de moi et de mes limites. Il ne me mettrait jamais la pression pour faire l'amour, surtout pas quand il est chez toi.

— Il n'a pas intérêt, murmura son père.

Annie n'était pas inquiète le moins du monde. Le sexe n'était même pas sur son radar en ce moment.

— Arrête de t'inquiéter, Papa, lâcha-t-elle, faisant de son mieux pour le mettre à l'aise. Tout va bien se passer. Tu es prêt ? On peut y aller maintenant ?

Fletch se pencha et embrassa son front avant de hocher la tête.

— Oui. Ta mère a mis le rôti dans la cocotte-minute avant que tu rentres.

— Ça sent super bon, confirma Annie. Et elle a fini de faire la vaisselle tout à l'heure, donc elle devrait être prête.

En regardant son poignet et en voyant le temps qui s'était écoulé depuis qu'elle était descendue du bus, elle écarquilla les yeux.

— Mince, regarde l'heure ! On doit y aller, Papa ! Frankie va penser qu'on l'a oublié !

— Il ne va pas croire ça, contesta Fletch, imperturbable devant l'angoisse de sa fille. Combien de fois lui as-tu écrit aujourd'hui ?

— Juste quelques-uns, marmonna Annie, en pensant aux vingt textos qu'elle avait envoyés au cours des deux dernières heures.

Elle savait qu'il ne pouvait pas les lire quand il était dans les airs, mais elle ne pouvait pas s'empêcher de lui faire savoir à quel point elle était impatiente qu'il arrive.

— Très bien, lutin... euh... Annie. Désolé, j'essaie, se reprit-il quand elle le regarda fixement. Allons chercher ta mère et partons.

Annie se retourna et se dirigea vers l'escalier, mais les mots de son père l'arrêtèrent.

— Frankie a de la chance, prononça-t-il doucement.

Annie secoua la tête en le regardant.

— *C'est moi* qui ai de la chance, Papa. Peu de filles trouvent le garçon qu'elles vont épouser à l'âge de 7 ans.

Puis elle pivota et courut dans les escaliers, criant à sa mère que Papa était enfin prêt et qu'il fallait se dépêcher.

CHAPITRE 2

Frankie attendait impatiemment à l'arrière de l'avion, tandis que tous ceux qui se trouvaient devant lui prenaient leur temps pour récupérer leurs sacs et s'avancer. Son téléphone avait vibré comme un fou une fois qu'il l'avait rallumé après l'atterrissage, et il ne pouvait s'empêcher de sourire en découvrant tous les textos d'Annie.

Elle lui avait envoyé des messages lorsqu'elle était dans son dernier cours, lorsqu'elle était dans le bus, lorsqu'elle était rentrée chez elle, lorsqu'elle avait quitté la maison pour se rendre à l'aéroport, lorsqu'ils étaient arrivés – y compris un SMS pour signifier que son père la rendait folle à essayer de trouver la place de parking la plus proche possible –, et enfin pour lui indiquer qu'elle l'attendait en bas de l'escalator dans la zone des bagages.

Elle avait pris une photo d'elle en gros plan avec l'escalator derrière elle, avec un grand sourire et la légende *J'ai hâte de te serrer dans mes bras !*

Frankie avait du mal à croire que cette fille belle, extravertie, populaire et étonnante l'aimait. Quand il s'observait dans le miroir le matin, il se demandait ce qu'elle pouvait bien voir en le regardant. Son père n'arrêtait pas de lui dire qu'il grandirait dans son corps, mais pour l'instant, il était disproportionné comme jamais. Il se démenait pour faire de la musculation, pour ajouter de la masse musculaire sur sa poitrine et ses bras, mais jusqu'à présent, il n'avait pas perçu beaucoup d'amélioration.

Sans parler du fait qu'il était handicapé. Son père n'aimait pas ce mot et lui répétait sans cesse qu'il était tout aussi capable que n'importe qui. Son manque d'audition ne le définissait pas et ne constituerait pas un obstacle à moins qu'il ne le permette.

En sixième, il avait reçu un implant cochléaire qui lui permettait de s'intégrer plus facilement dans le monde des entendants, mais l'appareil sur sa tête, juste au-dessus de son oreille, rendait évident qu'il était différent des autres. Sans parler de la façon dont il s'exprimait. Frankie avait travaillé très dur ces dernières années pour parler normalement, mais sa voix était toujours différente de celle des personnes qui avaient été capables d'entendre toute leur vie.

Mais pas une seule fois Annie ne lui avait fait sentir que son défaut d'ouïe le rendait bizarre ou différent. Dès leur première rencontre, elle l'avait traité comme si le fait qu'il ne puisse pas entendre était spécial. Unique. Elle avait commencé à apprendre le langage des signes le jour même. Il était tombé raide dingue d'elle à ce moment-là.

Il détestait vivre si loin d'elle, mais cela n'avait pas empêché leur relation de s'épanouir et de grandir avec l'âge. Ce voyage était le cadeau de Noël de son père. Il allait pouvoir passer une semaine entière avec Annie et sa famille. Frankie ne pouvait pas réprimer son sourire.

Enfin, c'était son tour de débarquer, et il envoya un message rapide à Annie, lui faisant savoir qu'il était en route.

Des papillons tourbillonnaient dans le ventre de Frankie alors qu'il se dirigeait vers la zone des bagages dans le couloir bondé de l'aéroport. Auraient-ils toujours la même folle alchimie qu'ils avaient ressentie la dernière fois qu'ils s'étaient vus en personne ? Avait-elle changé d'avis sur son désir de sortir avec lui ? Une relation à distance n'était pas facile, et Frankie avait juré il y avait longtemps de toujours faire en sorte qu'Annie se sente spéciale et aimée, même s'il ne pouvait pas être avec elle.

Il savait qu'elle avait l'intention d'aller à l'université, de faire partie des officiers de réserve et de s'engager dans l'armée. Il était plus que d'accord pour la suivre où sa carrière la mènerait. Il déménagerait sur la Lune si c'était ce qu'elle désirait. Frankie ferait tout ce qu'il faudrait pour qu'elle sache qu'il la soutenait inconditionnellement.

Prenant une profonde inspiration en empruntant un escalator, Frankie garda les yeux rivés vers le bas, à la recherche d'Annie.

Dès le départ, ses yeux s'arrêtèrent sur elle. Son Annie ne porterait pas de jupe. Mais immédiatement, il ramena son regard sur la fille absolument radieuse portant du rouge et du noir. Mon Dieu, elle était si belle.

Annie fit un signe de la main et courut vers l'escalator. En s'esclaffant, elle essaya de monter les marches en courant pour le rejoindre, mais elle ne réalisait pas beaucoup de progrès. Frankie dévala vers elle, puis elle fut dans ses bras.

Elle sentait si bon. C'était une chose qui lui manquait dans leurs conversations à distance. Les fraises et les pêches lui rappelaient toujours Annie. Il le lui avait dit une fois, et elle avait simplement ri et indiqué que c'était seulement sa lotion.

Sentir son corps fort contre le sien donnait à Frankie l'envie de faire plus que l'embrasser. Ces derniers temps, il avait des pensées plus intimes avec elle, et il craignait de laisser échapper un geste ou une parole qui la gênerait. En se retirant, il lui sourit. Ses longs cheveux semblaient n'en faire qu'à leur tête, s'accrochant à ses bras comme s'ils ne voulaient pas le laisser partir.

— Salut, commença-t-il.

— Salut, répondit Annie, un peu timidement.

Frankie se demandait pourquoi, car elle n'avait jamais été réservée avec lui auparavant.

— C'est bon de te voir.

La voix profonde de Fletch retentit derrière sa fille.

Frankie lâcha Annie à contrecœur et se tourna vers son père.

— Vous aussi, lui confia-t-il.

— Tu as l'air en forme, lança Emily en se penchant pour un câlin.

Frankie aimait la famille d'Annie. Ses parents étaient géniaux et ses petits frères étaient des enfants énergiques et heureux. Ils l'avaient tous accueilli à bras ouverts... même s'il avait l'impression que son père ne serait pas ravi s'il savait à quel point Frankie pensait à sa petite fille d'une manière pas si innocente que ça. Non pas qu'il désirait faire l'amour avec Annie sur-le-champ – il souhaitait que leur première fois soit spéciale –, mais il voulait absolument s'assurer qu'elle sache qu'il voulait plus que de l'amitié.

Le cadeau qu'il avait acheté pour elle avec son propre

argent semblait brûler un trou dans sa poche. Il n'avait pas osé le mettre dans son bagage enregistré, et même l'idée de le ranger dans son bagage à main l'avait stressé. Quelqu'un aurait pu voler son sac à dos. Non, il était en sécurité dans sa poche.

— Le vol s'est bien passé ? demanda Fletch.

Frankie hocha la tête. Il sentit la main d'Annie glisser dans la sienne, et il lui sourit. Mon Dieu, cette fille était parfaite. Elle n'était manifestement pas gênée de lui tenir la main devant ses parents, ce qui le rendait tout chose.

— Eh bien, allons chercher ton sac et rentrons à la maison. J'ai préparé un rôti pour le dîner. J'espère que ça te convient, annonça Emily.

Frankie opina immédiatement du chef.

— Je suis impatient.

Et il ne pouvait pas attendre. Son père essayait, mais il n'était pas le meilleur cuisinier du monde. Il savait qu'il serait extrêmement bien nourri pendant qu'il serait au Texas durant la semaine.

Fletch et Emily marchaient derrière lui et Annie alors qu'ils se dirigeaient vers la zone des bagages. Annie parlait sans arrêt, comme si elle devait sortir en cinq minutes tout ce qu'elle avait fait depuis la dernière fois qu'ils s'étaient vus.

Frankie se contenta de sourire et de hocher la tête pendant qu'elle bafouillait. Elle complétait ses paroles par un langage des signes modifié avec sa main libre. Elle aurait pu laisser tomber l'autre pour signer correctement, mais il n'était pas contrarié le moins du monde qu'elle ne semble pas vouloir le lâcher.

Son Annie était adorable... et elle ne voyait peut-être

pas les regards que les autres adolescents lui lançaient lorsqu'ils traversaient la foule, mais lui, oui.

Frankie était plus grand quand il était avec son Annie. *Elle* faisait ça pour lui. Les gens ne semblaient pas le dévisager autant quand elle était avec lui, peut-être parce que leurs regards étaient plutôt attirés par elle. Cela lui convenait. Il était heureux de la laisser être sous les feux de la rampe. Il se tiendrait derrière elle et serait son soutien. Son Annie était née pour réaliser de grandes choses, et il se sentait chanceux d'être l'homme à ses côtés.

* * *

Le dîner de ce soir-là était fou, chaotique, et Frankie n'avait jamais été aussi heureux. Il aimait observer les Fletcher interagir. À la maison, c'était juste lui et son père, et les choses étaient toujours calmes et tranquilles. Pas ici. John, qui n'avait que 2 ans, était un peu difficile, et les deux autres garçons essayaient constamment de se parler.

Emily et Fletch firent de leur mieux pour garder une sorte de contrôle, mais ils avaient définitivement les mains prises avec leurs garçons exubérants. Annie s'assit à côté de Frankie au dîner, et ils ne cessèrent jamais de croiser le regard de l'autre.

Frankie n'avait jamais été aussi soulagé de voir l'intérêt dans les yeux de sa promise. Elle avait rapproché sa chaise de la sienne, de sorte que leurs cuisses se touchaient presque. Et bien qu'ils aient tous deux tenu leurs mains tranquilles, il était plus qu'évident pour Frankie qu'Annie ressentait la même folle attirance que lui.

À un moment du repas, Annie s'approcha et prit sa main dans la sienne une fois de plus. Elle avait mis un jean en rentrant à la maison, pour qu'ils puissent jouer dans le jardin avec ses frères, mais il avait encore senti la chaleur de sa peau contre le dos de sa main quand elle avait posé leurs paumes jointes contre sa jambe.

Après le dîner, et après avoir lu une histoire à John et Doug, Annie et lui sortirent sur la terrasse arrière pour se détendre et discuter pendant que ses parents restaient à l'intérieur pour regarder la télévision. Les lumières du sapin de Noël clignotaient et scintillaient à travers la fenêtre tandis qu'ils profitaient du temps doux de décembre au Texas.

— Je n'arrive pas à croire que tu sois là, lui avoua Annie.

Ils étaient assis côte à côte sur la balancelle et se tenaient de nouveau la main.

— Moi non plus. Mais c'est comme si je l'avais toujours été. Sauf que Doug a un an de plus que la dernière fois que je l'ai vu. Et je jure qu'Ethan a grandi de trente centimètres depuis.

— Oui, ils poussent comme de la mauvaise herbe. Maman se plaint de tout ce qu'ils mangent, mais je sais qu'elle s'en fiche complètement, rit Annie.

— Je n'ai pas eu l'occasion de le dire tout à l'heure, mais tu étais superbe quand je t'ai vue à l'aéroport, lui confia Frankie.

Il pouvait la voir rougir, même dans la faible lumière venant de l'intérieur.

— C'était la jupe.

Frankie secoua la tête.

— Non, ce n'était pas ça. Même si j'ai adoré te voir dedans, c'était toi. Tu aurais pu porter un vieux tee-shirt miteux et un sweat-shirt que je t'aurais trouvée tout aussi belle.

Annie se lécha les lèvres, et Frankie ne put s'empêcher de les fixer. Cependant, il était très conscient que ses parents étaient assis juste à l'intérieur. Et la dernière chose qu'il voulait, c'était de les rendre méfiants à l'égard de leur fille. Il ne leur avait jamais manqué de respect, à elle ou à ses parents, de cette façon.

Mais cela ne signifiait pas qu'il n'avait pas envie de goûter ses lèvres. De l'embrasser de la manière dont il avait de plus en plus rêvé récemment.

— Alors... tu es allé au bal de Noël avec cette fille ? demanda Annie.

Frankie cligna des yeux de surprise.

— Tu veux dire Jenny ?

— Oui. Elle.

— Non, bien sûr que non. Je m'y suis rendu avec des amis, mais nous sommes partis tôt parce que c'était ennuyeux. Je n'ai aucune envie de sortir avec quelqu'un d'autre, Annie. Et toi ?

— Non, répondit-elle sans hésiter, ce qui le fit se sentir beaucoup mieux.

— Donc nous sommes exclusifs. En couple ? interrogea-t-il, ayant besoin d'une confirmation.

Frankie n'était pas bête. Son Annie pouvait avoir tous les gars qu'elle désirait. Ils feraient probablement la queue devant sa porte pour sortir avec elle si elle était ouverte à cette idée.

— Oui.

— Bien.

— Frankie ?

— Oui ?

— Je suis contente que tu sois là. Tu m'as manqué.

Ses mots lui firent du bien. *Sacrément* de bien.

— Tu m'as manqué aussi.

— La semaine va passer trop vite.

C'était vrai, Frankie n'en doutait pas.

Annie se pencha sur lui, et il mit son bras autour de ses épaules. Ils restèrent assis ainsi pendant un long moment, ne parlant pas, appréciant simplement d'être dans le même espace physique.

Finalement, Emily passa la tête par la porte et lança :

— Il se fait tard.

Frankie n'aurait pas hésité à rester dehors avec Annie toute la nuit, mais les mots de sa mère lui firent clairement comprendre qu'il était temps de rentrer.

Quarante minutes plus tard, Frankie était allongé dans le lit de la chambre d'amis des Fletcher et fixait le plafond. Le cadeau qu'il avait acheté pour Annie était posé sur la petite table à côté de lui. Il ne savait pas quand il allait le lui donner, mais il voulait attendre le bon moment.

CHAPITRE 3

— Amusez-vous bien, les jeunes, lança Emily, alors qu'Annie sortait de la voiture avec Frankie sur ses talons. Je serai de retour à 4 heures pour vous récupérer. S'il vous plaît, soyez prêts.

— Nous le serons, Maman, lui confirma Emily.

Ils étaient au centre commercial, et ils avaient trois heures à passer ensemble pour qu'Annie puisse finir ses achats de Noël. Ses frères étaient occupés ailleurs cette après-midi : Doug traînait dans un parc de trampoline avec ses amis, et Ethan était à une fête d'anniversaire. Son père était au travail avec son équipe, et sa mère allait préparer des biscuits pendant que John faisait la sieste.

L'emploi du temps des Fletcher était toujours très chargé, surtout pendant les vacances, lorsque tout le monde n'allait pas à l'école. Annie était reconnaissante d'avoir quelques heures pour être avec Frankie sans la présence de sa famille. Elle les aimait, mais ils étaient parfois épuisants.

Ils marchaient lentement dans le centre commercial, et

Frankie ne se plaignit pas une seule fois lorsqu'elle voulut entrer dans tous les magasins de bibelots. Annie n'aimait pas trop faire du shopping pour les vêtements, mais elle adorait parcourir le magasin de jouets, celui de cartes de vœux... même le funky tout au bout du bâtiment qui vendait des châles tie-dye et sentait un peu le baba cool à cause de l'encens qui brûlait.

Annie trouva quelques articles pour ses frères et ses parents, ainsi que le cadeau parfait pour Truck, l'un des coéquipiers de son père. Mais le meilleur moment de l'après-midi fut d'être avec Frankie. Rire et parler, et savoir qu'ils avaient encore quelques jours à passer ensemble. Refusant de penser à son départ pour la Californie bien avant qu'elle ne soit prête à lui dire au revoir, Annie se concentra sur l'instant présent.

Pendant leurs emplettes, il lui tenait la main, portait ses sacs à sa place − même si en elle était plus que capable − et la faisait rire. Frankie ne l'avait jamais mise mal à l'aise, ne lui avait jamais fait sentir qu'elle était trop garçon manqué ou pas assez féminine. Et elle aimait beaucoup l'admiration qu'elle voyait dans ses yeux quand il pensait qu'elle ne regardait pas.

Ils n'avaient vu personne qu'elle connaissait de l'école jusqu'à ce qu'ils aillent au stand de restauration. Ils faisaient la queue pour acheter une glace quand Annie vit Silas et Mikey s'approcher. C'étaient deux gars de sa classe qui l'emmerdaient de longue date. Elle se souvenait encore de la journée d'organisation au poste militaire, il y a quelques années, où ils lui avaient balancé sans ambages que les filles devaient s'en tenir à des activités comme la cuisine et l'artisanat, qu'elles étaient plus lentes et plus faibles que les garçons.

Ce jour-là, elle avait rencontré Aspen Mesmer, qui était maintenant mariée à un agent de la Delta Force, mais qui, à l'époque, était infirmière dans une unité de Rangers. Annie était tombée amoureuse d'elle, et elle avait décidé sur-le-champ qu'elle voulait être médecin.

Mais depuis, Mikey et Silas se faisaient un plaisir de s'en prendre à elle. Ils n'étaient rien d'autre que des brutes – et ils étaient les deux dernières personnes qu'elle voulait croiser aujourd'hui alors qu'elle était si euphorique avec Frankie.

— Qu'est-ce qui ne va pas ? demanda ce dernier.

Annie sourit un peu ; il semblait toujours pouvoir si bien lire en elle.

— Rien. C'est juste deux garçons de l'école que je ne supporte pas.

Frankie ouvrit la bouche pour répondre, mais Mikey les avait repérés et s'approcha de la file d'attente avec un sourire en coin.

— Si ce n'est pas la petite Annie Oakley. Et avec un garçon. Merde, on a tous pensé que tu étais lesbienne.

Chaque fois que Mikey ou Silas l'avaient critiquée parce qu'elle n'allait pas aux fêtes ou aux bals de l'école, elle leur avait raconté qu'elle avait un petit ami qui vivait en Californie et qu'elle ne voulait pas fréquenter d'autres garçons.

Annie roula des yeux. Sérieusement, ils étaient tous trop vieux pour ce genre de conneries.

— Il n'y a rien de mal à être lesbienne, mais je vous ai dit et répété que j'avais un petit ami, alors vous ne devriez pas être surpris. C'est lui.

Annie sut qu'elle avait commis une erreur dès qu'elle eut fini de parler. Elle avait braqué les projecteurs sur Frankie, alors qu'elle aurait dû les en détourner. Mais c'était trop tard maintenant.

— Biiiiien, ricana Silas en se tournant vers Frankie. Le petit ami inexistant. Combien elle t'a payé pour l'accompagner au centre commercial aujourd'hui et faire semblant de sortir avec elle ?

— Je suis Frankie, et je *suis* son petit ami, prononça-t-il calmement.

Annie pensait que les yeux de Mikey allaient sortir de sa tête après avoir entendu Frankie parler. Il avait réalisé beaucoup de progrès depuis qu'il avait reçu son implant cochléaire, mais sa façon de s'exprimer serait toujours différente de celle des personnes entendantes.

— Oh, mon Dieu, c'est un retardé ! s'exclama Mikey avant d'éclater de rire.

Annie lâcha la main de Frankie et fit un pas vers le duo qui s'esclaffait, mais Frankie l'attrapa par la taille et la ramena à ses côtés avant qu'elle ne puisse frapper l'un ou l'autre des deux idiots.

— Va te faire foutre, siffla-t-elle.

Elle n'avait jamais été du genre à injurier – aucun de ses parents n'aimait quand elle le faisait –, mais là, elle n'avait même pas essayé de se retenir.

— Vous êtes tous les deux des imbéciles. Ce mot est si répugnant et offensant, mais vous vous en fichez, n'est-ce pas ? Bien sûr que vous vous en foutez. Frankie est *sourd*, pas handicapé mental.

— Et regarde, il a une sorte d'antenne sur la tête. Tu parles à des aliens ou quoi ? provoqua Silas, ignorant son explication.

— Oui. Et je viens de leur donner vos noms comme étant les deux premières personnes à enlever et sur qui poser des sondes anales, répliqua Frankie sans perdre un instant.

Silas eut l'air surpris pendant une seconde par cette répartie, puis roula des yeux.

— Je ne suis pas étonné qu'Annie ne puisse pas trouver mieux qu'un monstre comme toi.

Et c'était tout. Annie laissa tomber le sac qu'elle portait et se tourna vers Frankie en signant rapidement. *S'il te plaît, laisse-moi le frapper. Je peux le faire, sans problème.*

Non, signa Frankie en retour, sans même avoir besoin de lâcher les cabas qu'il tenait. *Il te provoque juste. En plus, j'en ai rien à foutre de ce qu'un connard comme lui pense de moi, ou de nous.*

— Vous avez un spasme ? Devrions-nous appeler le 911 ? se moqua Mikey.

Annie se tourna vers lui, et signa lentement et clairement : *Tu es un connard. J'espère que tu vas tomber dans un puits de fourmis de feu et mourir d'une mort lente et atroce.*

Ça faisait du bien de lui signifier exactement à quel point elle le détestait, même s'il ne pouvait pas la comprendre. Frankie gloussa à côté d'elle, et Annie leva les yeux vers lui et afficha un rictus.

— Qu'est-ce que tu viens de me dire ? interrogea Mikey.

— Oh ! Mais j'avais juste un *spasme*, lui répondit Annie d'un ton condescendant.

La dame qui se trouvait devant eux dans la file d'attente s'esclaffa, ce qui fit sourire Annie encore plus.

Mais cela énerva évidemment Mikey. Il détestait ne pas avoir le dessus, et même si c'était un crétin et qu'il n'était pas très intelligent, il comprenait parfaitement que la femme se moquait de lui.

Il fit un pas vers Annie — et Frankie passa immédiatement du gars décontracté et facile à vivre qu'il était quelques secondes plus tôt en un petit ami protecteur et énervé.

Il laissa tomber les sacs qu'il tenait et poussa Annie derrière lui d'un pas. Il leva une main, paume en avant, comme pour bloquer Mikey, et affirma :

— Je ne pense pas que vous vouliez nous affronter. Tout d'abord, Annie pourrait te botter le cul avec une main attachée dans le dos, et je pense que tu en es conscient. Peut-être que toi et ton ami pourriez la maîtriser si vous travailliez ensemble, mais toute l'école saurait que votre seule solution pour battre une fille est de vous associer dans un combat déloyal. Mais plus que ça, tu sais qui est son père. Et qui sont ses amis. Crois-moi, tu ne veux pas être du mauvais côté de Cormac Fletcher et de ses potes. Sans parler du fait que vouloir frapper une fille te rend repoussant, et en dit beaucoup plus sur *toi* que sur elle. Marche. Recule. Trou du cul.

Annie regarda Frankie avec incrédulité. Elle savait qu'elle ne devait pas quitter Mikey et Silas des yeux, mais elle ne pouvait s'empêcher de voir son petit ami sous un nouveau jour. Elle ne connaissait pas ce côté de lui... et devait admettre qu'elle l'aimait bien. Beaucoup, même. Il avait raison, elle pouvait totalement battre Mikey. Probablement lui *et* Silas. Son père lui avait enseigné l'autodéfense, et elle avait passé des années à apprendre, de lui et de ses amis, comment se battre, même quand les gens contre qui elle luttait n'étaient pas fair-play.

Mais le fait que Frankie la défende la fit l'aimer encore plus.

— Peu importe, marmonna Silas. Viens, Mikey. On va laisser la salope et son copain attardé tranquilles.

Les dents d'Annie se serrèrent. Elle *détestait* ce mot.

Mikey plissa les yeux dans sa direction et balança :

— Fais attention à toi, Annie. Tu vas te prendre une raclée, et c'est moi qui vais te remettre à ta place.

Elle n'avait pas peur de Mikey.

— Amène-toi, lui lança-t-elle avec défi.

Quand les deux garçons s'éloignèrent, elle soupira.

— Je suis désolée, souffla-t-elle à Frankie.

— Tu n'as pas à l'être. Mais tu *dois* faire attention.

— Je sais. On dirait que le fait que je sois forte et que je puisse prendre soin de moi me transforme en cible facile pour des types comme eux, qui pensent que toutes les femmes doivent être douces et gentilles.

— Moi, pour une fois, j'aime que tu sois forte.

Annie lui sourit.

— Merci.

Frankie se pencha pour ramasser leurs sacs.

— Allez, la queue avance. J'ai besoin d'une glace pour ma copine.

— Avec des éclats de chocolat ? demanda Annie, en oubliant les deux brutes.

Ils ne valaient pas la peine qu'elle s'en préoccupe.

— Bien sûr, répondit Frankie.

Puis il l'époustoufla en se penchant vers elle et en lui embrassant la tempe, comme elle avait vu son père faire à sa mère un million de fois.

— Tout le meilleur pour ma petite amie.

Frankie n'était peut-être pas le genre de garçon qui attirait beaucoup de filles. Il était grand et maigre, avec un implant cochléaire sur le côté de la tête et une façon de parler inhabituelle. À première vue, il n'avait pas l'air d'être un bon parti. Mais Annie était sûre qu'il s'adapterait à son corps. Et elle ne se souciait pas du tout de sa surdité. Elle savait que le cœur de cet homme était de l'or pur, et si elle vivait jusqu'à 431 ans, elle ne rencontrerait jamais une autre personne qu'elle aimerait autant que lui.

Vingt minutes plus tard, ils étaient assis à une table dans l'espace de restauration. Ils finirent leur glace et tuèrent le temps avant que la mère d'Annie ne vienne les chercher un quart d'heure plus tard. À part les conneries de Mikey et Silas, l'après-midi avait été parfaite.

Ils ne parlaient de rien en particulier quand un bruit étrange attira son attention derrière elle.

Annie pivota et découvrit que Mikey s'était dressé si vite que sa chaise s'était écrasée sur le sol. Elle leva immédiatement les yeux au ciel et se retourna, bien décidée à ignorer le coup monté par Mikey pour attiser la curiosité.

Mais le regard de Frankie était rivé sur son épaule.

— Ignore-les, plaida-t-elle. Ils essaient juste d'être sous les feux de la rampe, comme d'habitude.

Frankie ne lui répondit pas, se mettant brusquement debout et se dirigeant vers Mikey et Silas.

Choquée, Annie le suivit du regard, se demandant ce qu'il pouvait bien manigancer. C'était lui qui l'avait encouragée à faire abstraction d'eux, et il n'avait pas semblé si affecté que ça par leurs dernières paroles grossières. Avait-il changé d'avis et voulait-il maintenant se battre avec eux ?

Confuse sur ce qui se passait, Annie se tenait droite, prête à défendre Frankie et à se battre à ses côtés si nécessaire.

Mais Frankie ne se dirigeait pas vers eux pour se bagarrer. Loin de là.

Mikey était debout près d'une table, les mains serrées autour de sa gorge. Ses yeux étaient énormes, et même Annie pouvait distinguer la panique sur son visage.

— Il s'étouffe ! Que quelqu'un fasse quelque chose ! s'exclama Silas.

Frankie arriva en quelques secondes. Il tourna Mikey pour que son dos soit face à lui, puis il l'entoura de ses bras. Il effectua rapidement et efficacement la manœuvre de Heimlich. Après plusieurs poussées, un morceau de nourriture s'envola de la bouche du garçon, atterrissant dans un *splash* dégoûtant sur le sol carrelé.

Frankie garda ses bras autour de lui pendant un battement de cœur, s'assurant qu'il n'allait pas tomber par terre et se blesser, avant de le lâcher lentement. Il conserva une main sur son épaule et se déplaça autour de lui pour pouvoir voir son visage.

— Tu vas bien ? s'enquit-il.

Mikey hocha la tête en prenant de grandes bouffées d'air. Ses lèvres avaient commencé à devenir bleues, mais sous le regard d'Annie, leur couleur se modifia lentement.

— Assieds-toi, insista Frankie, en tirant une autre chaise à la table où Mikey s'était assis plus tôt.

L'adolescent s'exécuta sans hésiter. Puis il leva les yeux vers Frankie et dit :

— Tu m'as sauvé la vie. Je ne pouvais pas respirer.

Frankie opina simplement du chef.

— Dois-je appeler une ambulance ? demanda un homme à proximité.

Mikey secoua la tête.

— Non, je vais bien maintenant.

— Tu es sûr ? insista l'inconnu. Tu devenais bleu.

— Je suis sûr, confirma Mikey.

— OK.

Et juste comme ça, les choses autour d'eux revinrent à la normale. Les conversations reprirent, et les gens recommencèrent à manger, comme s'ils n'avaient pas été interrompus par quelqu'un qui avait failli mourir sous leurs yeux.

Frankie serra l'épaule de Mikey puis se retourna vers Annie.

— Hé ! héla Mikey.

Frankie hésita, puis pivota la tête pour regarder le garçon.

— Merci. Je suis désolé pour le truc de l'attardé.

Annie retint son souffle. Pour autant qu'elle le sache, Mikey ne s'était jamais excusé pour ce qu'il avait dit ou fait dans sa vie. C'était une brute jusqu'au bout des ongles. Mais manifestement, avoir failli mourir l'avait effrayé au plus haut point. Assez pour être une bonne personne le temps d'être reconnaissant envers Frankie pour lui avoir sauvé la vie.

— De rien, répondit Frankie.

Puis il leur tourna le dos et revint vers Annie, debout près de sa chaise.

— Tu es prête à aller attendre ta mère dehors ? demanda Frankie, comme s'il ne venait pas littéralement de sauver une vie.

Annie acquiesça. Elle se sentait un peu mal à l'aise. C'était elle qui voulait être médecin de combat. Et elle avait négligé quelqu'un qui avait besoin de soins. Elle avait laissé ses sentiments l'empêcher de prêter attention à son environnement. De faire ce qui était juste.

Mais pas Frankie. Même si Mikey s'était moqué de lui

et avait été jusqu'à le menacer, il n'avait pas hésité à lui venir en aide.

Ce ne fut que lorsqu'ils se retrouvèrent à l'extérieur qu'Annie put recouvrer ses esprits pour parler. Dès que Frankie posa les sacs qu'il tenait, elle se blottit contre lui et le serra contre elle en disant :

— Je suis si fière de toi. Tu as agi sans préjugés. J'aurais probablement laissé ma haine à son égard prendre le dessus, et il aurait pu mourir.

Frankie secoua immédiatement la tête.

— Je n'y crois pas une seconde. J'étais face à lui, et j'ai compris ce qui se passait avant que tu n'en aies eu l'opportunité. Tu ne l'aurais pas laissé mourir, Annie. Je le sais.

Levant les yeux vers lui, Annie se lécha les lèvres. Elle aimait tellement ce type. *Lui seul* pouvait faire en sorte que son ennemi juré s'excuse pour les choses désagréables qu'il avait prononcées. Elle était sûre que Mikey redeviendrait un connard demain. Mais aujourd'hui, il avait montré un peu de décence.

Annie vit les yeux de Frankie se diriger vers ses lèvres... et elle se dressa sur la pointe des pieds, désirant son baiser plus que tout au monde. Mais avant qu'ils ne puissent se rejoindre, un klaxon retentit derrière eux. En tournant la tête, Annie aperçut sa mère s'arrêter sur le trottoir.

— Son timing est nul, se plaignit Annie en s'éloignant un peu de Frankie.

Pendant une seconde, ses bras ne la lâchèrent cependant pas et la retinrent contre lui.

— Je ne quitterai pas le Texas avant de t'avoir embrassée, confia Frankie.

Annie rayonna.

— Bien, lui répondit-elle. Mais on pourrait peut-être attendre que ma mère ne regarde pas.

Frankie acquiesça et, à contrecœur, baissa ses bras autour d'elle et se pencha pour attraper les sacs. Puis il lui tendit la main et Annie la prit dans la sienne, plus heureuse qu'elle ne l'avait été depuis longtemps.

CHAPITRE 4

Trois jours plus tard, Frankie était extrêmement frustré. Il aimait la famille Fletcher. Ils étaient chaotiques et amusants, et il se passait toujours quelque chose chez eux. Les trois frères d'Annie avaient plus d'énergie qu'il ne se souvenait en avoir eu à leur âge. Ils incitaient constamment leur sœur et lui à jouer avec eux. Parfois, il s'agissait de jeux de société, d'autres fois de cache-cache dans la cour, et lorsqu'ils s'asseyaient un moment, c'était avec un livre dans les mains, demandant à quelqu'un de leur faire la lecture.

Par conséquent, à part un moment volé ici et là, Frankie n'avait pas trouvé le temps de donner à Annie le cadeau qu'il lui avait apporté. Il n'avait pas non plus eu le courage de l'embrasser. Et pourtant, il désirait ce baiser. Il n'avait pensé à rien d'autre depuis qu'ils étaient à l'extérieur du centre commercial et qu'elle lui avait montré qu'elle voulait ses lèvres sur les siennes en se mettant sur la pointe des pieds contre lui.

Il retournait en Californie le lendemain, et ce soir était

sa dernière chance de l'embrasser et de lui offrir le cadeau. Il redoutait de partir, mais pas parce qu'il pensait que cela changerait la nature de leur relation. Elle lui manquerait. C'était triste. Annie était tout pour lui. Point final. Et il était presque certain qu'elle ressentait la même chose.

Le temps dans cette partie du Texas était normalement assez doux, même en décembre, mais ce soir, un front froid était passé, et le vent soufflait assez fort. Il faisait trop froid pour s'asseoir sur la terrasse comme la semaine précédente. Frankie était stressé, car c'était presque l'unique moment où ils avaient été tranquilles.

Mais étonnamment, après le dîner, la mère d'Annie annonça à Doug et Ethan qu'ils devaient laisser leur sœur et Frankie seuls pour le reste de la soirée, et elle les fit monter à l'étage pour regarder un film avant le coucher. Elle avait aussi pris Fletch avec elle, abandonnant les deux adolescents dans le salon.

Sachant que c'était sa chance, et remerciant mentalement Emily de lui permettre de passer un peu de temps en tête-à-tête avec Annie, Frankie avait éteint le plafond, la lueur des lumières scintillantes de l'arbre de Noël procurant à la pièce un sentiment romantique et paisible.

Il s'était assis sur le canapé à côté d'Annie, qui s'était immédiatement blottie contre lui. Mettant son bras autour de ses épaules, Frankie ne pouvait s'empêcher de songer à un jour dans le futur, quand ils seraient dans leur propre maison à faire exactement la même chose. Peut-être qu'ils auraient des enfants et qu'ils seraient en haut dans leurs lits, pendant que lui et Annie profiteraient d'un peu de tranquillité.

Il sourit, sachant qu'il était fou. Ils n'avaient que 16 ans, ils avaient tout le temps de s'installer et d'avoir des enfants. Annie avait beaucoup de choses à accomplir dans sa vie. L'université et une carrière dans l'armée. Elle allait réaliser des trucs incroyables, Frankie le savait.

— Je ne veux pas que tu partes, chuchota Annie.

— Je sais. J'ai adoré être ici avec toi et ta famille, lui répondit Frankie.

Elle soupira et resserra son bras autour de son ventre pendant un moment.

Il prit une profonde inspiration et prononça les mots qui avaient trotté dans sa tête toute la semaine.

— Je t'aime, Annie Fletcher. Je me fiche que les autres pensent que c'est trop tôt. Que nous sommes trop jeunes. Je sais ce que je ressens. Dès notre première rencontre, tu m'as accepté tel que je suis, un gamin sourd et bizarre qui ne pouvait même pas communiquer avec toi. On a accroché ce jour-là, et tous les autres depuis. J'attendrai le temps qu'il faudra pour que tu sois mienne. Et je te soutiendrai toujours, peu importe ce que tu veux faire de ta vie.

— Frankie, murmura Annie, en se redressant et en le regardant avec des yeux écarquillés.

— Je suis sérieux, lui confirma-t-il. Tu es la meilleure chose qui me soit jamais arrivée. Je vis pour tes appels téléphoniques, et ma journée n'est pas complète sans tes quelques dizaines de textos. Je déteste que nous vivions à l'autre bout du pays, mais cela n'a pas changé – et ne changera jamais – ce que je ressens pour toi. Tu es l'autre moitié de mon âme... ce qui semble ringard, mais je m'en fiche.

— Oh ! Frankie. Je t'aime aussi, avoua Annie.

Soupirant de soulagement en entendant ces mots, Frankie se pencha sur le côté et sortit le cadeau de sa poche, qu'il gardait depuis une semaine maintenant. Il avait des doutes, maintenant que le moment de le lui donner était arrivé, mais il ravala sa nervosité et le tendit sur la paume de sa main.

— Je ne l'ai pas emballé dans du papier cadeau, mais il vient de mon cœur. Je veux t'épouser un jour. Je veux que tu sois madame Frankie Sanders. Ou Annie Sanders. Ou garde ton nom. Cela m'est égal. Tout ce qui compte, c'est que tu sois mienne et que je sois officiellement à toi en retour. Peu importe que ce soit à 18 ou 82 ans. Je t'aimerai quoi qu'il arrive.

Annie fixa la bague dans la paume de sa main, et Frankie continua de parler nerveusement.

— Ce n'est pas une bague de fiançailles. Ton père ferait une crise si nous nous fiancions maintenant, alors que nous n'avons que 16 ans. En plus, je sais qu'il s'attend à ce que je lui demande la permission de t'épouser. Ça me fout la trouille, mais je ferai tout pour toi. Mais bref, c'est une bague de promesse. Une promesse de moi à toi. Une promesse que je ne lèverai jamais la main sur toi sous le coup de la colère — tu me mettrais probablement sur le cul si j'essayais.

Frankie savait qu'il bafouillait, mais il ne pouvait pas s'arrêter maintenant.

— Une promesse que je te soutiendrai, peu importe ce que tu entreprendras dans la vie. Quand tu t'engageras dans l'armée, je serai à tes côtés, même si on doit déménager chaque année à un poste différent. C'est la promesse que je t'aimerai quoi qu'il arrive. Une promesse que tu peux compter sur moi. Je t'aime, Annie. Et ça ne me fait même pas peur parce que ça me semble juste.

Elle n'avait pas bougé. Pas d'un pouce. Elle avait simplement fixé la paume de sa main.

Tout à coup, Frankie eut des doutes. Il s'était démené pour réunir assez d'argent pour lui acheter cette bague. Il l'avait vue dans la vitrine d'un bijoutier en Californie et avait immédiatement su qu'il voulait la lui offrir. Elle était en platine, avec deux opales ovales serties dans l'anneau. Elles ne ressortaient pas et ne devaient pas s'accrocher. Il avait parlé à son père, qui avait vu avec Cooper, son parrain, qui en avait discuté avec sa femme, qui avait demandé à la mère d'Annie afin d'obtenir la taille du majeur d'Annie à la main droite.

Mais peut-être qu'elle n'aimait pas ça ? Elle n'était pas très intéressée par le maquillage ou les bijoux en général. Il aurait peut-être dû lui offrir autre chose. Sa confiance vacilla alors qu'elle restait assise à regarder la bague.

— Si tu ne l'aimes pas, ce n'est pas grave, prononça Frankie en hésitant.

— Ne pas l'aimer ? répéta Annie. C'est la plus belle chose que j'ai jamais vue de ma vie.

Frankie soupira mentalement. Dieu merci. Il tendit la main vers sa main droite et fit lentement glisser la bague sur son majeur. En l'approchant de sa bouche, il embrassa la bague à la base de son doigt.

— Elle me va parfaitement, souffla-t-elle. Et regarde, ajouta-t-elle en faisant semblant de lever le doigt vers quelqu'un. Quand j'adresserai un doigt d'honneur dans le futur, je penserai toujours à toi.

Frankie éclata de rire. C'était bien le genre de son Annie de réfléchir comme ça.

Puis son visage se décomposa.

— Quoi ? Qu'est-ce qui ne va pas ? s'enquit Frankie anxieusement.

— Mon cadeau pour toi semble vraiment stupide

maintenant.

— Rien de ce que tu pourrais m'offrir ne serait stupide, la rassura Frankie.

— Attends de le voir avant d'affirmer ça, marmonna Annie, en se levant et en allant vers le sapin de Noël.

Elle ramassa un petit paquet, le ramena sur le canapé et le lui tendit.

Frankie lui sourit avant de déchirer l'emballage.

— Après ce que tu as fait au centre commercial, j'ai demandé à ma mère si elle pouvait aller chercher quelque chose que j'ai vu quand on se promenait. Ça m'a fait penser à toi. Mais ce n'est pas comparable à ma bague.

Frankie fixa le cadeau dans ses mains, et une boule se forma dans sa gorge.

— C'est une figurine bobblehead, précisa Annie un peu gênée.

Et c'était ça. Un homme de dessin animé, avec une énorme tête qui montait et descendait sur le ressort à l'intérieur, les mains sur les hanches, portant une grande cape rouge. Sur le socle, les mots « Mon Héros » étaient imprimés.

Frankie n'avait jamais été le héros de personne auparavant. Il était le pauvre enfant sourd. Celui que la propre mère avait essayé de kidnapper. Le garçon qui parlait bizarrement et qui était maigre et dégingandé. L'idée qu'Annie le considérait comme son héros lui fit ressentir des sensations bizarres à l'intérieur.

— Je t'avais dit que c'était stupide, marmonna Annie.

— Je l'adore, la rassura Frankie.

Elle haussa les épaules et refusa de croiser son regard.

Frankie savait qu'il penserait à son Annie chaque fois qu'il verrait cette figurine. Il voulait être son héros. Il voulait qu'elle l'admire. Le fait qu'elle ait pensé à lui quand elle avait aperçu le jouet le renversa.

Il posa soigneusement son cadeau sur la table à côté du canapé, puis il prit son visage dans ses mains, attendant qu'elle lève enfin les yeux et croise son regard.

— Je t'aime, murmura-t-il. Tu pourrais me donner une pierre, et je penserais que c'est la plus belle pierre du monde. Mais savoir que tu penses à moi de cette façon ? Comme ton héros ? Je suis sans voix.

Ils se dévisagèrent pendant un long moment, puis Frankie passa son pouce sur sa joue.

— J'ai envie de t'embrasser.

— Oui. S'il te plaît, intima Annie.

— Notre premier baiser, chuchota-t-il pour prolonger l'instant, le faire durer.

Faire de ce moment un souvenir auquel ils pourraient tous deux penser pour le reste de leur vie.

Annie se lécha les lèvres.

Puis Frankie se pencha lentement en avant, sans lâcher son visage. Il effleura ses lèvres, laissant son parfum de pêche et de fraise envahir ses narines.

Il l'embrassa de nouveau, en s'attardant plus longtemps cette fois. Les yeux d'Annie se fermèrent, et elle s'accrocha à ses épaules.

Prenant une décision en une fraction de seconde, Frankie poussa Annie à chevaucher ses cuisses. Son père aurait probablement une crise cardiaque s'il entrait et les voyait assis comme ça, mais Frankie s'en fichait. Il avait besoin d'être plus près d'elle. Il avait besoin de pouvoir l'embrasser sans avoir à se pencher sur son cou et, plus important encore, sans qu'Annie soit le moins du monde mal à l'aise.

— Ça va ? s'enquit-il.

— Parfait, le rassura Annie, qui se rapprochait jusqu'à ce qu'elle puisse sentir l'érection dans son pantalon.

Mais pour la première fois de sa vie, Frankie n'était pas gêné par la réaction de son corps. C'était Annie. Il n'avait pas à être embarrassé avec elle. Ce n'était pas le moment de lui faire l'amour. Oh ! il en avait envie, mais il ne voulait en aucun cas la brusquer. Pour l'instant, l'embrasser serait suffisant.

Puis la tête d'Annie se baissa, et elle *l*'embrassa. Frankie passa sa langue sur la commissure de ses lèvres, et elle s'ouvrit immédiatement à lui. Le cœur battant à tout rompre, Frankie tourna la tête pour avoir un meilleur angle et effleura timidement sa langue avec la sienne. Pendant un instant, les choses semblèrent bizarres, mais comme ils étaient sur la même longueur d'onde, l'étrangeté se transforma en quelque chose de bien... pour eux deux.

Frankie et Annie gémirent en même temps, puis ils s'embrassèrent aussi passionnément que s'ils l'avaient fait des centaines de fois auparavant. Leurs langues s'entremêlaient alors qu'ils apprenaient à connaître la bouche de l'autre.

Frankie ne savait pas combien de temps ils étaient restés avec leurs lèvres collées, mais quand ils se séparèrent finalement, ils respiraient tous les deux comme s'ils avaient couru un sprint de cent mètres.

Frankie passa une main sur sa tête et lissa ses cheveux en arrière tout en la fixant.

— Tu es si belle, dit-il doucement, en se léchant les lèvres et en la goûtant.

— Tu me fais me sentir belle, confia Annie.

Puis elle se pencha en avant, enroula ses bras autour

d'eux et posa sa tête sur son épaule. Frankie pouvait sentir son souffle chaud contre son cou, et il ferma les yeux de contentement.

Oui, c'était ce qu'il désirait. Qui il voulait. Annie. Dans ses bras. Douce, chaude et heureuse. Frankie n'était pas idiot, il y aurait des moments difficiles pour eux deux. Les relations à distance n'étaient pas faciles, mais il aimait Annie de tout son cœur. Il allait faire en sorte que ça marche. Peu importe ce qu'il faudrait entreprendre.

— Joyeux Noël, Annie, prononça-t-il doucement en la serrant contre sa poitrine.

—Joyeux Noël, Frankie.

* * *

Emily se dirigea vers le couloir après avoir finalement réussi à endormir John. Le bambin avait été particulièrement capricieux ce soir, et il avait fallu toutes sortes d'astuces pour qu'il s'allonge et ferme les yeux. Elle était allée voir Doug et Ethan et les avait trouvés absorbés par le film qu'elle avait mis pour eux plus tôt.

Elle était sur le point de se rendre dans la chambre principale pour voir ce que son mari fabriquait, quand quelque chose attira son attention en bas de l'escalier.

Fletch se tenait là, regardant fixement dans le salon.

Prenant soin de ne pas faire de bruit, Emily descendit les escaliers sur la pointe des pieds pour découvrir ce que son mari scrutait si attentivement. Les lumières de l'arbre de Noël donnaient une lueur intime au salon... et à leur fille et son petit ami.

Elle s'approcha de Fletch et passa son bras autour de sa taille, se penchant sur lui tandis qu'ils observaient Frankie ouvrir le cadeau d'Annie. Il était facile de constater combien il était touché par son choix.

— Je t'avais dit que c'était stupide, entendirent-ils Annie parler.

— Je l'adore, lui répondit Frankie.

Emily se crispa en voyant sa fille hausser les épaules comme si ce que Frankie pensait de son cadeau n'avait pas d'importance. Mais elle savait que c'était le cas. Et Frankie ne la laissa pas imaginer ça. Il posa la figurine sur la table à côté du canapé, puis prit le visage d'Annie dans ses mains.

— Je t'aime. Tu pourrais me donner une pierre, et je penserais que c'est la plus belle pierre du monde. Mais savoir que tu penses à moi de cette façon ? Comme ton héros ? Je suis sans voix.

Emily soupira mentalement. Elle avait toujours apprécié Frankie. Il avait les pieds sur terre et était vraiment un bon garçon. Et en le regardant avec sa fille, elle l'aimait encore plus. Il la traitait comme le mari d'Emily *la* traitait. Avec respect. Et il n'avait jamais peur de lui montrer à quel point il l'aimait. Qu'est-ce qu'une mère pourrait demander de plus pour sa fille ?

— Je veux t'embrasser, dit Frankie à Annie.

— Oui. S'il te plaît, répondit Annie.

— Notre premier baiser, prononça doucement Frankie, ce qui donna le sourire à Emily.

Sa fille n'avait pas dépassé les limites avec son petit ami la semaine où il était ici, et elle avait fait confiance à Frankie. C'était la seule raison pour laquelle elle l'avait autorisé à rester dans leur maison. Si elle avait pensé une seule minute qu'Annie ou Frankie iraient plus loin que ce qui était approprié, elle et Fletch n'auraient pas accepté que l'adolescent vienne au Texas pour quelques jours.

Alors que Frankie se penchait vers Annie, Emily sentit Fletch grogner d'un air entendu à côté d'elle. Annie avait peut-être 16 ans, mais elle était toujours sa petite fille. Toujours son lutin.

Elle se faufila donc sous le bras de son mari pour se placer devant lui. Plantant ses mains sur sa poitrine, elle le poussa un peu en arrière. Elle adressa un signe du menton en direction des escaliers derrière eux.

Fletch fronça les sourcils et secoua la tête.

Emily lui lança un regard furieux et désigna les marches plus clairement.

Avec un soupir, il se retourna finalement et se dirigea silencieusement vers leur chambre.

Se retournant une fois de plus avant de suivre son mari, Emily remarqua qu'Annie avait pris place sur les genoux de Frankie et qu'ils s'embrassaient de nouveau. Souriante, heureuse que sa fille apprenne l'amour avec quelqu'un comme Frankie, Emily suivit son mari.

Une fois la porte de leur chambre fermée, ce dernier parla immédiatement :

— Elle est trop jeune pour embrasser.

Emily ne put s'en empêcher, elle rit.

— Quand as-tu échangé ton premier baiser ?

Il fronça les sourcils.

— On parle d'Annie, pas de moi.

— D'accord. Laisse-moi deviner, tu avais environ 10 ans ?

— Onze ans, grommela Fletch.

Elle sourit et s'approcha de lui. Elle ne s'arrêta pas avant d'être collée contre lui, de la poitrine aux cuisses. Levant les yeux au ciel, appréciant la taille qu'il avait au-dessus d'elle, Emily dit :

— Frankie est un bon garçon. Il va s'occuper d'elle.

Fletch soupira.

— C'est juste que… c'est dur de la voir grandir.

— Je sais.

— Et c'est ma seule fille. Je veux la protéger de toutes les mauvaises choses du monde. Si je pouvais la garder dans une bulle pour toujours, je le ferais.

— Annie est une jeune femme incroyable. Intelligente, prudente, et elle a la tête sur les épaules. Nous avons eu de la chance et n'avons pas eu à faire face à la plupart des angoisses normales des adolescentes que j'ai vu d'autres parents traverser.

— Je n'oublierai jamais la panique que j'ai ressentie quand j'ai compris que Jacks vous avait prises toutes les deux, avoua Fletch tranquillement. Je l'imagine encore comme cette petite fille de 6 ans. Effrayée, mais me racontant que sa mère avait expliqué qu'avoir peur signifiait simplement qu'elle allait faire quelque chose de vraiment courageux.

Emily sourit. Elle détestait que son mari pense encore à ce connard de Jacks qui les avait kidnappées, Annie et elle, il y avait si longtemps.

— Tu l'as élevée pour qu'elle soit forte, chéri. Il faut bien que tu la laisses partir un jour.

— Mais pas encore, grommela Fletch.

— Pas encore, approuva Emily.

Elle avait le sentiment qu'elle devait distraire son mari avant qu'il ne descende en trombe l'escalier et n'insiste pour placer un gros oreiller entre leur fille et son petit ami par souci de bienséance. Elle fit courir ses mains de haut en bas sur sa poitrine.

— John dort, et Doug et Ethan seront distraits par leur

film pendant encore au moins une heure, confia-t-elle de la manière la plus séduisante qui soit.

— Ah oui ? demanda Fletch, son ton troublant son enthousiasme.

— Ouais.

— Hmmm, je crois que ça fait trop longtemps que je n'ai pas été à l'intérieur de ma femme, confirma Fletch avec le ton grave et ronronnant qu'il utilisait quand il était excité et qu'Emily adorait.

Elle rit.

— Pardonne-moi, je deviens vieille et sénile, mais n'est-ce pas la nuit dernière que tu m'as fait l'amour si fort que je me suis presque évanouie ?

— Comme je viens de le dire, ça fait trop longtemps, répondit Fletch avant de baisser la tête.

Emily soupira. Cet homme était tout ce qu'elle croyait ne pas exister chez l'espèce masculine. Mais il avait prouvé à maintes reprises qu'il était le genre de mec sur lequel les femmes écrivaient des romans d'amour. Loyal, protecteur, d'un grand soutien... et tous les autres adjectifs positifs auxquels elle ne pouvait pas penser pour le moment. Pas quand il l'excitait autant.

En la retournant, Fletch se débarrassa rapidement de sa chemise et de son soutien-gorge, puis tira ses leggings sur ses hanches avant de la jeter en arrière sur leur matelas. En riant, Emily enleva ses leggings et ses sous-vêtements tandis que Fletch s'agenouillait au-dessus d'elle. Il baissa la fermeture éclair de son jean, mais ne prit pas la peine d'enlever sa chemise ou même de retirer complètement son pantalon.

Emily fit la moue.

— Je veux que tu sois nu.

— Je le veux aussi, confirma Fletch. Mais ma fille de 16 ans est en bas en train d'embrasser son petit ami, nos garçons pourraient s'ennuyer avec leur film d'une seconde à l'autre, et notre bambin est à une porte claquée de se réveiller et de pleurer de tout son cœur pour sa maman. Quelqu'un doit rester habillé pour s'occuper de tout ce petit monde et de toutes les interruptions qui pourraient survenir.

L'excitation parcourut Emily.

— Bien. Alors, tu devrais continuer à faire l'amour à ta femme, hein ?

Fletch n'eut pas besoin d'autres encouragements avant que sa tête ne tombe entre ses jambes. Il s'assurait toujours qu'elle était plus qu'excitée et mouillée avant de la pénétrer. C'était une chose de plus qu'elle aimait chez son homme.

Lorsqu'elle fut prête, Fletch se mit à genoux et la pénétra en une longue poussée, les faisant tous deux gémir doucement. Puis il fit l'amour avec elle, vite et fort. Elle jouit trop vite, tremblant et secouant sous l'intensité de son orgasme. Il ne fallut à Fletch que trois autres coups durs avant qu'il ne suive, explosant au plus profond de son corps.

Vingt secondes plus tard, ils entendirent tous deux une voix forte et plaintive venant du hall.

— Mamaaaaaaan ! Ethan monopolise le pouf ! C'est mon tour !

Fletch soupira et releva la tête qu'il avait laissée tomber contre l'épaule d'Emily après avoir joui. Il lui sourit et brossa une mèche de cheveux égarée sur son front légèrement en sueur.

— Je vais m'occuper d'eux. Tu restes ici. Nue et endormie. Je vais vouloir recommencer une fois que j'aurai couché les garçons et vérifié que ma fille et son petit ami ne sont pas allés trop loin.

Emily était consciente qu'elle devrait probablement se lever, se rhabiller et aider son mari à s'occuper de leur progéniture, mais elle était trop à l'aise pour le moment. De plus, il suffisait d'un mot sévère de Papa pour que Doug et Ethan se calment. Elle était également convaincue qu'il était hors de question que Frankie manque de respect à Annie – ou à elle et Fletch – en séduisant leur fille sur le canapé. Mais cela ne signifiait pas qu'elle ne pouvait pas l'inciter à se dépêcher de revenir vers elle.

— OK, dit-elle en passant une main sur son corps nu de manière séduisante. Je serai juste là.

— Merde, femme, se plaignit Fletch en renouant son pantalon après s'être redressé.

Il se pencha vers elle et l'embrassa longuement et profondément avant de relever la tête.

— Je t'aime.

— Je t'aime aussi.

— Tu te rappelles notre premier baiser ? demanda-t-il sans crier gare.

— Oui. Et toi ?

— Nous étions sur mon canapé, et nous jouions au jeu pour apprendre à nous connaître. Je venais de te convaincre de vivre avec moi, et tu avais accepté de sortir avec moi. Je te tenais les mains, je me suis penché, et à la seconde où mes lèvres ont touché les tiennes, j'ai su que ma vie avait changé... pour le meilleur.

— Waouh ! tu *t'en* souviens, s'étonna Emily.

— C'est gravé dans mon cerveau, admit-il. J'aime Frankie. Il va devenir un homme bien. Et j'espère qu'il appréciera ce qu'il aura avec notre fille.

— C'est sûr, confirma Emily sans hésiter.

— Et j'espère qu'Annie se rappellera son premier baiser avec autant de tendresse que moi du mien, avec toi, poursuivit Fletch.

Puis il se retourna et se dirigea vers la porte.

Dès qu'elle se referma derrière lui, Emily se repositionna sur le lit et se glissa sous les couvertures. Elle se tourna sur le côté et soupira de contentement. Sa vie était chaotique avec quatre enfants et un mari qui la rendaient parfois folle, mais elle n'en changerait pas une miette.

Elle était si heureuse que sa fille ait trouvé quelqu'un qui semblait l'aimer autant que son propre mari l'aimait, elle.

— Accroche-toi à lui, Annie, chuchota Emily. Un homme qui apprécie de recevoir une figurine en cadeau est une chose précieuse.

Fermant les yeux, Emily ne pouvait s'empêcher de se demander où la vie de sa fille la mènerait. S'engagerait-elle dans l'armée ? Est-ce qu'elle et Frankie resteraient ensemble ? Aurait-elle des enfants ?

Quoi qu'il arrive, Emily savait qu'Annie s'en sortirait.

Et maintenant, elle avait le souvenir d'un premier baiser parfait à se remémorer.

Emily s'endormit avant le retour de Fletch et ne se rendit même pas compte qu'il se glissait sous les couvertures avec elle. Elle ne le sentit pas non plus embrasser son front et la serrer contre lui. Tout ce qu'elle avait perçu avant de s'endormir, c'était la sécurité, l'amour, et la certitude que tous ses enfants étaient heureux et en bonne santé pour le moment. Tout allait bien dans leur monde.

LA BRUTE

par Susan Stoker

Note de l'auteure

Questa è un'altra storia su Annie, un personaggio davvero divertente di cui scrivere; complesso, e ovviamente molto amato e prezioso. Godetevi il racconto!

~Susan

La Brute

Emily jeta un coup d'œil vers la porte d'entrée quand elle l'entendit s'ouvrir. Elle attendait de voir le visage heureux de sa fille lorsqu'elle pénétrerait dans la maison après l'école. C'était difficile de croire qu'Annie avait 12 ans et qu'elle était déjà en cinquième. Elle serait toujours son petit bébé, mais elle grandissait vite.

Mais au lieu de se rendre dans la cuisine, de s'asseoir sur l'une des chaises de la table et de bavarder joyeusement de ce qui s'était passé au collège ce jour-là, Annie passa la porte et se dirigea vers sa chambre sans un mot.

— Annie ? appela Emily.

En réponse, elle entendit la porte de la chambre de sa fille se refermer.

Clignant des yeux de surprise, Emily se tenait au milieu de la cuisine et fronçait les sourcils en direction du couloir où Annie avait disparu. Décidant de lui laisser un peu de temps, Emily se retourna vers les lasagnes qu'elle préparait pour le dîner. Fletch allait rentrer de la base dans une heure, et elle devait mettre les pâtes au four si elle voulait qu'elles soient prêtes à son arrivée.

Ethan, leur fils, avait 2 ans et était actuellement occupé par une vidéo sur l'écran de la télévision. Emily s'inquiétait doublement pour Annie, car l'une des personnes qu'elle préférait au monde était son petit frère. Elle adorait Ethan. Depuis qu'il était né, Annie était comme une seconde mère pour lui.

Emily se souvenait de la première fois où elle s'était rendu compte de la profondeur de l'amour d'Annie pour son frère. Ethan avait environ 4 mois, et Annie avait commencé à beaucoup moins manger au dîner. Fletch et elle avaient mis quelques semaines à comprendre ce qui se passait. Annie pensait que son frère ne s'alimentait pas assez, alors elle cachait de la nourriture et la lui apportait le soir, après que tout le monde était couché.

Apparemment, elle se rappelait la façon dont Emily renonçait à manger pour qu'Annie puisse elle-même se nourrir, et elle essayait de faire la même chose pour son frère.

Fletch avait eu une longue discussion avec elle, expliquant qu'ils avaient assez d'argent pour acheter de quoi manger pour tous et que, comme Ethan était un bébé, il ne pouvait manger que du lait maternisé.

Annie s'était toujours occupée de son frère, même après ça. Une autre fois, en faisant du jardinage, Fletch avait trouvé une centaine de petits soldats en plastique d'Annie sur le sol devant la fenêtre d'Ethan. Lorsqu'il lui avait demandé ce qu'il en était, elle lui avait répondu qu'ils étaient là pour protéger Ethan de quiconque tenterait de s'introduire dans sa chambre.

Elle avait aussi tendance à grimper dans son lit au milieu de la nuit. Même maintenant, quand Emily ou Fletch allaient dans la chambre d'Ethan le matin, ils trouvaient parfois leur fille endormie, lovée contre son frère. Elle lui faisait la lecture régulièrement. Elle s'asseyait avec lui pendant des heures, lisant le même livre encore et encore et ne semblant jamais s'en lasser.

Le fait qu'Annie soit entrée dans la maison en ignorant complètement son petit frère en disait plus long sur son humeur que tout autre chose.

Après avoir mis les lasagnes au four, Emily se lava les mains et, s'assurant qu'Ethan était toujours occupé, se dirigea vers la chambre d'Annie. Elle frappa légèrement sur la porte.

— Annie ?

— Va-t'en ! lança sa fille, sa voix semblant étouffée.

Emily fronça les sourcils.

— Je fais des lasagnes pour le dîner, annonça-t-elle à sa fille, en sachant combien elle aimait ce plat.

— Je n'ai pas faim ! lui répondit-elle.

— Tu veux parler de ce qui te tracasse ? demanda Emily. Je suis une bonne oreille.

— Non ! Je veux juste être seule !

Elle soupira et s'éloigna de la porte. Annie était habituellement une enfant très joyeuse. Peu de choses la déprimaient. Emily avait été mise en garde contre les années de préadolescence, et en particulier contre les filles en cinquième, mais elle avait espéré que, Annie étant un garçon manqué, elle pourrait éviter certaines des émotions turbulentes qui accompagnaient l'adolescence. Il semblait que ce n'était pas le cas.

Emily passa l'heure suivante à espérer qu'Annie sortirait de sa chambre et redeviendrait une personne normale et heureuse, mais cela ne s'était pas produit. Elle envoya un message à Mary, considérant à quel point sa fille était proche d'elle, et lui demanda si elle et Truck pouvaient venir dîner.

Par chance, Mary accepta immédiatement, ce qui valut un soupir de soulagement à Emily. Toutes ses amies étaient géniales. Elles n'hésitaient jamais à faire du baby-sitting lorsqu'elle voulait passer du temps seule avec son mari, et elle leur rendait la pareille. Rayne et Ghost venaient d'avoir leur premier enfant, un garçon qu'ils avaient appelé Billy. La fille de Kassie et Hollywood, Kate, avait un an de moins qu'Ethan, et regarder les deux bambins jouer ensemble était adorable et réconfortant.

Leurs maris les aidaient aussi beaucoup avec les enfants, maintenant plus que jamais. Ils étaient tous en transition vers des rôles administratifs au sein de l'organisation Delta Force, et Emily ne pouvait pas dire qu'elle en était contrariée. Fletch aimait servir son pays, mais Emily et le reste de ses amies s'inquiétaient obsessionnellement pour eux lorsqu'ils étaient déployés pour des missions dangereuses.

Lorsque Fletch était arrivé à la maison, Emily n'avait toujours pas croisé sa fille, et elle était à bout de nerfs. Ce n'était pas du tout son Annie, et Emily détestait qu'elle ne lui parle pas. Pendant les six premières années de sa vie, elles n'avaient eu que l'une pour l'autre. Elles étaient meilleures amies. Même après avoir rencontré Fletch, que sa fille adorait, le lien entre Annie et elle était resté fort. Donc, le fait que sa fille ne lui adresse pas la parole était très mal perçu par Emily.

— Qu'est-ce qui ne va pas ? interrogea Fletch à la seconde où il vit sa femme.

Emily ne fut pas surprise qu'il puisse sous-entendre que quelque chose se tramait.

Il la serra contre lui, passa un bras autour de sa taille et palpa sa joue.

— Ethan va bien ? s'enquit-il.

Emily hocha la tête.

— Oui. C'est Annie.

— Annie ? répéta Fletch avec surprise. Qu'est-ce qu'il lui arrive ?

— Je ne sais pas, elle refuse de me parler. Elle est rentrée de l'école de très mauvaise humeur. Elle est allée directement dans sa chambre sans même saluer Ethan.

Fletch fronça les sourcils. Il savait aussi à quel point son frère comptait pour elle.

— C'est pour ça que tu as invité Mary et Truck à dîner ? supposa-t-il.

Emily ne put s'empêcher de sourire. Mary avait probablement envoyé un message à Truck, qui avait sans doute demandé à Fletch à quelle heure ils devaient venir.

— Oui. Elle a toujours été proche d'eux. J'ai pensé que si elle ne m'adressait pas la parole, elle dirait peut-être à l'un d'eux ce qui la tracasse.

— Je ne suis pas prêt, soupira Fletch.

Emily fronça les sourcils en signe de confusion.

— Pour quoi ? questionna-t-elle.

— Pour qu'Annie grandisse. Je veux qu'elle soit mon lutin pour toujours.

— Elle le sera, le rassura Emily.

Fletch secoua la tête.

— Non. Elle ne se tourne déjà plus vers moi pour tout, ce que je déteste. Je ne suis plus Papa Fletch, je suis « Papa ». Elle va aller au lycée, et ses amis vont être plus importants que de passer du temps avec nous. Ce ne sera pas cool de traîner avec son père, à ramper sur les tanks de la base. Elle va épouser Frankie, déménager, et nous devrons la supplier de revenir à la maison de temps en temps pour nous voir.

Emily ne put s'empêcher de rire.

— Tu es aussi dramatique que notre préadolescente, gronda-t-elle.

— Je sais, reconnut Fletch d'un ton morose. C'est juste que je l'aime tellement, et je déteste penser au jour où elle partira pour l'université. Je ne doute pas qu'elle fera des choses extraordinaires, mais quand même...

Sa voix se tut.

— Et si nous traversions une crise à la fois avant de songer à son déménagement et à son mariage ? suggéra Emily.

— Je t'ai dit aujourd'hui à quel point je t'aime ? demanda Fletch.

Emily lui sourit.

— Aujourd'hui ? Oui. Ce matin, avant que tu ne partes au travail. Mais cette après-midi ? Non.

— Je t'aime, répondit Fletch immédiatement. Tellement que c'en est presque effrayant.

Emily rayonna.

— Je t'aime aussi.

— Je veux un autre bébé.

Emily cligna des yeux de surprise.

— Quoi ? Genre, tout de suite ?

Fletch gloussa.

— Pas sûr que ce soit possible, mais éventuellement, oui. Au moins un de plus. Peut-être deux.

Ethan était un bébé facile, mais Emily n'était pas certaine d'être prête pour un autre. Bien qu'elle ne puisse pas nier qu'elle voulait d'autres enfants.

— Je le veux aussi. Mais je pense que les espacer est une bonne chose. On va apprendre à Ethan à aller sur le pot, en maternelle, puis on parlera d'en avoir un autre.

— Quatre ans d'intervalle, dit Fletch en hochant la tête. C'est une bonne idée. On peut en faire passer un au lycée avant que le suivant ne commence le collège. Ils ne seront pas dans l'ombre de l'autre. Et tu n'aurais pas trop de bébés à la maison en même temps.

Emily aimait tellement cet homme. Même lorsqu'il planifiait leur famille, sa première pensée était pour elle.

— Mais plus de fille, lâcha-t-il sévèrement. Des garçons.

Emily roula des yeux.

— C'est ton sperme qui décide, pas mes ovules, lui opposa-t-elle.

Fletch opina du chef.

— Va pour les garçons, alors, confirma-t-il avec détermination.

Emily secoua la tête en signe d'exaspération. Elle ne pouvait pas nier que les garçons étaient plus faciles à certains égards, mais elle ne pouvait pas s'empêcher de penser à la façon dont Fletch était incroyable avec Annie. Il était protecteur — surprotecteur, parfois —, mais compréhensif et doux. Il n'avait aucun problème à la laisser être elle-même. Si elle voulait jouer dans la terre, il ne lui interdisait pas. Si elle préférait porter un pantalon au lieu d'une robe, il ne la poussait pas. Tout ce que son Annie désirait, elle l'obtenait.

— Alors, Ethan a 2 ans. Si on veut quatre ans entre eux, ça nous laisse un peu plus d'un an avant de recommencer à essayer de te faire tomber enceinte. Donc tu devrais probablement arrêter la contraception dans treize mois environ.

Emily gloussa.

— Tu as tout compris, hein ? demanda-t-elle.

Elle ne pouvait s'empêcher de se trémousser sous son emprise, en pensant à l'acte pour faire leurs futurs bébés. Quand Fletch se mettait en tête de réussir quelque chose, il s'engageait à cent pour cent. Avant la conception d'Ethan, il était insatiable au lit, réalisant tout ce qui était en son pouvoir pour l'engrosser.

— Ouais, confirma-t-il avec une lueur dans les yeux.

— Je pense que nous allons devoir beaucoup nous entraîner, lança Emily. Je veux dire, on ne voudrait pas gâcher tes plans et tout.

Les yeux de Fletch se dilatèrent, et il déplaça son autre main vers son visage, l'inclinant vers lui.

— J'adore te voir enceinte, lui déclara-t-il. Tu es vraiment rayonnante. Et savoir que j'ai fait ça, que notre amour a créé un bébé... c'est incroyable. Sans compter que la partie « te féconder » est follement excitante. Chaque fois que je jouis en toi, je ne peux m'empêcher de penser à ta grossesse. C'est... je ne peux pas décrire ce que je ressens. Savoir que notre amour pourrait concevoir un autre enfant que nous pourrions chérir. Tu es *mon* miracle, Miracle Emily Grant Fletcher, et je mettrai tout en œuvre pour te montrer chaque jour à quel point je t'aime.

— C'est déjà le cas, murmura Emily.

Comment elle s'était retrouvée avec cet homme, elle ne le saurait jamais. Elle repensa à leur rencontre, quand elle cherchait désespérément un endroit bon marché pour vivre, à tout ce qui s'était passé avec le type qui la faisait chanter, et à la peur qu'elle avait connue. Dès que Fletch avait découvert ce qui se tramait, il s'était mis en action. Il s'était assuré qu'elle et Annie étaient en sécurité. Il avait prouvé maintes et maintes fois qu'il ferait tout ce qu'il fallait pour lui donner une vie sûre et heureuse. Même dans les moments difficiles, elle avait toujours pu compter sur lui.

Fletch baissa la tête et l'embrassa. Ce n'était pas un baiser chaste non plus. Il prit ses lèvres avec une passion habituellement réservée à leur chambre. Il tenait toujours son visage, et Emily s'agrippa à sa taille des deux mains pour se maintenir debout. Mais il ne la laissait pas tomber. Pas du tout. Il était son rocher.

Le bruit de la sonnette surprit Emily, et elle sursauta dans les bras de son mari.

— Foutu Truck et son timing de merde, grommela Fletch en s'éloignant d'elle.

Elle ne put s'empêcher de sourire. Le sexe spontané

n'avait jamais été quelque chose qu'ils avaient eu le luxe de s'offrir. Pas avec Annie dans les parages. Et maintenant, avec deux enfants, leurs ébats étaient confinés dans leur chambre, après que les enfants étaient endormis.

Mais l'idée de faire l'amour prochainement à son mari était toujours suffisante pour tenir Emily en haleine jusqu'à ce qu'ils soient enfin seuls. D'une certaine manière, cela rendait le sexe encore meilleur.

— Ce soir, chuchota-t-il avant d'embrasser son front. Après que Truck et Mary auront remis Annie d'aplomb, qu'elle sera redevenue souriante, qu'Ethan sera couché, repu et heureux dans son berceau, je m'entraînerai à faire des bébés. Je dois m'assurer que je serai prêt pour la vraie tentative dans quelques mois.

Emily secoua simplement la tête. Fletch n'avait pas besoin de s'exercer à quoi que ce soit. Il était déjà un expert dans l'art de concevoir des bébés. C'était une chance qu'elle vive maintenant, et non à une époque où il n'y avait pas de contrôle des naissances. Elle avait le sentiment qu'elle aurait fini par avoir un bébé un an plus tard.

— Va faire entrer nos amis, lui dit-elle en secouant la tête.

— Tu veux servir le dîner avant ou après qu'ils auront parlé à Annie ? demanda Fletch.

— Après, répondit Emily sans hésiter. La dernière chose que je veux, c'est une fille qui boude à table.

— Bon point.

Fletch se pencha et l'embrassa une fois de plus. Un baiser fort et rapide, avant de passer son pouce sur sa joue et de se retourner pour aller ouvrir à Mary et Truck.

Emily le regarda partir et soupira de contentement.

Fletch était génial, et elle ne se lasserait jamais de le voir s'occuper d'elle et de leurs enfants.

Elle se dirigea vers le salon et prit Ethan dans ses bras. Il se plaignit un peu, jusqu'à ce qu'il entende des voix venant de l'avant de la maison. Son fils adorait les invités, probablement parce qu'il recevait une tonne d'attention, ce qui était sa deuxième chose préférée. La première étant sa sœur.

Mary et Truck entrèrent dans le salon, et Mary se précipita sur Ethan. Emily sourit en le tendant à son amie. Ethan babilla joyeusement tandis que Mary le fit rebondir sur sa hanche.

— Salut, lança Emily. Merci d'être venue.

— De rien. J'étais assise là, à me demander ce que j'allais préparer pour le dîner, quand tu as envoyé un texto. Personne ne te dit, quand tu es petit, que tu vas passer la moitié de ta vie à essayer de décider ce que tu vas manger le soir. Ça craint. Alors, ne pas avoir à prendre cette décision pour une fois, c'est le paradis.

Emily pouffa. Mary n'avait pas tort. Elle n'avait pas le cœur de lui avouer que c'était pire quand on avait des enfants. Parce qu'alors, quoi que l'on décide de faire pour le dîner, quelqu'un levait inévitablement le nez et ne voulait pas le manger. Truck et Mary étaient en train d'essayer d'adopter un couple de frère et sœur en Inde. Elle se disait que ce serait encore plus difficile pour son amie de trouver des menus, étant donné que leurs futurs enfants seraient issus d'une culture différente. Mais elle ne dévoila rien de tout cela, simplement reconnaissante qu'ils soient là pour essayer de sortir Annie de son marasme.

— Elle est dans sa chambre ? demanda Truck.

Emily hocha la tête.

— Je vais aller lui parler, lança le grand homme.

Pour beaucoup, Truck pouvait être intimidant. C'était un véritable géant. Grand et musclé. Et il avait une cicatrice sur la joue. Mais pour Emily et Annie, c'était juste Truck. Un ours en peluche qui ne leur causerait jamais de mal.

— Merci, dit tranquillement Emily.

— Tu n'as pas à me remercier de venir voir Annie, contesta doucement Truck. Je l'aime comme si elle était ma propre fille. Je ferais n'importe quoi pour elle. N'importe quoi.

Et sur ce, il se retourna et se dirigea vers le couloir qui menait à sa chambre.

— Merde, marmonna Mary en s'essuyant la joue avec son épaule. Je n'arrive pas à croire que j'ai attendu si longtemps avant de donner suite à cette adoption. Truck va faire un père formidable.

— Oui, c'est sûr, convint Emily. Allez, je pense que nous avons toutes les deux besoin d'un grand verre de vin. Annie n'est même pas encore une adolescente. Je ne suis pas certaine que je vais survivre.

— Mais si, la contredit Mary. Parce que c'est une bonne enfant. Ce qui la tracasse est probablement plus lié à quelqu'un d'autre qu'à elle. Truck va trouver une solution, et elle redeviendra notre Annie. Peut-être que je la défierai de faire un tour de piste sur son char après le dîner.

Emily gloussa.

— Tu vas perdre, prévint-elle. Elle est devenue encore plus compétitive en vieillissant. Et personne ne la bat sur sa propre piste, dans son propre jardin.

— Je sais, reconnut Mary, indifférente. J'aime juste la mettre au défi. Si elle veut sérieusement devenir un soldat des forces spéciales comme son père, elle devra être plus que bonne. Elle devra avoir la peau dure et avoir envie d'être la meilleure possible, quoi qu'on lui dise. Je suis prête à lui parler, à l'énerver et à lui montrer que ce que les autres racontent n'entre pas en considération, peu importe ce qu'elle désire au fond d'elle-même.

Emily pouffa. C'était l'une des millions de raisons pour lesquelles elle aimait ses amies. Elles savaient toutes qu'Annie voulait faire partie des forces spéciales, et aussi combien cet objectif était difficile à atteindre, surtout dans l'armée actuelle. Mais personne n'avait dit à Annie qu'elle ne pouvait pas y arriver. Ils l'encourageaient à chaque étape du chemin.

— Allez, lança Emily, en prenant une profonde inspiration. Si Fletch me voit pleurer, il voudra savoir pourquoi, et je refuse qu'il t'en veuille.

— Peu importe, confia Mary avec un roulement des yeux. Je n'ai pas peur de ton mari.

Emily sourit.

— Non, mais il pourrait te voler Ethan et ne pas te laisser le tenir dans tes bras le reste de la soirée, ironisa-t-elle.

— Il n'oserait pas, grogna Mary en serrant Ethan plus fort.

Emily éclata de rire.

— Allons-y. Je peux entendre le vin nous appeler. J'espère que Truck pourra faire en sorte qu'Annie s'ouvre entre-temps.

— Il y parviendra, confirma Mary avec confiance.

* * *

Annie était assise dans son placard, dos au mur. Son père l'avait aidée à agencer cet espace dans leur nouvelle maison, lorsqu'ils avaient emménagé. Elle voulait un « bunker » comme celui dont il avait parlé quand il était déployé. Elle pensait que ce serait cool d'avoir un fort dans sa chambre, où elle pourrait prétendre être un soldat comme son père et ses amis.

D'aussi loin qu'elle se souvenait, elle avait toujours voulu être un soldat. Elle voulait assurer la sécurité des gens et les sauver des méchants. Elle se rappelait avoir regardé *Wonder Woman* à la télé avec sa mère, avant de rencontrer Fletch. Celle avec la femme à la taille fine et aux beaux cheveux bruns longs. La série était vieille et un peu ringarde, mais Annie était toujours fascinée par le concept. Elle jouait toute seule pendant des heures après avoir visionné un épisode. D'abord, elle était Wonder Woman, tournant en rond et prétendant sauver le monde des mauvaises personnes. Puis elle changeait de rôle et devenait celle qui devait être défendue.

Ensuite, elle avait rencontré Fletch et ses amis... qui étaient de vrais héros, tout comme Wonder Woman. Ils allaient dans d'autres pays et se terraient dans des trous de renard, espionnant les ennemis jusqu'à ce qu'ils découvrent leurs faiblesses, puis ils sortaient de leurs tanières et redressaient la situation.

Bien sûr, Annie n'avait aucune idée de ce que son père faisait *vraiment* quand il était déployé. Il ne l'avait jamais expliqué, et elle savait qu'il valait mieux ne pas demander. Mais après avoir été sauvée par son père et son équipe dans la vraie vie, Annie les avait adorés encore plus, et sa détermination à devenir comme eux avait augmenté à pas de géant.

Mais il y avait des jours, comme aujourd'hui, où tout ce qu'elle avait toujours rêvé de réaliser dans sa vie lui semblait bête. *Elle* se sentait bête.

Annie détestait que Carrie, une fille populaire de l'école qui était une brute depuis aussi longtemps qu'elle la connaissait, puisse la faire se sentir si mal dans sa peau.

On frappa à sa porte, et Annie cria « Je n'ai pas faim ! » sans même attendre d'entendre ce que sa mère disait. Ce devait être l'heure du dîner, mais Annie n'était pas d'humeur à manger.

— Hé, ma puce, lança une voix grave, alors que Truck passait la tête dans sa chambre. Je peux entrer ?

Le cœur d'Annie bondit de joie. Truck était là ! Elle aimait tous les amis de son père, mais elle avait une place spéciale dans son cœur pour cet homme. Puis elle se souvint qu'elle était de mauvaise humeur.

— Peu importe, marmonna-t-elle.

Elle fut heureuse quand Truck ignora sa réponse peu accueillante et entra. Il ferma la porte derrière lui et se dirigea vers celle ouverte du placard. Il s'assit, puis tomba en arrière et regarda le plafond.

— J'ai entendu dire que tu avais passé une mauvaise journée.

Annie soupira. Pourquoi tout le monde ne pouvait-il pas la laisser tranquille ? Même si elle devait admettre que c'était plus facile de parler à Truck quand il ne la regardait pas. Il fixait le plafond comme si c'était la chose la plus intéressante qu'il ait jamais vue dans sa vie. Annie ne pouvait pas le discerner du fond du placard, mais à moins que quelqu'un ne soit entré ici pendant qu'elle était à l'école et n'ait peint des étoiles dessus ou un truc du genre, c'était juste un plafond blanc ordinaire.

— Je déteste l'école, lâcha-t-elle à Truck avec force. C'est nul.

— C'est à propos de cette brute qui t'embête ? demanda Truck.

Annie n'aurait pas dû être surprise qu'il s'en souvienne. À part la fois où il avait été amnésique et avait oublié tout ce qui s'était produit récemment dans sa vie, il semblait se rappeler chaque mot qu'elle prononçait.

Elle soupira.

— Pourquoi les gens sont-ils si méchants ?

Truck se retourna et appuya sa tête sur sa main.

— Je ne sais pas. Je suppose que le fait d'ignorer la brute ne fonctionne pas ? questionna-t-il.

Annie haussa les épaules.

— Je me fiche de ce qu'elle raconte sur moi. C'est une idiote. Tout ce qui l'intéresse, c'est s'assurer que ses cheveux sont parfaits, et tu devrais voir tout le maquillage qu'elle porte. C'est dégoûtant. Elle s'en prend toujours aux garçons et ricane dès qu'ils disent quelque chose. C'est nul.

— Est-ce qu'elle t'a fait une réflexion aujourd'hui ? s'enquit Truck.

Annie baissa les yeux vers ses mains.

— Elle me balance toujours des conneries, lui répondit-elle.

Puis elle releva la tête et rencontra son regard.

— J'ai pris l'habitude de l'ignorer. Mais aujourd'hui, elle s'est attaquée au nouveau garçon de notre classe. Il va dans des classes spéciales, mais il déjeune en même temps que nous. La seule personne qui s'assied avec lui est son assistante, et elle n'était pas là aujourd'hui. Il avait l'air seul, alors Amy et moi sommes allées à sa table pour manger. Cette débile de Carrie est venue avec ses deux meilleures amies, et elles ont commencé à le traiter d'attardé et à être particulièrement méchantes. Je lui ai demandé de partir, et c'est là qu'elle s'est mise à cracher son venin sur Frankie. Je veux dire, elle ne le *connaît* même pas, alors pourquoi penserait-elle que c'est normal de se moquer de lui ?

— Qu'est-ce qu'elle a raconté ? s'intéressa Truck.

Annie soupira.

— Juste les trucs habituels. Que c'était évident que j'aimais les attardés puisque je sortais avec l'un d'eux et que maintenant je déjeunais avec un autre. Elle voulait savoir si Frankie était au courant que je le trompais avec Robert. Puis elle a ri et a balancé quelque chose sur le fait que je resterais vierge pour le reste de ma vie parce que personne n'oserait s'approcher de moi, vu que je suis un garçon manqué et que j'aime me rouler dans la boue.

Annie prit une grande inspiration et continua. Maintenant qu'elle avait commencé à relater ce qui s'était passé, elle ne pouvait plus s'interrompre.

— Elle s'est moquée de mes cheveux longs et ébouriffés et a dit que mon visage était si hideux que ce n'était pas étonnant que je ne porte pas de maquillage, car il en faudrait deux camions entiers pour couvrir ma laideur. Les deux autres filles avec elle ont un peu rigolé. Elles avaient l'air mal à l'aise, mais elles ne lui ont pas demandé d'arrêter. Amy avait peur que Carrie commence à s'en prendre à elle, alors elle est restée assise.

— Comment tu as réagi ? s'enquit Truck doucement.

— Je voulais la frapper, admit Annie.

— Mais tu t'es retenue, prononça Truck avec confiance.

— Oui, marmonna Annie. Mais j'ai menacé de le faire.

Je lui ai dit qu'elle avait intérêt à espérer que je ne la voie pas après l'école parce que j'allais lui casser la gueule.

Truck resta silencieux, et Annie leva les yeux vers lui. Elle avait un peu honte de ce qu'elle avait raconté, mais elle n'était pas désolée. Carrie méritait d'être un peu malmenée, et Annie n'avait pas peur d'elle. Pas du tout. Elle demanda :

— Tu ne vas pas m'expliquer que c'était mal ? Que je n'aurais pas dû réagir comme ça ?

— Depuis combien de temps cette fille s'en prend à toi ? questionna Truck en retour.

Annie haussa les épaules.

— Depuis le CM1, confia-t-elle timidement.

— Et combien de fois l'as-tu sommée de te laisser tranquille ? Combien de fois as-tu ignoré ses railleries et toutes les méchancetés qu'elle t'a balancées ?

— Hum... souvent ? estima Annie en haussant les épaules.

— On dirait qu'elle a besoin d'être remise à sa place.

Annie fixa l'ami de son père avec confusion. Était-il en train de lui suggérer que c'était *normal* de frapper Carrie ?

— Il me semble que tu lui as donné beaucoup plus de chances qu'elle ne le mérite. Ta mère aurait probablement une crise cardiaque si elle savait que je te raconte ça, mais il est évident que Carrie pense qu'elle est meilleure que toi. Ce qui est une connerie... désolé... c'est une connerie. Personne n'est meilleur que toi, Annie. Tout comme tu n'es pas meilleure que n'importe qui d'autre. Cette Carrie ne va pas te laisser tranquille jusqu'à ce que tu lui donnes une *raison* de cesser.

Annie n'arrivait pas à croire ce qu'elle entendait. Mais elle ne pouvait pas nier qu'elle était soulagée.

— Elle m'a dit que son petit ami allait m'attendre après l'école. J'ai réussi à l'éviter aujourd'hui, mais je suis sûre qu'il va me chercher demain, admit-elle.

— Tu vois. Elle sait que tu vas lui botter les fesses, alors elle envoie quelqu'un d'autre faire son sale boulot. Tu peux le battre ? interrogea Truck.

Annie sourit.

— Oui.

Elle n'avait aucun doute sur sa capacité à gagner un combat contre Doug Chamberlin. Il était plus grand qu'elle, mais c'était juste un beau parleur. Il ne pouvait même pas grimper à la corde en cours de gym.

— Alors, n'hésite pas, ordonna Truck. Je ne prétends pas que ça fera taire cette stupide Carrie pour toujours, parce que je connaissais beaucoup de filles comme elle quand j'avais ton âge. Mais ça l'incitera à mieux réfléchir avant de s'en prendre à toi dans un futur proche. Cela enverra aussi le message que tu ne tolères pas que les gens se moquent de ceux qui sont plus faibles ou différents des autres. Je suis fière de toi pour avoir mangé avec ce garçon aujourd'hui.

— J'ai pensé à Frankie. Il m'a expliqué combien c'était difficile de s'adapter à l'implant cochléaire qu'il a reçu l'année dernière. Tout ce que j'imaginais, c'était lui en train d'essayer de se faire des amis, gêné par la façon dont il parlait, et que personne ne s'asseyait avec lui au déjeuner, admit Annie.

— Mais Frankie va bien, maintenant ? s'enquit Truck.

Annie hocha la tête.

— Oui. Il est génial.

— Tu lui as raconté ce qui s'est passé aujourd'hui ?

— Pas encore.

— Mais tu vas le faire ?

Annie fronça les sourcils.

— Bien sûr. Pourquoi je ne le ferais pas ?

Elle n'avait pas compris le petit sourire qui s'était formé sur le visage de Truck.

— Aucune raison. Tu veux aller dans le jardin et t'entraîner à quelques mouvements avec moi pour être prête à affronter Doug et tout ce qu'il pourrait planifier de sournois pour te prendre au dépourvu ?

— Oui ! s'exclama immédiatement Annie, se sentant beaucoup mieux qu'il y a quelques instants.

Elle aimait s'exercer avec son père et ses amis. Elle savait qu'ils y allaient doucement avec elle, mais c'était quand même amusant. Un jour, quand elle serait elle-même un soldat des forces spéciales, elle rentrerait à la maison et leur botterait les fesses pour de bon. Ils n'auraient pas besoin de se modérer juste parce qu'elle serait plus petite et moins forte qu'eux.

— OK. Mais d'abord, j'ai besoin d'un câlin, prononça Truck, en s'asseyant et en tendant les bras.

Annie savait ce qu'il faisait. Il n'en avait pas besoin, mais elle ne doutait pas qu'il était certain qu'*elle*, oui. Grandir était difficile. Elle n'était pas sûre de beaucoup aimer ça. Ses seins avaient commencé à pousser, ce qu'elle détestait. Elle avait tout appris sur la puberté dans son cours de santé et était consciente qu'elle allait bientôt commencer à saigner entre les jambes. Elle avait du mal à contrôler ses émotions et se sentait tout le temps à côté de la plaque. Annie en avait méprisé chaque minute.

Certaines personnes, comme Carrie, voulaient devenir adulte aussi vite que possible, mais Annie aimait être petite. Elle adorait être choyée par son père et ses amis.

Elle était reconnaissante de ne pas avoir à passer des heures à faire ses devoirs ni à fournir d'efforts pour obtenir de bonnes notes. Mais en vieillissant, le travail scolaire devenait plus difficile, on attendait d'elle qu'elle passe plus de temps à penser à son apparence et moins à jouer dehors. Vieillir, ça craignait.

Elle rampa hors de son placard et se blottit sur les genoux de Truck. Cet homme était énorme, et il lui donnait l'impression d'être de nouveau petite.

— Je suis fier de la jeune femme que tu es en train de devenir, Annie, dit Truck. Même si tu grandis trop vite. Si tu continues ta croissance comme ça, tu seras bientôt plus grande que moi.

Annie gloussa.

— N'importe quoi. Tu es un géant, Truck.

— Tu as inquiété ta mère, confia-t-il doucement.

Annie ferma les yeux. Oui. Elle le savait. Mais elle n'avait pas pu s'empêcher de claquer sa porte et de lui sommer de s'en aller.

— Et Ethan se demande où est sa sœur préférée, pourquoi elle ne l'a pas salué en rentrant à la maison.

Elle fronça les sourcils.

— Me faire sentir coupable, c'est méchant, lança-t-elle à Truck.

C'était à son tour de glousser. Elle sentit le grondement de sa poitrine sous sa joue.

— Tu as raison. Je suis désolé.

— Non, *je suis* désolée. C'est juste que... parfois, je ressens toutes ces émotions. Et je ne peux pas les contrôler. J'étais tellement *en colère* quand je suis rentrée à la maison. Je ne voulais parler à personne.

— Je sais, lui dit Truck.

Sa main la maintenait près de lui, et Annie aurait juré que sa paume était si grande qu'elle couvrait tout son dos.

— Je pense que ça fait partie de la vie d'un adolescent.

Annie se déplaça pour pouvoir voir les yeux de Truck.

— Tu vas raconter à Papa et Maman ce qui s'est passé ?

Truck la regarda fixement pendant un long moment, puis il secoua la tête.

— Non. Mais ça ne signifie pas que *tu* ne devrais pas le faire.

Annie soupira.

— Maman va vouloir aller à l'école et parler au directeur. Tu sais comment elle est. Et ça ne va rien arranger. Ça va juste rendre Carrie encore pire. Et si Fletch pense que quelqu'un veut se battre contre moi, il va perdre la tête. Je peux prendre soin de moi, mais j'aurai toujours 7 ans pour lui.

— Tu sais que je ressens la même chose, n'est-ce pas ? demanda Truck avec un petit sourire.

Annie le lui rendit et secoua la tête.

— Non, c'est faux. Si c'était le cas, tu ne me conseillerais pas de botter le cul de Doug.

Truck ricana.

— C'est vrai. Mais ça ne veut pas dire que je ne suis pas protecteur envers toi.

Le rictus d'Annie s'effaça.

— Je sais. Mais j'ai appris, en regardant Fletch avec ma mère, qu'être protecteur n'est pas une mauvaise chose. Il ressent la même chose pour elle, et pourtant il la laisse vivre sa vie. Il ne l'étouffe pas. Il ne prend pas le dessus quand il pense qu'elle commet une erreur. C'est ça, aimer quelqu'un. Les laisser faire ce dont ils ont besoin, et être là pour eux après si ça ne se passe pas comme ils le pensaient.

— Comment es-tu devenue si intelligente ? interrogea Truck.

— En étant près de toi et des autres amis de Papa. Je vois comment vous êtes avec vos femmes. Vous êtes protecteurs, mais vous aimez aussi qu'elles soient indépendantes. Vous ne seriez pas heureux avec une personne qui ne pourrait pas prendre une décision pour elle-même. Mary est parfaite pour toi, et même si tu t'inquiètes pour elle, tu ne te mets pas en travers de son chemin quand elle désire faire quelque chose. Comme quand elle est allée faire du parachutisme avec Harley l'autre fois. On aurait dit que tu allais vomir, mais chaque fois que Mary te regardait, tu souriais et tu l'encourageais.

— Je *pensais* vraiment que j'allais gerber. Tu sais ce qui s'est passé la dernière fois que Harley a sauté en parachute ? demanda Truck.

Annie roula des yeux.

— Bien sûr. J'ai entendu l'histoire un million de fois. Un oiseau a frappé Coach au visage et l'a assommé, et elle lui a sauvé la vie en maîtrisant la descente.

— Exact. Tu crois que je voulais que ça arrive à Mary ?

— Non. Mais tu l'as quand même laissée partir, insista Annie.

— Tu penses que Frankie sera comme ça avec toi ? questionna Truck.

Annie appréciait le fait qu'il n'hésite pas à supposer qu'elle et Frankie allaient se marier et vivre heureux pour toujours. Beaucoup d'adultes imaginaient qu'elle finirait par « cesser » de vouloir être avec lui, mais Annie savait que Frankie était le garçon qu'il lui fallait. Ils étaient destinés à être ensemble pour toujours et à jamais.

— Oui, acquiesça-t-elle fermement.

— Moi aussi, confirma Truck. Maintenant, si on se levait, pour que tu ailles faire un câlin à ta mère, que tu salues Mary, que tu rassures Ethan en lui disant que tu ne l'as pas oublié, que tu expliques à Fletch que tu vas mieux, et qu'on mange des lasagnes. Puis après le dîner, on ira dehors, et on s'assurera que tu es prête à affronter tout ce que ce nul de Doug peut te faire subir.

— Je t'aime, Truck, lui confia Annie.

Et c'était vrai. Elle ne savait pas ce qu'elle manquait quand il n'y avait que Maman et elle. Elle aimait sa mère plus que tout au monde, mais le jour où Fletch et ses amis étaient entrés dans leur vie, tout était devenu encore mieux.

Ils se relevèrent du sol et se dirigèrent vers la cuisine ensemble. Annie fit ce que Truck lui avait suggéré, elle prit sa mère dans ses bras et lui souffla qu'elle était désolée d'avoir été une gamine. Puis elle réalisa la même chose avec son père. Elle salua chaleureusement Mary, puis s'assit sur le canapé avec Ethan et attrapa le livre qu'il lui tendait. Elle le lui avait déjà lu des milliers de fois, mais ça ne la dérangeait pas de recommencer.

Le dîner était fantastique, comme toujours, et après, Truck n'eut pas de pitié pour elle quand ils s'affrontèrent dans le jardin. Quand Mary et lui partirent, elle était fatiguée, en sueur, et plus déterminée que jamais à montrer à Carrie et Doug qu'elle n'était pas quelqu'un avec qui on pouvait jouer.

Fletch vint dans sa chambre pour la border dans son lit, ce qui était inhabituel, car elle avait cessé de vouloir l'être depuis un moment. Il ne tourna pas autour du pot.

— Tu veux en parler, lutin ?

Le cœur d'Annie battait la chamade. Avait-il compris qu'elle allait probablement se bagarrer demain ?

— Non, dit-elle un peu plus essoufflée qu'elle ne le voulait.

Fletch la regarda fixement pendant un long moment. Son père semblait toujours voir clair en elle. Il savait systématiquement quand elle mentait ou lui cachait quelque chose. C'était agaçant.

Il soupira et s'assit sur le côté de son lit.

— Je sais. Je sais que je ne suis que ton vieux père. Mais quoi que tu décides, ne laisse pas tes émotions prendre le dessus sur ton bon sens.

Annie leva les yeux vers lui avec surprise. Est-ce qu'il lui donnait des conseils de combat ?

— Et tu te fies trop à ton côté dominant. Nous devons travailler sur tes frappes de la main gauche et rouler à gauche au lieu de toujours aller à droite. Ton adversaire s'en rendra compte rapidement et en tirera avantage. Et toute personne consciente de ce qu'elle fait essaiera d'utiliser des mots pour t'énerver et te déstabiliser. Ignore les railleries et concentre-toi sur tes actes. Il est toujours préférable de cogner vite et fort et de terminer le combat avant qu'il ne commence. Je sais par expérience que tu peux continuer si tu es blessée – je t'ai vue persévérer assez souvent lorsque tu étais dans la course d'obstacles –, mais au corps-à-corps, il est plus difficile de rester à pleine puissance si quelqu'un a un coup de chance. Concentre-toi, fais-le, et sors de ça. OK ?

Pendant un long moment, Annie ne put que fixer son père en état de choc.

— Hum... OK, réussit-elle finalement à articuler.

Son conseil était bon. La dernière chose qu'elle voulait,

c'était que quelqu'un appelle un professeur et lui attire des ennuis. Carrie avait provoqué tout ça, et elle souhaitait que les brimades de cette fille cessent ici et maintenant. Avoir une retenue, et l'interruption de la bagarre avant qu'elle ne puisse exprimer son point de vue, n'arrêterait pas la fille populaire. Annie devait lui montrer, ainsi qu'à tous ceux qu'elle utilisait pour se battre à sa place, qu'elle n'était pas du genre à tolérer la persécution. Point final.

— Je t'aime, lutin. Et je parierai sur *toi* plutôt que sur n'importe quelle princesse choyée ou sur le garçon qui essaie de l'impressionner, n'importe quand, affirma Fletch.

Puis il l'embrassa sur le front et se leva.

Quand il arriva sur le seuil de la porte, Annie s'était remise de son choc. Truck avait manifestement parlé à Fletch à un moment donné. Elle était sûre que son père n'avait rien révélé à sa mère, parce qu'il serait hors de question que celle-ci accepte qu'Annie se batte. Peu importe si c'était la bonne méthode à employer ou pas.

— Papa ? prononça-t-elle doucement.

— Oui ? demanda Fletch en se tournant pour la regarder.

La lumière du couloir le faisait ressembler à une énorme tache noire, mais Annie savait sans aucun doute qu'il l'observait avec de l'amour dans les yeux. Comme toujours.

— Merci de ne pas être en colère, admit-elle doucement.

— Je serais en colère si tu te battais juste parce que quelqu'un a dit du mal de toi. Mais je te connais, Annie. Tu ne te soucies pas de ce que les autres racontent sur toi ni lorsqu'ils s'en prennent à quelqu'un d'autre. La prochaine fois, cependant, j'espère que tu en parleras avec *moi*.

Annie avait envie de pleurer. Fletch était génial.

— Je le ferai, lui confirma-t-elle.

— Bien. Botte les fesses de la brute demain, lutin. Nous l'annoncerons à ta mère ensemble. Dors un peu.

Puis il ferma la porte derrière lui sans bruit, laissant Annie dans le noir remercier sa bonne étoile que sa mère ait rencontré et épousé un gars formidable comme Fletch.

* * *

Il s'avéra que la dispute du lendemain se termina presque aussi vite qu'elle avait commencé. Doug, Carrie et trois de ses camarades avaient coincé Annie dans le couloir du gymnase avant la septième heure. Doug l'avait poussée et avait balancé un tas de conneries sur le fait que son père était engagé dans l'armée et qu'elle n'était qu'une merde.

Annie roula des yeux et avança d'un pas vers lui, au lieu de se recroqueviller, ce qui l'avait évidemment surpris. Carrie avait dû mentir et prétendre à quel point Annie aurait peur.

Puis elle donna un coup, le frappant au visage.

Les yeux de Doug s'écarquillèrent, et il recula en titubant, une main couvrant sa joue à l'endroit où elle l'avait tapé. Avant qu'il ne s'en soit remis, Annie le poussa, *violemment*, il heurta le mur derrière lui, perdit l'équilibre et tomba sur ses fesses sur le carrelage.

Annie le regarda fixement et rétrécit ses pupilles.

— Mon père est peut-être dans l'armée, mais il fait partie des forces spéciales, et il m'a appris à me battre à la dure. Tu veux voir ce qu'il m'a enseigné d'autre ? demanda-t-elle.

En réponse, Doug se leva et s'éloigna rapidement.

Carrie cria son nom, mais il l'ignora. Annie sourit, s'avança devant elle et la prévint que si elle s'approchait de nouveau à moins de trois mètres d'elle ou de quelqu'un qu'elle considérait comme un ami, ou qu'elle essayait de mal lui parler, elle cesserait d'être aussi polie.

Carrie et sa bande de filles s'enfuirent pratiquement.

Dans l'ensemble, Annie ne se sentait pas vraiment bien à propos de ce qui s'était passé, mais c'était satisfaisant de se défendre et de prendre une petite revanche pour tous ceux qui avaient été malmenés par cette méchante fille dans le passé.

Quand elle franchit la porte d'entrée après l'école, à sa grande surprise, Fletch était là. Son regard la parcourut de la tête aux pieds, puis, satisfait qu'elle soit en un seul morceau, il hocha fièrement la tête.

— Hé, chérie, salua sa mère. Comment était l'école ?

— C'était bien, Maman, répondit Annie.

Au lieu d'aller voir Ethan comme d'habitude, Annie marcha droit vers Fletch. Elle le serra fort dans ses bras.

— Ça va ?

Annie opina du chef en le regardant.

— *Ils* vont bien ? lui demanda-t-il avec un petit sourire.

Annie ne put s'empêcher de glousser.

— C'est qui, ils ? interrogea sa mère.

— Oui, lança Annie à Fletch. Il n'y avait pas grand-chose. Surtout quand il a appris que mon père, membre des forces spéciales, m'avait enseigné tout ce qu'il connaissait.

Ce fut au tour de Fletch de s'esclaffer.

— Ça, c'est ma fille. Que dirais-tu d'aller saluer ton frère et de me laisser une minute avec ta mère ?

Annie acquiesça et étreignit Fletch une fois de plus avant de se rendre dans le salon.

— Qu'est-ce qui se passe ? questionna Emily.

Annie entendit Fletch parler à sa mère, mais elle ne put discerner tous les mots. Elle n'était pas inquiète pour autant. Il allait tout arranger.

Annie était fière d'elle. Elle ne voulait pas se battre, mais se défendre, c'était génial. Tout comme le fait de savoir qu'elle pouvait tenir tête à un garçon plus âgé, plus grand et plus fort qu'elle.

Ce soir-là, personne ne parla de ce qui était arrivé à l'école. Sa mère était toujours aussi joyeuse, et quand Ethan piqua une crise à table parce qu'il souhaitait plus de frites au lieu de manger les haricots verts qu'Emily avait mis dans son assiette, Annie réussit à le calmer en lui indiquant que ces légumes le feraient grandir et devenir fort comme elle.

Mais elle ne fut pas surprise lorsque sa mère frappa à sa porte après qu'elle était montée se coucher.

— Entre, héla Annie.

Emily s'exécuta et s'assit sur son lit, tout comme Fletch l'avait fait la nuit précédente.

— Tu vas bien, bébé ? s'enquit sa mère.

— Oui.

— Tu veux de la glace pour ta main ?

Annie ne devrait pas être étonnée que sa mère ait remarqué l'éraflure sur ses jointures ou qu'elle ait un peu ménagé sa main droite pendant le dîner.

— Ça va aller, lui répondit-elle.

Emily soupira.

— Pour info, je n'aime pas la bagarre.

Annie retint son souffle, attendant le sermon qu'elle

était sûre de recevoir. Jusqu'à ce que sa mère la surprenne avec ses prochains mots.

— Mais je suis si fière que tu te sois défendue. Tu ne seras jamais comme les autres petites filles. Je l'ai su dès que tu as eu 2 ans et que tu as piqué une crise quand j'ai essayé de te mettre une robe alors que tu voulais porter un pantalon. Tu ne fais jamais ce que la société attend d'une fille, et pourtant, tu as le cœur le plus tendre et le plus attentionné que j'aie jamais rencontré. Tout ce que j'ai toujours voulu, c'est que tu sois une bonne personne et que tu t'efforces de réaliser tout ce que ton cœur désire.

— Merci Maman, prononça doucement Annie.

— Fletch m'a raconté ce qui s'est passé, et je dois reconnaître que... Carrie est une salope.

Annie ne put empêcher le rire de s'échapper.

— Je sais que je ne devrais pas dire ça, puisque je suis une adulte et qu'elle est une enfant. Mais sérieusement, elle est sur ton dos depuis des années, et pour quoi ? Parce que tu ne te maquilles pas et que tu peux dépasser et supplanter tous les élèves de ta classe ? Bref, je n'aime pas que tu doives utiliser tes poings, mais j'espère qu'elle a compris le message aujourd'hui.

— Je l'espère aussi, acquiesça Annie.

— Je ne cesserai jamais de m'inquiéter pour toi, reprit sa mère. Surtout quand tu seras dans les forces spéciales et en mission pour sauver le monde. Je serai très fière, mais je n'arrêterai jamais de me tourmenter.

Sa conviction inébranlable qu'Annie sera un jour un soldat des forces spéciales lui fit du bien. Vraiment beaucoup de bien.

— Merci, chuchota-t-elle.

— Je t'aime, mon bébé.

— Je t'aime aussi, Maman.

— On se voit demain matin.

Sur ce, Emily se pencha, embrassa le front de sa fille et quitta la pièce.

En souriant, Annie attrapa son téléphone. Elle avait hâte de raconter à Frankie ce qui s'était passé. Et que sa mère n'avait pas paniqué. Elle lui avait envoyé un texto juste après la dispute, si on pouvait la qualifier ainsi, mais elle avait hâte de lui dire en personne à quel point elle avait été géniale.

* * *

Fletch tenait Emily serrée alors qu'ils étaient assis sur la terrasse arrière. Il n'y avait pas un seul nuage dans le ciel, et, même s'il ne faisait pas vraiment chaud, il ne faisait pas froid non plus. De plus, avec une couverture jetée sur eux et sa chaleur corporelle, il était sûr que sa femme n'avait pas froid.

— Tu vas bien ? s'enquit-il.

Emily hocha la tête, mais infirma :

— Non. Je n'aime pas qu'elle se batte. Et si ça continue ? Et si elle est suspendue ? Qu'elle rejoigne un gang ? Qu'elle commence à frapper les gens pour le plaisir ?

Fletch ne put s'empêcher de rire.

— Ça n'arrivera pas, contesta-t-il, une fois qu'il s'était maîtrisé.

— Tu n'en sais rien, protesta Emily.

— Si. Car Annie ne s'est pas battue aujourd'hui parce que Carrie s'en prenait à elle. Elle l'a fait parce qu'elle en avait assez que cette petite garce attaque ceux qui sont plus faibles. Des enfants comme le nouveau garçon de la classe. Le handicapé. Notre fille va devenir un sacré soldat. Elle va s'en sortir, Em. Je n'en doute pas.

Emily soupira contre lui.

— Ce n'est pas ce que je voulais pour elle.

— Je sais, déclara Fletch.

Et il le savait. Parce qu'il ressentait la même chose. Annie n'avait pas une route facile devant elle. Elle allait devoir travailler deux fois plus dur que n'importe quel homme pour faire partie d'une équipe de forces spéciales. Elle allait être ridiculisée, méprisée et ignorée à maintes reprises, simplement à cause de son sexe.

Mais Fletch avait le sentiment que tout cela ne ferait que la rendre plus affirmée. S'entendre dire qu'elle n'était pas assez bonne la pousserait à s'investir davantage pour prouver que les gens avaient tort. Et tout comme Carrie et le garçon qu'elle avait convaincu de faire son sale boulot l'avaient découvert, les autres apprendraient rapidement à ne pas sous-estimer Annie.

— Je ne suis pas sûre de survivre à son adolescence, avoua Emily.

— Nous réussirons, lui assura Fletch. Quand elle sera grincheuse, nous lui enverrons Ethan. Elle aime cet enfant, et il n'y a pas moyen qu'elle puisse être de mauvaise humeur avec lui.

— C'est vrai, réfléchit Emily.

— En plus, elle sera aussi occupée avec les autres enfants que nous aurons, anticipa Fletch.

— Quatre ans d'écart, lui rappela Emily. Sérieusement, j'ai besoin d'une pause entre eux.

— Je n'ai pas oublié, confirma Fletch.

Il ne se souciait pas du temps qui s'écoulait entre leurs chérubins. Il serait même satisfait s'ils n'en avaient pas d'autres. Emily, Ethan et Annie avaient rendu sa vie tellement plus complète qu'il n'aurait jamais pu l'imaginer.

— Frankie est bon pour elle, dit Emily sans réfléchir.

— Il l'est, convint Fletch.

— Tu crois qu'ils vont s'en sortir ?

— Oui.

— Moi aussi, ajouta Emily.

Elle leva les yeux vers lui.

— Si quelqu'un m'avait demandé il y a cinq ans si je pensais que ma vie pouvait être aussi belle, j'aurais répondu non. Je me battais pour élever Annie en tant que mère célibataire, et je ne pouvais pas imaginer rencontrer un jour quelqu'un qui nous aime autant que toi.

— Je croyais que je serais célibataire pour toujours, admit Fletch. Puis un petit lutin s'est faufilé sous mes boucliers et a ouvert mon cœur en grand.

Emily sourit.

— Sérieusement. Tu n'as pas idée combien je vous aime, toi et nos enfants, continua Fletch. Peu importe ce que l'avenir nous réserve avec Annie, Ethan, et tout autre bambin que nous pourrions avoir. Dans la maladie et dans la santé. Je n'aimerai jamais personne comme je t'aime, Em.

— Ne me fais pas pleurer, ordonna-t-elle en baissant la tête et en se blottissant contre lui.

Fletch sourit contre ses cheveux.

— Désolé, murmura-t-il.

Ils restèrent assis, enlacés pendant encore un quart d'heure avant qu'Emily se réveille.

— Je dois finir de ranger la vaisselle. Et dresser une liste de courses pour demain. Et plier les vêtements.

— J'ai une meilleure idée, dit Fletch en se levant facilement avec sa femme dans les bras.

— Ah oui ? demanda-t-elle.

— Oui. Je pense que nous devons nous entraîner à faire notre prochain bébé. Même s'il faudra un certain temps avant que tu arrêtes ton contrôle des naissances, je ne voudrais pas être rouillé. Tu te souviens comme c'était amusant quand on essayait de concevoir Ethan ? interrogea-t-il.

Emily gloussa tandis qu'il la portait dans la maison, s'assurant que la porte était verrouillée derrière eux avant de se diriger vers leur chambre.

— Fletch, je te jure que tu m'as mise enceinte le premier mois où j'ai arrêté la contraception. Il n'y a pas eu beaucoup d'essais.

— Mais nous ne savions pas que cela arriverait.

— C'est vrai, lâcha Emily avec un petit sourire, se souvenant manifestement du nombre de fois où ils avaient fait l'amour après avoir décidé d'essayer d'avoir un bébé.

Fletch l'avait prise encore et encore, la remplissant de son sperme chaque nuit et presque tous les matins. Cela avait été l'un des moments les plus érotiques de sa vie, ne sachant pas si et quand l'un de ses gamètes prendrait racine dans son beau corps. Il adorait faire l'amour avec sa femme à tout moment, mais cette période avant qu'ils apprennent qu'elle était enceinte, alors qu'il faisait tout son possible pour que cela arrive, les rendait tous deux insatiables.

— Je ne suis pas sûre de pouvoir survivre à ça de nouveau, confia Emily avec un soupir.

— Si, tu y arriveras, la rassura Fletch. Tu as juste besoin de te rappeler à quel point c'était génial.

Il la sentit se trémousser contre lui. Oui, elle était aussi excitée que lui à l'idée de concevoir un bébé.

— Tu as raison, acquiesça-t-elle.

Fletch abaissa ses jambes jusqu'à ce que ses pieds touchent le sol à côté de leur lit. Il prit son visage dans ses mains et l'inclina vers lui.

— Je t'aime, Emily. Tellement que parfois ça me fait peur. Je connaissais les intentions d'Annie pour aujourd'hui, et si j'avais eu ne serait-ce qu'un iota de doute sur sa capacité à botter le cul de ce petit voyou, je l'aurais arrêtée. L'idée qu'elle soit blessée me rend littéralement malade. Mais elle va être dans l'armée. Je veux m'assurer qu'elle ait assez confiance en elle pour prendre soin d'elle.

— Je sais, prononça doucement Emily.

— Et pour info, si on a une autre fille... je vais me mettre à fond dans le rose, les poupées et les trucs girly, pour ne pas avoir à revivre ça. Je n'ai pas pu me concentrer sur *quoi que ce soit* aujourd'hui. Je ne pensais qu'à Annie et à ce qui pouvait advenir.

Emily gloussa.

— Mon grand et dur soldat de la Delta Force. Mis à genoux par sa fille.

— Ouais, admit Fletch sans aucune honte.

— Fais-moi l'amour, chuchota Emily.

Fletch ne répondit pas verbalement, il attrapa simplement l'ourlet de sa chemise et la souleva au-dessus de sa tête. En regardant la femme qui avait volé son cœur, il ne pouvait pas imaginer sa vie sans elle à ses côtés.

Quoi que l'avenir lui réserve, avec Annie, Ethan et tous les autres enfants qu'ils pourraient avoir, son roc était cette femme. Ensemble, ils allaient tout surmonter.

par Susan Stoker

NOTE DE L'AUTEURE

Tex est un personnage très apprécié de ma série *Forces Très Spéciales*. Au fil de mes livres, lui et sa femme, Melody, adoptent une adolescente irakienne blessée. Mais je n'ai jamais écrit comment cela s'est passé. Voici la première rencontre entre Akilah et Tex. Vous voudrez peut-être avoir des mouchoirs à portée de main ! Bonne lecture !

-Susan

Quand Tex rencontre Akilah

— Tex. C'est le docteur Joiner. Je viens de mettre une patiente sur un vol à destination de Pittsburgh. Elle avait besoin de soins que nous ne pouvions pas lui fournir ici, en Irak.

John « Tex » Keegan fronça les sourcils en signe de confusion. Il connaissait beaucoup de gens. Il avait des contacts dans le monde entier. Mais il ne s'attendait pas à avoir des nouvelles de l'un des chirurgiens des Nations unies qu'il avait appris à connaître au fil des années. Un homme essentiel pour tenir Tex informé de toutes blessures dont les hommes et les femmes qu'il avait sur son radar pourraient souffrir pendant leur déploiement.

— Qui ? questionna-t-il, son adrénaline montant en flèche.

Son esprit tournoya, se demandant de quel soldat le docteur parlait. Il avait précisé « elle », et pour autant qu'il le sache, aucune des femmes qu'il surveillait n'était à Bagdad.

— Son nom est Akilah. Nous ne connaissons pas son nom de famille. Le quartier dans lequel elle vivait a été bombardé par ces putains de talibans. Les pertes sont élevées.

Tex acquiesça, bien qu'il ne comprenne toujours pas pourquoi le Dr Joiner l'avait appelé.

— Elle a 12 ans, reprit doucement le médecin. D'après le peu d'informations que l'équipe qui l'a amenée a pu obtenir, ses deux parents ont été tués dans le bombarde-ment. Le fait qu'elle ne meure pas est littéralement un miracle. Mais elle va perdre son bras, Tex. C'est mauvais. Comme je l'ai indiqué plus tôt, je n'ai pas les compétences pour l'aider de la façon dont elle a besoin, si elle veut être en mesure de vivre une existence normale dans le futur. Donc je l'envoie aux États-Unis. Chez vous.

La plupart des hommes auraient probablement

protesté. Ils demanderaient au médecin ce qu'il avait bien pu penser. Tex n'était pas praticien. Il s'occupait déjà des autres jusqu'au cou. Il s'assurait qu'ils étaient en sécurité. Il organisait une aide en cas de nécessité. Il faisait tout ce qu'il pouvait pour garder ses amis en sécurité.

Mais au moment où Tex avait entendu le nom de la fille... quelque chose avait fait tilt au fond de lui. Et savoir qu'elle allait être amputée, comme lui, avait scellé l'affaire.

— Quand est-ce qu'elle arrive ? demanda-t-il au Dr Joiner.

Le soulagement dans la voix de l'homme était facile à entendre quand il répondit :

— Ce soir. Elle sera immédiatement conduite en chirurgie. Elle ne parle pas anglais, donc ça va être un défi.

— Je vais trouver un traducteur, annonça Tex. Quelqu'un qui pourra s'asseoir avec elle et lui expliquer tout ce qui se passe.

Il ne pouvait pas imaginer à quel point cela devait être effrayant pour cette petite fille. Vivre sa vie et la voir soudain exploser autour d'elle, tuant tous ceux qu'elle connaissait et aimait. Puis d'être amenée à l'hôpital, dans la douleur, et mise dans un avion pour Dieu sait où.

Oui, la priorité de Tex était de dégoter quelqu'un qui parle sa langue, qui puisse la rassurer et la réconforter quand tout deviendrait trop lourd.

— Elle va avoir besoin d'un parrain, prévint le médecin.

Tex s'esclaffa.

— C'est pour ça que vous m'avez contacté, n'est-ce pas ?

Mais le Dr Joiner ne rit pas.

— Il y a quelque chose chez elle..., commença-t-il. Même au milieu de tout ce qui se passait, elle me fixait simplement comme si elle pouvait lire dans mes pensées. Comme si elle savait que j'essayais de l'aider. J'ai tiré beaucoup de ficelles pour qu'elle quitte le pays. Les médecins de Bagdad auraient pu amputer son bras, mais ensuite ? Où serait-elle allée ? Qu'aurait-elle fait ? Nous savons tous les deux quelle serait sa qualité de vie. Quoi qu'il en soit... Je viens de vous envoyer une photo d'elle par e-mail, dit le docteur Joiner, un moment avant que l'ordinateur de Tex sonne, lui indiquant qu'il l'avait reçu.

Tex l'ouvrit et cliqua sur la photo jointe. Une fille était allongée sur une civière, regardant intensément l'appareil photo. Ses yeux étaient marron foncé, ses cheveux de la même couleur, mais ils étaient recouverts d'une couche de poussière. Son visage était sale, la douleur gravée dans son expression, mais Tex comprit de quoi le médecin parlait.

Une résilience qu'il ne voyait plus que rarement, au fond de son regard. Cette gamine avait clairement vécu plus que son lot de souffrances et de combats, et pourtant... l'espoir brillait toujours au plus profond de son âme. L'espoir d'un avenir meilleur. L'espoir que quelqu'un puisse l'aider.

Tex fixa son image pendant une bonne minute avant de pouvoir parler.

— Je m'en occupe, confia-t-il d'une voix ferme.

— Merci, dit le docteur Joiner.

— Non, merci à *vous*, répondit Tex. Il faut que j'y aille. J'ai beaucoup de travail à faire pour préparer l'arrivée d'Akilah. Mais si vous avez besoin de *quoi que ce soit*, n'hésitez pas à m'en avertir.

— Le majestueux Tex m'offre un service ? demanda le docteur, riant finalement.

Tex ne ressentit pas la nécessité de répondre. La

plupart des gens avec qui il collaborait savaient qu'ils pouvaient l'appeler s'ils voulaient de l'aide. Mais il était rare que Tex donne carte blanche à quelqu'un dans ce cadre.

— J'aimerais bien savoir comment elle va, reprit le médecin.

— Cela va de soi, acquiesça Tex. Je resterai en contact.

— J'apprécie. À plus tard.

Tex raccrocha et observa la photo une fois de plus. Il ignorait ce qui l'attirait tant chez cette fille, mais il ne pouvait pas l'ignorer. Prenant une grande inspiration, il cliqua sur l'icône d'impression et son imprimante se mit à tourner. Il devait parler à Melody. Et s'assurer que l'application de traduction de son téléphone proposait l'arabe parmi les langues disponibles. Il n'avait jamais été aussi heureux de la technologie qu'à ce moment précis. Il devait encore trouver un traducteur, mais il voulait aussi être en mesure de parler à la petite en tête-à-tête, et le logiciel le lui permettrait.

Debout, il prit la photo sur l'imprimante et se rendit à l'étage pour retrouver sa femme.

* * *

Plus tard dans la soirée, après avoir embauché et envoyé une femme irakienne plus âgée à l'hôpital pour être avec Akilah, Tex décrocha son téléphone.

— Tex ! À quoi dois-je ce plaisir ? lança l'homme au bout du fil quand il répondit.

— J'ai besoin d'une faveur, Wolf.

Il y eut un silence au bout du fil pendant un moment, comme s'il avait surpris son vieil ami.

— Tu l'as, confirma Wolf. Melody va bien ?

— Oui.

— Baby ?

Baby était leur coonhound à trois pattes qui faisait autant partie de sa famille que n'importe quel enfant.

— Elle va bien, le rassura Tex.

Il expliqua rapidement la situation avec Akilah, puis indiqua la raison de son appel.

— J'ai besoin d'une lettre de recommandation. Adressée à Akilah, en gardant à l'esprit qu'elle n'a que 12 ans. Je veux qu'elle me fasse confiance. Qu'elle sache que je ferai tout pour qu'elle soit en sécurité.

— Quand en as-tu besoin ? demanda Wolf.

— Sept heures du matin, dit Tex.

Wolf gloussa.

— Bon sang, tu t'y prends à l'avance.

— Elle se fait opérer ce soir. Je veux être à ses côtés quand elle se réveillera demain. Et je veux m'assurer qu'elle ait conscience que je n'ai que son intérêt en tête.

— Ne le prends pas mal… mais pourquoi ? interrogea Wolf. Tu as aidé d'innombrables personnes. Des enfants aussi. Qu'est-ce qui la rend différente ?

— Elle est à moi, confia Tex. Ne me demande pas comment je le sais, je le sais, c'est tout.

À son crédit, son ami SEAL ne le questionna pas davantage.

— Ce sera dans ta boîte de réception avant minuit, lui confirma Wolf.

— Je t'en dois une.

— Bien sûr, rétorqua Wolf. As-tu oublié ce que tu as fait pour moi ? Pour Caroline ? Pour mon équipe ? Tu ne me dois rien du tout.

La gorge de Tex se serra. Il n'avait pas fait ça dans un

but intéressé. En réalité, il détestait quand les gens le remerciaient simplement d'être un humain décent. Pour avoir participé à combattre le mal dans le monde. Mais savoir que son ami le soutenait sans remettre en question ses sentiments pour cette petite fille qu'il n'avait même pas rencontrée… cela signifiait beaucoup.

— Je vais vouloir la voir, continua Wolf.

— Pas de problème.

Tex voulait que le *monde entier* connaisse sa fille.

Sa fille.

Il prenait de l'avance sur lui-même. Et il était conscient que la plupart des gens penseraient qu'il était fou de vouloir faire entrer Akilah dans sa vie. Mais à la seconde où il avait montré sa photo à Melody et expliqué la situation, elle s'était engagée à cent pour cent à la ramener à la maison, tout comme lui. Non pas qu'il ait douté qu'elle ressente la même chose. Ils avaient toujours été sur la même longueur d'onde.

— Je dois y aller, dit Tex. J'ai d'autres coups de fil à passer.

— Si Mel et toi avez besoin d'aide, appelez-nous. Je suis sûr que Caroline serait ravie de voyager pour vous rendre visite… et vous épauler avec tout ce dont vous pourriez avoir besoin quand vous ramènerez Akilah à la maison.

Tex sourit.

— Je n'y manquerai pas.

— Je t'envoie cette lettre bientôt. Je te parle plus tard.

Tex raccrocha avec Wolf, puis composa immédiatement un autre numéro. Il appela son ami Ghost, qui était dans l'armée et vivait au Texas. Quinze minutes plus tard, après avoir répété la conversation qu'il avait eue avec Wolf, et après que Ghost eut promis que sa femme,

Rayne, viendrait aussi les aider s'ils le souhaitaient, Tex raccrocha.

Les appels continuèrent. À un homme qui lui ressemblait beaucoup et qui vivait dans le Colorado. À Mustang, un SEAL à Hawaii. À Rocco, un SEAL en Californie. À Ethan « Chaos » Watson, un ancien membre des forces spéciales qui dirigeait une équipe de recherche et de sauvetage à Fallport, en Virginie. À Drake « Brick » Vandine, un type qui s'apparentait beaucoup à Tex, un ancien SEAL qui avait un chien à trois pattes et qui vivait au Nouveau-Mexique où il dirigeait une retraite appelée Le Refuge, pour les hommes et les femmes qui désiraient prendre du recul avec le monde et aux démons qui les talonnaient.

Tex contacta tous les gens auxquels il avait pu penser. Il voulait qu'Akilah lui fasse confiance. Il en *avait besoin*. Et le seul moyen qu'il avait trouvé pour y parvenir était que des personnes de confiance lui assurent qu'il était un type bien. Qu'il avait ses meilleurs intérêts à cœur.

Au moment où il raccrocha le téléphone pour la dernière fois, Tex était épuisé. Il savait qu'il n'arriverait pas à dormir. Pas alors qu'il s'inquiétait pour Akilah et son opération. Il avait déjà été à sa place. Quand il avait été amputé de sa propre jambe, il avait eu une peur bleue. Il s'était préoccupé de ce qu'il adviendrait de sa vie. Il s'était demandé ce qu'il allait bien pouvoir faire après ça.

Mais c'était un homme adulte. Pas une enfant qui avait perdu toute sa famille et se trouvait maintenant dans un pays étranger dont elle ne parlait pas la langue. Akilah allait avoir besoin de beaucoup de réconfort, d'amour et de patience. Quelque chose que Melody et lui avaient à revendre.

Le pire jour de l'existence de la jeune Akilah pourrait

se révéler être un nouveau départ... si elle les laissait entrer dans sa vie.

Tex se leva, arqua son dos et gémit en sentant ses os craquer. Il vieillissait, et même s'il avait aimé avoir Melody pour lui tout seul, il était prêt pour plus. Pour une famille.

Il fit un pas vers la porte pour chercher à voir sa femme, et grimaça. Sa jambe lui faisait mal. Il portait sa prothèse depuis trop longtemps. Alors qu'il montait les escaliers, tout ce que Tex voulait apprendre à Akilah sur la prothèse qu'elle allait recevoir se bousculait dans sa tête.

D'abord et avant tout, il voulait s'assurer qu'elle savait que perdre un bras ne signifiait pas qu'elle était moins compétente en tant que personne. Elle pouvait surmonter son handicap et montrer au monde qu'elle était aussi forte et capable que n'importe qui d'autre.

Melody avait accompli ça pour lui. Elle n'avait même pas cligné des yeux à la vue de sa jambe mutilée ou de sa prothèse. Elle lui avait montré que c'était ce qu'il était à l'intérieur qui comptait. Tex voulait faire la même chose pour Akilah.

Vérifiant que son téléphone était allumé pour ne pas manquer l'appel du chirurgien en chef, qui avait promis de le contacter dès qu'il aurait fini d'opérer Akilah, Tex poussa la porte en haut des marches qui menaient au sous-sol. Melody était assise dans leur salon, Baby à ses côtés, la tête du chien sur ses genoux et les yeux fermés. Sa femme lisait un livre tandis qu'une musique douce était diffusée par la télévision.

Son amour pour elle était presque bouleversant. Tex n'avait jamais pensé qu'il pourrait aimer quelqu'un autant qu'elle. Elle était tout pour lui. Sans elle, il n'aurait pas été capable de tout ce qu'il réalisait. Elle était son inspiration et la raison pour laquelle il se battait si fort pour garder ses amis et leurs familles en sécurité.

— Tout va bien ? s'enquit-elle doucement.

Il n'était pas surpris qu'elle sache qu'il était là, malgré la discrétion de ses mouvements. Ils avaient un sixième sens quand il s'agissait l'un de l'autre. Tex se dirigea vers le canapé, n'essayant pas de cacher son boitement.

— Oui. Tout le monde a accepté d'écrire une lettre.

— Bien sûr qu'ils vont en rédiger une, le rassura Melody en se levant.

Baby gémit en perdant son oreiller, mais roula immédiatement sur le dos, ses trois jambes en l'air alors qu'elle fermait les yeux et soupirait.

Tex gloussa. Il était difficile de croire, en regardant le chien paresseux en ce moment, qu'elle avait déjà attaqué férocement quelqu'un. Elle les avait protégés, Mel et lui, et avait pris une balle au passage. Ce chien *méritait* une vie de nonchalance.

— Allez, tu dois te débarrasser de cette jambe, lâcha Melody d'un air détaché. Je vais chercher la lotion pour la masser pendant que tu te reposes.

Putain, il aimait cette femme. Il alla vers elle et l'attira dans ses bras.

— Je ne te mérite pas, souffla-t-il. Je passe trop de temps à la cave. J'oublie de manger. Je ne m'occupe pas assez de la maison.

— Je t'aime exactement comme tu es. J'aime que tu travailles si dur pour aider les autres. Tu étais là quand j'avais besoin de toi, alors je sais exactement ce que ressentent les autres dans la même situation que moi, ou pire. Je peux tondre la pelouse et faire le ménage sans ton aide. Et si besoin est, je peux prendre le téléphone et appeler quelqu'un pour réparer les toilettes ou installer un ventilateur au plafond. Continue à être toi et tout ira bien.

Elle se retourna, gardant un bras autour de sa taille, et se dirigea vers le couloir qui menait à leur chambre.

— Tu es sûre pour Akilah ? ne put s'empêcher de demander Tex. Elle va avoir besoin d'un thérapeute. Et ses autres soins médicaux ne seront pas bon marché.

Ils étaient dans leur chambre maintenant, et Melody pivota une fois de plus pour lui faire face. Elle posa ses mains sur ses joues et se pencha vers lui.

— Elle a besoin de nous, acquiesça-t-elle simplement. J'en suis certaine. Nous allons trouver une solution ensemble. Tous ensemble.

— Elle pourrait décider qu'elle ne veut pas rester aux États-Unis, prévint Tex.

Il avait beaucoup pensé à ça. Une fois qu'elle serait guérie et qu'elle aurait sa prothèse, elle pourrait choisir de retourner en Irak. Et il ne lui en voudrait pas. C'était son pays d'origine. Le seul endroit qu'elle avait connu.

Melody haussa les épaules.

— Elle pourrait. Mais ça ne veut pas dire qu'elle n'aura pas notre soutien.

C'était vrai.

— Je t'aime, prononça-t-il.

— Et je t'aime aussi. Maintenant, va te changer, et je vais chercher les affaires dans la salle de bains. Je te veux sur le lit, sans prothèse, à mon retour.

Tex sourit.

— Oui, m'dame.

Melody se pencha et l'embrassa. C'était long, lent et profond, et tout à coup, Tex n'était plus fatigué.

Elle sourit à son tour.

— Après avoir pris soin de ta jambe, confirma-t-elle, comme si elle savait exactement ce qu'il pensait.

Et elle le savait probablement. Melody lui lança un clin d'œil confiant, puis se retourna et se dirigea vers la salle de bains. Ses hanches se balançaient de manière séduisante.

Melody était la seule personne qui pouvait le sortir de sa propre tête. Quand il s'inquiétait de la personne qu'il suivait en ce moment, ou de la dernière catastrophe en cours, c'était elle qui s'assurait qu'il mangeait et buvait. Elle veillait à ce qu'il fasse attention à lui, comme à tous les autres.

Elle ferait une excellente mère.

Ils avaient déjà parlé d'enfants, mais le moment ne leur avait jamais paru opportun. Avec la perspective qu'Akilah rejoigne leur famille... peut-être était-il temps de songer de nouveau aux bébés. Melody était la femme la plus prévenante qu'il ait jamais connue.

— Tu n'es pas sur le lit, gronda-t-elle quand elle revint dans la chambre.

Tex eut un sursaut de surprise. Il était tellement plongé dans ses pensées, à imaginer Melody comme une mère, qu'il se tenait encore là où il était quand elle était partie.

— Désolé, marmonna-t-il en boitant rapidement vers le matelas.

Il enleva son pantalon, et Melody l'aida à retirer sa prothèse. Il ne pouvait pas empêcher l'érection qui se formait pendant qu'elle massait son moignon. Chaque fois qu'elle posait ses mains sur lui, *où que ce soit*, il avait la même réaction.

Melody avait un petit sourire sur le visage, mais elle ne se précipita pas dans ses soins. Lorsqu'elle eut terminé, elle essuya la lotion de ses mains et l'étudia.

— Tu te sens mieux ? s'enquit-elle.

— Beaucoup mieux, lui répondit Tex. Viens ici, ordonna-t-il en lui tendant les bras.

Elle se blottit contre lui, et il la tint serrée pendant un long moment. Quand elle releva la tête, il put lire le désir dans ses yeux.

Elle se mit à cheval sur sa taille et le regarda.

— Je t'aime.

— Je t'aime aussi, Mel.

Les trente minutes suivantes furent consacrées à montrer à l'autre à quel point leur amour était profond. Lorsqu'ils furent tous deux épuisés, légèrement en sueur et repus de leurs orgasmes, Melody était de nouveau allongée dans les bras de Tex.

Il tourna la tête et embrassa sa tempe.

— Tu vas pouvoir dormir ? murmura Melody.

— Oui, admit-il, et en fait il ne mentait pas.

Il était inquiet pour Akilah et anxieux à l'idée de manquer l'appel du médecin. Il avait besoin d'imprimer les e-mails que ses amis avaient tous promis, de faire le point avec le traducteur, et de regarder tout ce qui pourrait être nécessaire pour ramener Akilah à la maison... mais pour le moment, il était content de somnoler dans les bras de sa femme.

* * *

Le lendemain matin, Tex était étonné d'avoir pu dormir aussi longtemps. Le chirurgien avait appelé vers trois heures et demie du matin pour lui annoncer que l'opération s'était très bien passée. Akilah avait subi une amputation trans-humérale, c'est-à-dire au-dessus du coude. Elle se remettait bien pour l'instant, et elle serait réveillée et consciente le lendemain matin, quand Tex pourrait venir la voir.

Il se leva environ une heure et demie après l'appel et imprima les lettres que ses amis avaient envoyées – et elles furent reçues en masse. Non seulement chaque homme qu'il avait appelé avait écrit une recommandation, mais tous leurs coéquipiers aussi, ainsi que beaucoup de leurs épouses. Il avait des dizaines de messages à partager avec Akilah, dans l'espoir qu'elles l'aideraient à comprendre qu'il n'avait que son intérêt à cœur.

Melody avait voulu l'accompagner à l'hôpital, mais elle refusait d'accabler la jeune fille dès son réveil. Elle aurait tout le temps de faire connaissance avec celle qui, ils l'espéraient, ferait définitivement partie de leur vie.

Prenant une profonde inspiration, Tex entra dans l'hôpital. Ce n'était pas un endroit qui lui rappelait de bons souvenirs. Peu importe qu'il ne soit jamais allé dans *celui-ci*, ils dégageaient tous la même odeur et le même son. Repoussant les mauvais souvenirs, il se dirigea vers le quatrième étage, où le médecin lui avait indiqué qu'Akilah serait.

Il frappa brièvement et entendit une voix féminine, qu'il supposa être celle de la traductrice, lui indiquant d'entrer. Il poussa lentement la porte et se figea à la vue de la fille sur le lit. Ses cheveux étaient en désordre autour de sa tête. Des tubes sortaient de son bras valide, et des bandages entouraient le moignon de l'autre.

Mais c'étaient ses yeux qui avaient fait réfléchir Tex.

Ils étaient tellement remplis de douleur que c'était tout ce à quoi il pouvait consentir pour ne pas se précipiter dans la pièce et l'entourer de ses bras.

Se forçant à bouger lentement pour ne pas alarmer la jeune fille, Tex s'avança dans la chambre.

— Bonjour, chuchota la femme âgée.

Tex acquiesça.

— Je m'appelle Tex, lui annonça-t-il.

— Je suis ravie de vous rencontrer.

— Tout va bien ? demanda-t-il à l'interprète, n'ayant pas le temps pour les civilités.

Il voulait parler à la fillette. Lui assurer qu'elle était en sécurité.

— Oui. Akilah s'est réveillée il y a environ deux heures. Elle n'a pas beaucoup mangé, mais les médecins ont précisé que c'était normal.

Tex hocha la tête, son regard était de nouveau attiré par Akilah. Elle ne l'avait pas quitté des yeux. Il tira une chaise du côté opposé du lit par rapport à la traductrice.

— A-t-elle dit beaucoup de choses ? demanda-t-il en fixant les yeux d'Akilah.

— Non. Mais elle semble plus détendue maintenant que je suis là pour faire l'intermédiaire.

— Bien.

Il se força à regarder la femme.

— Merci d'avoir accepté ce travail dans un délai aussi court.

La femme renâcla.

— Premièrement, j'aurais été stupide de refuser, vu la générosité avec laquelle vous me payez. Deuxièmement, cette pauvre fille est toute seule, et je ne peux pas imaginer ce qu'elle a dû endurer. Troisièmement, même si elle ne me connaît pas, avoir quelqu'un de la même région du monde qu'elle à ses côtés doit la réconforter.

Tex sortit son téléphone de sa poche et fit apparaître le

document qu'il avait constitué le matin même. Il regarda la femme.

— Voulez-vous bien traduire pour moi ?

— Bien sûr.

Tex prit une profonde inspiration et regarda de nouveau Akilah. Elle n'avait pas bougé d'un pouce, elle le fixait toujours comme si elle attendait qu'il lui fasse du mal ou qu'il lui annonce une mauvaise nouvelle.

Il articula lentement, laissant à la femme le temps de transcrire ses mots alors qu'il récitait un discours.

— Bonjour, Akilah. Mon nom est John Keegan. La plupart des gens m'appellent Tex. Je suis vraiment désolé pour tout ce que tu as traversé. Je suis sûr qu'on te l'a dit, mais tu es aux États-Unis. En Pennsylvanie. Ma femme et moi, nous vivons pas très loin de cet hôpital. Comment te sens-tu ?

Il ne quitta pas son regard pendant qu'elle parlait, et la femme traduisit :

— Fatiguée. Triste. Effrayée.

Tex hocha la tête.

— Je ne suis pas surpris. Tu as vécu beaucoup de choses.

— Mes parents sont morts.

Tex ne savait pas si elle essayait de le choquer avec ses mots ou si elle énonçait simplement un fait, mais il garda un visage neutre.

—Je suis vraiment désolé.

— Mon amie a été violée. Je me suis cachée pour qu'ils ne me voient pas, mais ils l'ont trouvée et l'ont blessée. Puis ils l'ont tuée. J'avais trop peur de sortir. Puis les bombes sont arrivées.

Le cœur de Tex se brisa littéralement pour la fille. Il

voulait la toucher. Lui tenir la main. Mais après tout ce qu'elle avait vécu et traversé, il ne pensait pas qu'elle aimerait le contact d'un étranger.

— Tu es en sécurité ici, lui dit-il doucement.

Pour la première fois, Akilah ferma les yeux. Elle détourna aussi la tête de lui.

Sa réaction déchira le cœur de Tex en deux. Il regrettait de ne pas avoir insisté pour que Melody vienne avec lui. Il n'était pas doué pour ce genre de choses. Déglutissant, il tendit le téléphone à la traductrice.

— Pourrez-vous lui lire ceci, après que je lui aurai expliqué ce qu'elle est sur le point d'entendre ?

La femme hocha la tête. Tex put voir des larmes dans ses yeux aussi. Akilah était entourée de personnes qui se souciaient d'elle... lui-même, l'interprète, les médecins et les infirmières... mais elle était trop effrayée et blessée pour le remarquer. Mais elle y arriverait. Il ferait tout ce qu'il fallait pour qu'elle se sente en sécurité.

— Akilah, veux-tu bien me regarder ? demanda-t-il.

Après que la femme eut traduit, Akilah tourna la tête vers lui et rencontra ses yeux.

— Merci. Tu ne me connais pas, et je sais que tu as peur. Tu es dans un nouveau pays, tu ne parles pas la langue, et tu souffres probablement beaucoup. Mais je suis ici parce que je me soucie de toi. Un médecin des Nations unies m'a appelé et m'a parlé de toi. Il t'a envoyée exprès dans cet hôpital pour ton opération parce qu'il savait que je vivais à proximité. Je vais faire tout ce qui est en mon pouvoir pour m'assurer que tu es en sécurité pendant ta guérison. Quand le chirurgien sera d'accord, j'aimerais t'emmener chez moi pour poursuivre ta convalescence.

Le sourcil d'Akilah se fronça, et il pouvait lire la question dans ses yeux sans qu'elle ait besoin de dire un mot.

— Tu veux savoir pourquoi. Pourquoi un parfait inconnu s'intéresse-t-il à une fille d'Irak, un pays avec lequel les États-Unis étaient en guerre il n'y a pas si longtemps ?

La confusion se transforma en surprise.

Tex l'ignora et continua.

— C'est parce que je déteste l'injustice. Et la violence contre des femmes et des enfants innocents est quelque chose que je ne supporterai jamais. Tu ne mérites pas ce qui t'est arrivé, et je suis en mesure de t'aider à le surmonter.

Akilah n'avait pas l'air convaincue.

— Je ne m'attends pas à ce que tu me fasses immédiatement confiance, la rassura Tex. En réalité, j'en suis plutôt soulagé. C'est intelligent. Comme tu ne me connais pas, j'ai demandé à mes amis de t'écrire des lettres expliquant pourquoi tu peux te fier à moi. Que si tu me laisses entrer dans ta vie, tu ne le regretteras pas. Je n'ai pas modifié leurs lettres de quelque façon que ce soit. Je n'ai pas changé un seul mot. Veux-tu les écouter avant de prendre ta décision ?

Akilah avait l'air fatiguée, mais c'était important. Il voulait sa confiance. Il en avait besoin. Il ne pouvait pas l'expliquer, mais ce sentiment ne disparaissait pas.

Après l'un des moments les plus longs de la vie de Tex, Akilah hocha la tête.

— Merci, dit-il doucement, puis il adressa un signe de tête à la traductrice.

Elle s'éclaircit la gorge et commença à traduire.

— Akilah, je m'appelle Wolf. Je connais Tex depuis de

nombreuses années. Il a littéralement sauvé la vie de ma femme. Plus d'une fois. Il a absolument refusé d'abandonner quand elle était perdue et que personne d'autre ne pouvait la retrouver. Je sais que tu as probablement peur en ce moment, mais Tex assure tes arrières. Je lui confie la personne la plus précieuse de ma vie... ma femme.

— Chère Akilah, je m'appelle Fiona. Je suis mariée à un Navy SEAL, et nous vivons en Californie. Tu es une fille chanceuse d'avoir Tex comme parrain. J'ai été kidnappée et cachée au fin fond de la jungle. Je ne connaissais pas Tex à l'époque, mais dès qu'il a su que j'existais, il a fait tout son possible pour assurer à mon mari actuel que, quoi qu'il arrive, personne ne m'enlèverait plus jamais. J'ai encore peur parfois, mais savoir que Tex est là et qu'il viendra toujours me chercher si quelque chose de mal arrive me permet de me sentir beaucoup mieux.

— Akilah. Bonjour ! Je m'appelle Annie. J'ai 8 ans. Mon papa est dans l'armée, et il dit que même si Tex est dans la marine, il reste l'une des meilleures personnes qu'il ait jamais rencontrées. Je le pense aussi. Il m'a même laissé le battre à la course d'obstacles une fois. Sa jambe bionique est super cool, et tu auras un bras bionique pour être comme lui. Il est gentil et drôle, et si ma maman n'avait pas épousé Papa Fletch, ça ne me dérangerait pas que Tex soit mon père.

— Akilah. Je m'appelle Ethan. Je vis en Virginie, dans une petite ville appelée Fallport. J'étais dans l'armée, mais maintenant mon travail consiste à aller dans la forêt et à trouver les gens quand ils se perdent. Je suis désolé de ce qui t'est arrivé, mais tu ne pouvais pas trouver de meilleure personne à tes côtés que Tex. Une fois, alors que j'étais loin de chez moi, j'ai été blessé. J'étais à l'hôpital, je me sentais abandonné et j'avais peur. Tu sais ce qui s'est passé ? J'ai reçu un énorme bouquet de fleurs. De la part de Tex. Même si je n'étais pas aux États-Unis, il savait ce qui était arrivé, et ces fleurs m'ont fait comprendre que je n'étais pas seul. Que j'avais des amis. Laisse Tex être ton ami, Akilah. Je te jure que tu ne le regretteras pas.

La traductrice continua à lire les lettres, mais Tex ne quitta pas Akilah du regard. Elle fixait la femme pendant qu'elle traduisait, et à chaque petit mot de ses proches, elle semblait se détendre un peu plus.

Après avoir retranscrit le dernier message, l'interprète rendit le téléphone à Tex alors qu'Akilah demandait quelque chose. La femme sourit à la jeune fille et lui répondit. Puis elle regarda Tex.

— Elle voulait savoir ce que j'en pensais. Si je vous faisais confiance. Je lui ai assuré que oui.

— Merci, dit Tex.

Akilah reprit la parole, et Tex l'observa. Elle avait l'air inquiète.

— Elle veut que tu saches qu'il lui manque un bras.

— Je suis au courant, répondit Tex d'un ton égal.

— Elle dit qu'elle est... inutile... Désolée, il n'y a pas d'équivalent direct au mot qu'elle a utilisé.

— Tu n'es *pas* inutile, contesta fermement Tex à Akilah.

Akilah tressaillit, et Tex fit de son mieux pour se calmer. La dernière chose qu'il souhaitait, c'était de l'effrayer.

— Avoir un membre manquant ne signifie pas que tu es moins bonne que les autres. C'est juste un bras.

Akilah rétorqua, et Tex dévisagea la femme qui ne traduisait pas immédiatement.

— Qu'est-ce qu'elle a dit ?

— Vous devez comprendre, commença-t-elle au lieu de retranscrire. Votre culture est très différente de la sienne. L'imperfection est mal vue. Elle vient d'une société dominée par les hommes, et si une femme a le moindre défaut, elle est considérée comme indésirable. Ce qui signifie que personne ne voudra l'épouser, et sa vie deviendra beaucoup plus difficile, car elle sera à la merci de beaucoup, puisqu'elle n'aura pas de mari. C'est juste une réalité de la vie.

— Merci de m'avoir expliqué. Vous pouvez prendre une pause maintenant, intima Tex à la femme.

Elle eut l'air surprise.

— Oh, mais vous ne voulez pas que je traduise ?

— Pas pour le moment. J'aimerais passer un peu de temps seul avec Akilah.

Elle avait l'air extrêmement sceptique, mais elle ne protesta pas. Elle annonça quelque chose à Akilah, probablement qu'elle reviendrait plus tard, puis se retourna et quitta la pièce. Une fois la porte fermée derrière elle, Tex eut immédiatement des doutes. Il ne pourrait pas dire à Akilah ce qu'il voulait, puisqu'il ne parlait pas arabe. Mais il avait parcouru un long chemin depuis qu'il avait été blessé... et c'était quelque chose qui devait rester entre lui et Akilah.

Il se leva et commença lentement à remonter la jambe de son pantalon, exposant sa prothèse.

— J'avais l'habitude de penser de la même manière que toi. Quand j'ai perdu ma jambe, je pensais que c'était fini. Que ma vie était terminée. J'étais un ancien SEAL inutile qui ne pouvait plus marcher ni botter des culs comme avant. Je n'ai jamais cru que je rencontrerais un jour quelqu'un qui verrait au-delà de mon handicap. Il y aura toujours des gens qui me regarderont de haut à cause de ça, admit-il en tapant sur sa jambe de métal. Mais qu'ils aillent se faire voir. Mon cerveau fonctionne parfaitement, et j'ai fait de mon mieux au fil des ans pour prouver que je suis aussi capable que n'importe qui d'autre. Tu n'es pas inutile, Akilah. Loin de là. Tu apprendras à te servir d'une seule main. Tu vas compenser la perte de ton bras. Tu peux utiliser ton esprit et montrer à tous les sceptiques que tu es une sacrée jeune femme. Tu finiras par rencontrer quelqu'un qui t'aimera pour ce que tu es. Pas pour ce à quoi tu ressembles ou pour le nombre de membres que tu as. Quelqu'un comme ma Melody. Quelqu'un comme mes amis. Quelqu'un de loyal, d'aimant, de protecteur, et qui t'aime inconditionnellement.

Tex était conscient qu'il bafouillait, qu'Akilah était en incapacité de le comprendre, mais il ne pouvait pas s'en empêcher. Il y avait tant de choses qu'il voulait qu'elle sache. Il n'était pas vraiment en mesure d'aller en Irak et trouver les connards de terroristes qui avaient bouleversé la vie de cette fille, mais il *pouvait* veiller à ce qu'elle surmonte ce qui lui était arrivé et qu'elle en ressorte plus forte.

Il était sur le point de rappeler la traductrice pour qu'elle puisse parler à Akilah, mais la fille tendit la main et toucha sa prothèse. Elle leva les yeux vers lui et prononça quelque chose. Tex la fixa simplement pendant un moment, puis se rendit compte qu'il était un idiot. Il avait l'application qui traduisait pour eux. Ce n'était probablement pas très précis, mais ça devrait suffire.

Il tâtonna sur son téléphone et ouvrit le logiciel. Puis il dit :

— J'ai un programme qui va traduire nos échanges jusqu'à ce que nous puissions nous comprendre.

Il appuya sur le bouton pour reproduire ses phrases en arabe, et il ne put s'empêcher de ressentir de la satisfaction lorsque les yeux d'Akilah s'illuminèrent d'étonnement.

Elle hocha la tête. Tex maintint le bouton enfoncé et rapprocha le téléphone, puis fit un signe de tête encourageant. Elle prononça quelque chose, et Tex l'écouta. La voix de l'ordinateur récita les mots qu'elle avait traduits.

— Il vous manque une jambe.

Il avait raison, la traduction était merdique, mais Tex pouvait quand même comprendre ce qu'elle voulait dire. Il lui sourit et opina du chef.

Ils communiquèrent de cette façon pendant plusieurs minutes. C'était lent et fastidieux, mais la joie sur le visage d'Akilah de pouvoir lui parler directement valait toutes les frustrations liées à la technologie. Il lui avoua à quel point il avait eu peur quand il s'était réveillé sans sa jambe. Il parla de Melody et de combien elle était incroyable. Il s'assura de préciser à Akilah que même si c'était un défi de ne pas avoir un de ses membres, cela ne signifiait pas qu'elle était moins digne.

En retour, elle lui indiqua que le chien errant auquel elle donnait de la nourriture en cachette dans son quartier lui manquait. Que ses amis aussi, et qu'elle s'inquiétait de ce qui leur était arrivé. Elle admit qu'elle était effrayée et confuse.

Vingt minutes plus tard, Tex eut l'impression d'avoir réalisé de grands progrès avec la préadolescente. Il la rassura en lui disant que c'était normal d'avoir peur, mais qu'il était là pour veiller sur elle et s'assurer que rien de mal ne lui arriverait.

— Est-ce que je rentre à la maison ? demanda-t-elle à travers l'application.

Tex croisa son regard et répondit :

— C'est à toi de décider. Ce que tu fais à partir de maintenant est ton choix. J'aimerais que tu restes ici un certain temps, au moins jusqu'à ce que tu sois complètement guérie. Tu peux venir vivre avec moi et Melody... et notre chien. Je vais m'arranger pour te trouver la meilleure prothèse possible. Je ne doute pas que tu apprendras l'anglais en un rien de temps. Mais après ta guérison, si tu veux toujours retourner dans ton pays, je te trouverai un parrain là-bas, et nous te ramènerons chez toi.

Les mots lui firent presque mal, mais Tex ne l'empêcherait jamais de retourner en Irak si c'était ce qu'elle désirait. Il devrait se contenter du temps qu'elle leur accordera en attendant.

— Tu ne mentiras pas ? questionna-t-elle.

— Je ne te mentirai jamais, la rassura Tex.

— Tu as envie de moi ? ajouta-t-elle, comme si elle n'arrivait pas à croire ce qu'il affirmait.

Tex se demanda si l'application traduisait correctement. Alors, il fut aussi clair que possible.

— Je veux que tu sois ma fille, Akilah. Je veux que tu vives avec moi et ma femme. Je veux t'apprendre à gérer ton amputation. Je veux que tu rencontres tous mes amis qui ont écrit ces lettres. Je veux tout t'offrir.

Ses yeux se remplirent de larmes, et pendant une seconde, Tex paniqua. Il était sur le point de se lever et de chercher la traductrice quand Akilah posa sa main sur la sienne. Pendant qu'ils parlaient, Tex avait placé un bras sur son lit, et la sensation de sa paume chaude sur sa peau lui donna la chair de poule le long de son avant-bras.

— Oui, prononça-t-elle en anglais.

Tex lui sourit. Il couvrit sa main de la sienne, et ils restèrent assis comme ça pendant un long moment, sans dire un mot. Mais ils n'en avaient pas besoin. Tex priait pour qu'elle ressente une lueur de la même connexion que lui. La rencontrer, c'était le destin. Comme si c'était écrit. Il n'avait aucune idée de ce que l'avenir leur réservait, mais il savait qu'il serait mieux avec cette fille dans sa vie que sans elle.

Il vit ses yeux s'affaisser. Le temps entre le moment où elle ouvrait les paupières et celui où elle les fermait s'était allongé, jusqu'à ce qu'elle respire profondément et que sa main devienne molle dans la sienne. Et il resta assis là, immobile.

Ce ne fut que lorsqu'une infirmière entra que Tex retira sa main de sous celle d'Akilah. Il fit signe à l'infirmière qu'il voulait lui parler à l'extérieur.

— Elle ne peut pas nous comprendre, alors nous sommes libres de discuter librement, précisa-t-elle doucement, faisant de son mieux pour ne pas réveiller Akilah endormie.

Tex se raidit.

— Il ne s'agit pas de ça. C'est impoli de parler de quelqu'un devant lui, *surtout* quand il ne peut pas comprendre. Maintenant, si vous voulez bien sortir avec moi.

Il voyait bien qu'elle avait envie de protester, mais elle accepta finalement, et ils se rendirent dans le hall.

— Je suis désolée, mais qui êtes-vous pour elle ? demanda l'infirmière, s'attendant manifestement à ce qu'il réponde qu'il était un ami ou un proche.

— Je suis son parrain. Sa famille. Et à partir de maintenant, elle est sous ma protection, annonça-t-il fermement.

La femme dut voir quelque chose dans son expression, un détail qui l'avertissait qu'elle devait être prudente. Elle acquiesça.

Tex fit de son mieux pour paraître plus amical en disant :

— Elle souffre un peu. Elle ne voulait pas l'admettre, mais je l'ai remarqué. La blessure suinte un peu aussi ; le bandage devra être changé assez rapidement, je pense.

Voyant la confusion de la femme face à ses paroles, Tex tapota sa jambe.

— J'ai moi-même perdu un membre. Je sais ce qu'il faut chercher.

— Ah. Je comprends. Je regarderai quand je reviendrai, et je vérifierai ses médicaments contre la douleur.

— Merci. Oh ! et je vais lui donner un téléphone avec une application qui retranscrit l'arabe en anglais et l'anglais en arabe. J'apprécierais que vous fassiez passer le mot au personnel pour qu'il soit patient avec elle. C'est lent et fastidieux de communiquer de cette façon, mais elle mérite ce respect. Qu'on lui parle, et pas qu'on lui *fasse la morale*. Si c'est quelque chose d'important, la traductrice sera également présente.

Le respect dans les yeux de la femme augmenta.

— Elle a de la chance.

Tex savait qu'elle voulait dire qu'Akilah avait de la chance parce qu'elle l'avait *lui*, mais en réalité, elle en avait de ne pas avoir été tuée par les bombes qui avaient décimé son village. Heureusement qu'elle avait pu se cacher des terroristes qui prenaient ce qu'ils voulaient des femmes sans leur permission. Elle avait de la chance de n'avoir perdu que son bras.

— Je reviendrai cette après-midi avec ma femme, après

qu'elle aura dormi un peu. Je laisserai mon numéro au poste des infirmières. J'apprécierais un appel immédiat si sa situation évolue.

— Oui, monsieur, confirma l'infirmière.

— Et l'interprète restera avec elle jusqu'à ce qu'elle soit libérée de ses fonctions. Elle rentrera chez elle le soir, mais sinon, elle sera ici pour s'assurer qu'Akilah comprenne bien tout ce qui se passe autour d'elle.

La soignante hocha la tête.

Tex prit une profonde inspiration.

— Je suis désolé si je suis brusque. Mais être à l'hôpital me rappelle des souvenirs pas très agréables. Je suis aussi inquiet pour Akilah. Je vous remercie pour ce que vous accomplissez. Je sais que ce n'est pas simple.

Le sourire qui se forma sur son visage était authentique.

— Nous prendrons soin d'elle.

— Merci. Je repasserai plus tard, répéta-t-il, puis il pivota vers le hall.

Son esprit tournait avec tout ce dont il devait s'occuper. Ramener Akilah à la maison ne serait pas aisé, mais comme le disait le dicton des SEAL, « le seul jour facile était hier ».

Aujourd'hui était un tout nouveau jour, et il ne pouvait pas attendre de voir ce que l'avenir lui réservait.

* * *

— Détends-toi, Tex, prononça doucement Melody.

Mais il ne pouvait pas se détendre. Ils venaient d'arriver à la maison avec Akilah, et il voulait qu'elle aime sa nouvelle demeure. Son rétablissement progressait plus vite que prévu, et son chirurgien était heureux qu'elle soit sortie de l'hôpital plus tôt qu'annoncé.

C'était une excellente nouvelle, mais cela signifiait que Tex devait se dépêcher de tout mettre en place pour elle à la maison. Elle avait besoin d'une bonne dose de rééducation, d'un appareillage pour une prothèse et d'un entraînement à son utilisation, mais il pouvait facilement l'aider pour tout cela, puisqu'il était passé par là lui-même. Il était plus inquiet de savoir comment elle allait se sentir chez elle.

Elle n'avait pas eu beaucoup de temps pour faire face à ce qui lui était arrivé, à elle et à ses proches. Un psychologue l'avait rencontrée à quelques reprises, mais il lui faudrait sans doute encore de nombreuses séances pour gérer son chagrin, sa colère et d'autres sentiments liés à l'attentat et à ses blessures.

Pour l'instant, Tex avait juste besoin de la faire entrer, de l'installer et de s'assurer qu'elle était bien dans son nouveau foyer.

Melody et Akilah s'étaient complètement liées au cours des deux dernières semaines. Il y avait eu des moments où Tex avait pénétré dans la chambre d'hôpital et avait trouvé sa femme et la fillette riant hystériquement. Voir Melody avec la petite ne faisait que confirmer la qualité de la mère qu'elle serait.

— Bienvenue à la maison, Akilah, lança Melody en ouvrant la portière arrière de la voiture pour l'aider à sortir.

Mais Tex arriva avant sa femme et prit la main d'Akilah pendant qu'elle étendait ses jambes au-dehors. Elle resta debout et regarda la maison. Tex essaya de l'observer à travers ses yeux, mais il n'avait aucune idée de ce qu'elle voyait. C'était une demeure simple. Rien de trop fantaisiste. Le quartier était de classe moyenne. Il la conduisit à la porte et l'ouvrit.

Un aboiement excité fit sursauter Tex. Il avait oublié Baby. L'excitation de leur chien dès qu'ils rentraient à la maison. Qu'ils soient partis cinq minutes ou cinq heures, elle les accueillait toujours de la même façon exubérante.

— Couchée, Baby, ordonna Tex, et comme d'habitude, le molosse l'ignora.

Mais à la surprise de Tex, elle ne s'était pas levée d'un bond comme parfois. Son derrière remuait avec enthousiasme, mais elle semblait comprendre qu'Akilah n'était pas à cent pour cent. Elle se blottit contre sa main, suppliant qu'on la caresse.

La fille gloussa. Elle se mit à genoux dans l'entrée et salua Baby.

Melody reniflait à côté de lui, et Tex devait admettre qu'il se sentait lui-même assez ému en ce moment.

Après avoir caressé le chien un moment, Akilah fouilla dans sa poche et en sortit le téléphone que Tex lui avait offert. Il avait téléchargé l'application de traduction, et c'était l'un des meilleurs actes qu'il pouvait accomplir pour elle. Avoir la liberté de parler aux gens et de comprendre ce qu'ils lui disaient avait fait sortir Akilah de sa coquille plus que tout autre chose. Elle était toujours réservée, mais n'avait pas l'air aussi perdue et effrayée que lors de leur première rencontre.

— Elle a seulement trois membres comme nous ! lança Akilah, le plaisir se distinguant facilement dans son ton.

— Elle a perdu sa patte en nous protégeant, Tex et moi, lui révéla Melody.

Akilah baissa les yeux sur le chien, qui relevait la tête et lui léchait la joue. Elle gloussa de nouveau, et Tex ferma les yeux en entendant ce son. Il sentit le bras de Melody passer autour de sa taille et serrer, sa tête reposant sur son biceps. Il était béni.

Il fut un temps où il avait été un homme *brisé*. Quand il pensait qu'il aurait mieux valu qu'il soit tué, quand il avait perdu sa jambe. Mais il avait tort. Sa femme et Akilah en étaient la preuve.

— Tu veux voir ta chambre, Akilah ? proposa Melody.

La fille leva les yeux au ciel, surprise.

— J'ai une chambre pour moi toute seule ? demanda-t-elle.

Melody sourit.

— Oui. Absolument.

Tex suivit les femmes qui se dirigeaient vers la nouvelle chambre d'Akilah. Il avait des doutes sur ce qu'il avait fait. Il se demandait si c'était trop. Si Akilah ne serait pas bouleversée. Mais il était trop tard pour changer quoi que ce soit maintenant.

Melody ouvrit la porte et se positionna en retrait, laissant Akilah entrer la première. Elle y pénétra et regarda autour d'elle avec de grands yeux. Tex retint son souffle, car il voulait voir ce qu'elle pensait.

Il y avait un lit double contre le mur, recouvert d'une couette rose. Akilah avait raconté à Melody lors d'une de ses visites à l'hôpital que c'était sa couleur préférée. Il y avait aussi une commode contre un autre mur, un petit bureau sous la fenêtre, des rideaux roses avec de grandes fleurs blanches, et l'armoire était remplie de tellement de vêtements que la petite fille serait probablement trop grande avant de pouvoir tous les porter.

Mais c'était la fresque murale qui donnait la nausée à Tex, en attendant de découvrir sa réaction.

Il avait fait des recherches et trouvé l'endroit exact où Akilah avait vécu. Il avait sollicité des militaires qu'il connaissait pour obtenir des photos satellites de ce à quoi ressemblait cette partie de la ville avant le bombardement. Puis il avait engagé un artiste pour peindre une version 3D d'une des rues sur le mur. Elle allait du sol au plafond et était si réaliste que Tex pouvait presque imaginer qu'il se trouvait en Irak et regardait les maisons et les commerces de chaque côté de la rue.

Mais est-ce que ça plairait à Akilah ? Ou est-ce que ça la rendrait triste ? Tex l'ignorait... Mais si elle la détestait, il disposait de plusieurs pots de peinture rose dans le garage et pouvait la recouvrir en quelques heures.

La jeune fille fixait la paroi sans bouger. Au moment où Tex était prêt à aller chercher la peinture dans le garage, elle se précipita vers lui. Elle entra en collision avec Tex et enfouit son visage dans sa poitrine. Son bras valide s'accrocha à lui en sanglotant.

Tex se figea de peur. Merde. Il avait fait une connerie. Il voulait juste qu'elle se sente plus à l'aise chez elle. Lui donner un peu de familiarité dans un monde nouveau et étrange. Il détestait l'avoir fait pleurer. C'était la dernière chose dont il avait l'intention.

Levant la tête vers lui, les larmes sur les joues et les yeux rouges, Akilah prononça en anglais :

— C'est la maison.

Tex était étonné de constater à quelle vitesse elle apprenait l'anglais. Elle ne parlait pas couramment, mais il avait l'impression qu'elle comprenait beaucoup plus de choses que certaines personnes ne le supposaient. Elle commençait tout juste à utiliser des mots anglais quand elle le pouvait, mais elle était extrêmement observatrice et écoutait tout le monde autour d'elle.

Tex acquiesça, la boule dans sa gorge étant si grosse qu'il ne pouvait rien dire.

Melody sortit son téléphone et cliqua sur l'application de traduction.

— Tu aimes ? demanda-t-elle. Tex voulait te donner quelque chose de familier qui te ferait penser à chez toi. Si c'est trop, on peut le repeindre.

— Non ! répliqua férocement Akilah en se dégageant des bras de Tex.

Elle s'approcha de la fresque et désigna une porte.

— Mon amie Fadila vivait ici. Dans ce magasin, on achetait du pain.

Elle posa sa paume sur le mur et ferma les yeux.

— Akilah ? héla Tex.

Elle se retourna pour le regarder, et Tex sut à ce moment-là qu'il remuerait ciel et terre pour donner à cette fille tout ce qu'elle désirait. Elle le menait déjà par le bout du nez, et il s'en fichait.

— C'est trop douloureux ? s'enquit-il, l'application traduisant ses mots en arabe. N'aie pas peur de blesser mes sentiments. Sois honnête.

Akilah secoua la tête et revint vers lui. Elle s'arrêta près de lui et déclara :

— C'est la plus belle chose que j'ai jamais vue. Et la plus triste. C'est un bon souvenir pour moi. De ma famille. De mes amis. Mais je suis heureuse d'être ici. Aux États-Unis. Avec toi et Melody. Et Baby le chien. J'aime m'en souvenir. Cela me réconforte. Merci.

— De rien, ma puce, répondit Tex.

Akilah se tourna vers le placard et demanda :

— Pour qui sont les vêtements ?

Melody rit.

— Ils sont à toi, chérie.

Les yeux d'Akilah s'écarquillèrent.

— Tout pour moi ?

— Oui.

La jeune fille observa la pièce une fois de plus, prenant tout en compte. Son regard s'arrêta sur le bureau. Elle se retourna vers Tex.

— Je peux aller à l'école ?

— Oui, tu iras à l'école, lui confirma-t-il.

Une fois de plus, les yeux d'Akilah s'emplirent de larmes.

— Je n'y allais pas, chez moi. Ma mère m'a appris ce qu'elle pouvait. Je devais rester à la maison et faire le ménage.

— Je suis désolé. Je ne peux pas dire si tu es heureuse ou triste de savoir que tu vas aller à l'école, répondit Tex.

Akilah sourit alors. Un rictus si grand qu'il illuminait tout son visage. Tex était certain qu'il n'oublierait jamais ce moment.

— Heureuse !

Tex ne put s'empêcher de faire un pas vers elle et de la serrer dans ses bras.

— Je suis heureux.

Melody les rejoignit et les entoura de ses bras. Ils restèrent ainsi de longues minutes, à profiter de l'instant présent et à s'en imprégner. Puis Tex prit une profonde inspiration et relâcha son emprise sur ses femmes.

— Comment va ton bras ? Je parie que ça fait mal, c'est le moment de prendre un autre comprimé. Pourquoi Mel et toi n'iriez pas traîner dans le salon pendant que je nous prépare un goûter ?

— Toi ? répéta Akilah avec surprise.

Melody gloussa.

— Oui, Tex réalise les meilleurs en-cas. Viens, Baby sera ravie d'avoir une autre main pour la caresser pendant qu'elle est assise sur nos genoux.

Tex les regarda partir et s'accorda un instant pour jeter un coup d'œil dans la pièce. L'artiste avait accompli un sacré bon travail avec la peinture, et le fait qu'Akilah ait reconnu certains des endroits de la fresque était assez étonnant. Il savait que le moment viendrait où elle n'aurait plus besoin de la vue familière de son village autour d'elle. Elle deviendrait plus confiante et à l'aise dans son nouvel environnement. Il espérait qu'elle déciderait de rester une fois qu'elle serait complètement guérie.

Mais quelle que soit sa décision, Tex était conscient qu'il avait de la chance de passer du temps avec elle. Il avait remarqué que le docteur Joiner devait se rendre compte à quel point Tex était reconnaissant de ce qu'il avait fait, et il quitta la pièce en direction de la cuisine. Il avait des femmes à dorloter.

Il y avait plusieurs choses dont il devait s'occuper dans son bureau au sous-sol. Des gens sur lesquels il avait besoin d'enquêter. Des informations qu'il devait rechercher. Mais pour l'heure, cela pouvait attendre. S'assurer que sa nouvelle fille s'installe était plus important.

Sa fille.

Tex sourit. Certaines personnes penseraient qu'il était fou de prendre en charge une presque adolescente d'un autre pays, qui ne parlait pas anglais et qui avait vécu un tel traumatisme. Sans parler de ses soins médicaux et de leur coût. Il s'en fichait. Akilah était destinée à être sa fille. Et celle de Melody. Peu importe s'ils avaient des bébés ensemble dans le futur ou non, elle serait toujours leur premier enfant.

Il prit un moment pour apprécier la scène devant lui alors qu'il entrait dans le salon. Akilah était assise sur le canapé avec Baby contre son côté blessé. Elle la caressait de la main, les yeux du molosse se révulsaient dans sa tête. Elle passa ses doigts sur l'endroit où la patte de Baby aurait dû être, puis elle leva les yeux et le surprit en train de la fixer.

Akilah lui sourit. Tex lui rendit son rictus et se dirigea vers la cuisine.

La vie était pleine d'embûches. Certaines étaient plutôt des collines montagneuses qu'il était difficile de gravir. Suivies de creux si profonds qu'il était presque impossible de s'en sortir. Mais ensuite la route s'aplanissait, et il y avait des instants comme celui-ci. Des moments où tout allait bien. Faciles. Véritables.

Ça ne durerait pas. Ils ne duraient jamais. Mais avec Akilah et Melody à ses côtés, Tex n'avait aucun doute sur le fait qu'ils surmonteraient tous les obstacles qui se présenteraient à l'avenir.

RÉCONFORT CHARNEL

par Susan Stoker

Lorsque Trigger trouve sa petite amie en train de faire un cauchemar sur leur canapé, il est à la fois surpris et malheureux qu'elle ait quitté leur lit pour souffrir seule. Mais lorsqu'il lui demande ce qu'il peut faire pour l'aider, il est encore plus étonné par la réponse.

NOTE DE L'AUTEURE

Vous avez rencontré Trigger et Gillian dans *Un refuge pour Gillian*. Elle a connu des choses assez terribles dans ce livre, et ceci est un aperçu de leur vie et de la façon dont elle fait face à ce qui lui est arrivé (attention, il s'agit d'une nouvelle érotique, donc si ce n'est pas votre truc, vous devriez peut-être la passer). Profitez de votre lecture !

  -Susan

Réconfort charnel

Trigger se retourna et tendit la main vers Gillian. Mais elle ne rencontra que des draps froids à côté de lui.

Il se réveilla immédiatement et s'assit.

Il se passait quelque chose avec Gillian ces derniers temps, mais elle ne lui révélait pas ce que c'était, même s'il essayait de la convaincre qu'elle pouvait s'ouvrir à lui, qu'elle pouvait lui dire n'importe quoi.

Un bruit provenant de l'autre pièce mit Trigger sur ses pieds avant même qu'il ne pense à ce qu'il faisait. Ne portant qu'un caleçon, il sortit sur la pointe des pieds de la chambre principale et traversa le couloir.

Gillian et lui avaient déménagé dans une maison à trois chambres il n'y avait pas si longtemps, car son appartement était bien trop petit pour eux deux. Gillian et ses meilleures amies avaient été ravies de la décorer. Trigger se fichait pas mal des coussins assortis ou de l'aquarelle géante d'un bouvier bernois qu'elles avaient mise dans le salon. Mais il adorait les photos que Gillian avait encadrées et placées sur toutes les surfaces disponibles.

Des clichés d'eux deux. D'autres de Trigger avec ses meilleurs amis... et ses camarades de la Delta Force. Des photos de Gillian avec *ses* amis. Partout où il regardait, il y avait des souvenirs qui le faisaient sourire. Avant de rencontrer Gillian, il ne savait pas ce qui lui manquait, et elle lui montrait chaque jour la chance qu'il avait de l'avoir dans sa vie.

Vérifiant chacune des autres chambres au passage, Trigger vit qu'elles étaient vides. Ce qu'il avait perçu ne provenait d'aucune d'elles. Puis il entendit de nouveau ce qui l'avait réveillé.

— Noooon !

C'était la voix de Gillian, et elle semblait terrifiée.

Le sang glacé, Trigger se précipita dans le salon. Il s'arrêta net en ne découvrant pas un intrus tenant en otage l'amour de sa vie.

Ce qui l'accueillit était pire.

Gillian était allongée sur le canapé, un oreiller sous sa tête et une des nombreuses couvertures duveteuses qu'elle avait accumulées au fil des années posée sur son corps. Elle avait manifestement quitté leur lit pour venir dormir ici, ce qui mettait Trigger dans tous ses états.

Alors qu'il essayait d'accepter ce qu'il apercevait, la tête de Gillian roulait d'avant en arrière sur l'oreiller et ses jambes s'agitaient.

— Arrêtez ! Non ! supplia-t-elle.

Elle était en train de faire un cauchemar d'enfer, et Trigger détestait qu'ils soient revenus après tous ces mois. Il se plaça à ses côtés en un clin d'œil.

— Gilly, réveille-toi, prononça-t-il d'un ton bas, mais ferme.

— Cours, Walker ! s'exclama Gillian frénétiquement.

— Tu fais un cauchemar, réveille-toi, essaya-t-il encore.

—Walker ! Va-t'en ! Ils vont te tuer !

Détestant devoir poser ses mains sur elle, mais sachant qu'il n'avait pas le choix − elle n'allait pas sortir de son cauchemar toute seule −, Trigger secoua brutalement les épaules de Gillian. Il devait la réveiller, puis ils pourraient s'occuper de ce dont elle avait rêvé.

À la seconde où ses mains se posèrent sur elle, les yeux de Gillian s'ouvrirent et elle cria.

— C'est moi. Walker. Tu vas bien, Gillian ! lança Trigger avec insistance.

Ça prit une seconde, mais il poussa un soupir de soulagement quand elle le reconnut.

—Walker ?

— Oui, Gillian, c'est moi.

Elle inspira profondément, puis se jeta dans ses bras. Il l'attrapa, enroula un bras autour de son dos et l'autre autour de sa nuque, et la tint fermement. Ses respirations étaient courtes et hachées contre la peau de son cou, et il pouvait la sentir trembler.

Aucun des deux ne parla pendant un long moment. Il voulait lui laisser le temps de se calmer, de savoir qu'elle était en sécurité.

— Désolée, chuchota-t-elle après un moment.

— Tu n'as pas à être désolée d'avoir fait un cauchemar, souffla Trigger en se retirant pour pouvoir voir ses yeux. Mais je ne peux pas prétendre que je suis heureux que tu aies quitté notre lit pour dormir ici.

Les yeux de Gillian s'abaissèrent.

—Je ne voulais pas te déranger.

— Tu ne me déranges *jamais*, répliqua fermement Trigger.

— Si, rétorqua Gillian. En plus, tu dois te lever tôt demain pour t'entraîner avec ton équipe.

— *Tu* es plus importante que tout le reste, confia Trigger. Parle-moi. Dis-moi ce qui se passe.

Gillian soupira.

—Je passe juste une mauvaise semaine.

Conscient qu'elle ne lui racontait pas tout, Trigger prit une décision. Il changea sa prise et se leva avec Gillian dans ses bras. Elle ne cria pas et ne demanda pas ce qu'il fabriquait, elle se blottit simplement contre sa poitrine tandis qu'il la transportait dans le couloir jusqu'à leur chambre. En la plaçant délicatement sur le lit, Trigger l'aida à se glisser sous les couvertures, puis se plaça derrière elle. Il la tourna de façon à ce qu'ils soient poitrine contre poitrine, et il enroula ses bras autour d'elle une fois de plus.

Dès qu'ils furent tous les deux installés, il s'enquit :

— De quoi as-tu rêvé ?

Elle se raidit pendant une seconde, puis sembla se fondre en lui.

— J'étais de retour dans cet avion détourné au Venezuela. Tu venais me sauver, mais je savais que Luis et les autres pirates de l'air avaient prévu de te tuer. Ils allaient te tendre une embuscade. J'avais essayé de te prévenir, mais tu ne m'avais pas entendue. Luis tenait une arme et était prêt à te tirer dessus quand je me suis réveillée.

Trigger détestait qu'elle ait encore des cauchemars sur le détournement d'avion.

— C'était ce producteur de télévision crapuleux qui appelait et posait des questions pour l'émission qu'ils tournaient sur cet événement, n'est-ce pas ? demanda-t-il.

Gillian hocha la tête contre sa poitrine.

— Pour info, je n'aime pas me réveiller sans toi, lui souffla Trigger. Je me fiche de savoir combien de fois tu te retournes, je dormirai toujours mieux avec toi à mes côtés. Le fait que tu souffres en silence sur le canapé me fait sentir comme une merde.

— Je suis désolée.

— De quoi as-tu besoin pour te sentir mieux ? questionna Trigger, prêt à envisager n'importe quoi. On peut regarder un film, ou je peux te trouver un livre. Si tu veux écouter de la musique ou même travailler, c'est bon aussi.

Gillian pencha la tête en arrière et le regarda pendant un long moment.

— Quoi ? questionna-t-il, détestant ne pas pouvoir lire dans ses pensées.

— N'importe quoi ?

— Bien sûr. Demande-le et c'est à toi, lui confirma Trigger.

— J'ai besoin que tu me fasses l'amour. J'ai besoin de te sentir en moi, de savoir que ce n'était qu'un rêve et que tu es là, vivant et en bonne santé.

Le membre de Trigger tressaillit. Gillian sourit, et il savait qu'elle pouvait le sentir durcir contre son ventre.

— Tu es sûre ?

— Affirmatif, confirma-t-elle fermement.

En la poussant vers l'arrière pour qu'elle le regarde, les mains de Trigger se déplacèrent jusqu'au bas du débardeur qu'elle portait. Il le tira lentement vers le haut, adorant la façon dont elle arqua son dos pour l'aider à le faire passer par-dessus sa tête.

Jetant le tissu sur le côté, sans se soucier de l'endroit où il atterrissait, Trigger observa la femme qu'il aimait plus que tout. Elle était extrêmement forte. Il n'avait jamais rencontré quelqu'un de plus fort. Il l'avait surnommée Di, pour Diana Prince, l'alter ego de Wonder Woman, parce que c'était ce qu'elle était pour lui. Elle avait plus que prouvé sa vigueur et ses qualités de leader il y avait quelques mois, lorsqu'elle avait été poussée dans le rôle de négociatrice dans un avion détourné. Plus Trigger était avec elle, plus il l'admirait.

Gillian lui adressa un petit sourire et mit ses bras au-dessus de sa tête, en cambrant légèrement son dos et en poussant sa poitrine vers lui. Trigger n'était pas bête, et il comprit ce qu'elle désirait. Il se pencha et recouvrit un téton de sa bouche, puis pinça l'autre avec ses doigts.

Il adora le soupir qui quitta ses lèvres à son contact. Trigger effleura le renflement qui frémissait rapidement sous sa langue, et ne cessa de la taquiner jusqu'à ce que son téton soit dur. Il le mordilla et sourit quand elle s'agita. Sa Gilly était extrêmement réactive, et il y avait des jours où il n'arrivait toujours pas à croire qu'elle était à lui.

Il changea de côté, prenant son autre téton dans sa bouche tandis qu'il pressait et massait ses seins. Quand il sentit ses doigts s'agripper à l'arrière de sa tête, il ferma les yeux de plaisir. Il aimait ses caresses. Ses mains étaient tellement plus douces que les siennes que cela ne faisait que souligner les différences entre eux.

Il ouvrit les yeux, glissa jusqu'à ses pieds et repoussa le drap au fur et à mesure, s'offrant une vue claire de son corps. Il s'empara de l'élastique de sa culotte et adora la façon dont elle soulevait ses hanches avec empressement, ce qui permettait à Trigger de la faire glisser le long de ses jambes.

C'était ridicule de considérer combien il était heureux de remarquer à quel point Gillian était déjà mouillée. Savoir qu'il pouvait l'exciter lui donnait un coup de fouet, même s'il avait l'impression qu'elle lui dirait qu'il n'avait pas besoin d'un plus gros ego. En souriant, Trigger baissa la tête et se frotta à l'intérieur de sa cuisse, prolongeant ainsi le moment.

— Walker, se plaignit-elle en essayant de tirer sa tête entre ses jambes.

Prenant pitié d'elle, et désireux de lui faire oublier

toute trace de son rêve, Trigger la laissa pousser sa tête là où elle voulait. Il la lécha entre ses plis, sa saveur acidulée explosant sur ses papilles gustatives. C'était tout ce qu'il fallait pour qu'il délaisse les taquineries.

Il lui donna quelques coups de langue supplémentaires, appréciant la façon dont elle se trémoussait sous son corps, puis il porta son attention sur son clitoris. Conscient de ce qu'elle aimait, et comment elle prenait son pied le plus rapidement, il glissa un doigt à l'intérieur de son corps en même temps qu'il suçait son clitoris. Plaçant son bras libre sur son ventre pour la maintenir, Trigger excita impitoyablement sa femme jusqu'à l'orgasme.

Il savait exactement quelle pression exercer sur son clitoris, et avec quelle force la doigter. En une minute, il sut qu'elle était à bout. D'habitude, il la taquinait en relâchant la pression puis en la remontant, mais le sexe de Trigger s'émoustillait dans son caleçon, et il préférait être en elle, se connecter avec elle, plutôt que de l'asticoter.

Il savait qu'elle était sur le point d'avoir un orgasme, car tous les muscles de son corps se tendaient. Ses fesses se soulevaient du matelas, et elle gémissait tout bas dans sa gorge. Avec une dernière succion sur son clitoris, elle bascula. Les muscles de ses cuisses tremblaient, et il sentit son ventre se resserrer sous son bras pendant qu'elle jouissait.

Trigger arracha son caleçon et écarta ses jambes pour se faire de la place, alors qu'elle continuait à trembler sous l'effet de son orgasme. Il approcha le bout de son membre suintant de ses plis. La chaleur qui émanait d'elle était brûlante, mais il savait qu'il n'y aurait pas de meilleure sensation que d'être plongé à fond dans sa femme.

Sans hésiter, il se fraya un chemin à l'intérieur de son corps encore frémissant, rejetant sa tête en arrière et serrant les dents pour ne pas jouir immédiatement lorsque ses muscles internes se serraient autour de son sexe.

— Putain, Di, haletait-il, en restant immobile à l'intérieur d'elle pour mémoriser la pression autour de lui.

En baissant les yeux, il vit la sueur perler sur son front, ses cheveux blonds se répandre sur son oreiller et ses yeux verts le considérer avec amour et confiance.

— Tu seras toujours en sécurité avec moi, jura-t-il.

— Je sais, admit-elle, la voix rauque.

— Si tu ne peux pas dormir, tu restes ici dans notre lit. Allume une lumière, lis, regarde la télé, tout ce dont tu as besoin. Mais ne te lève pas pour souffrir seule dans l'autre pièce.

— D'accord, confirma-t-elle doucement.

Trigger se retira de son corps en grognant tant c'était douloureux de la quitter, puis il la repoussa.

Ils gémirent tous les deux.

— Encore, supplia Gillian.

Trigger obéit. Il commença à la prendre, puissamment. Ses seins rebondissaient sur sa poitrine à chaque coup de reins, et, sans réfléchir, il les attrapa. Il lui pinçait les tétons en lui faisant l'amour, sentant qu'elle se serrait autour de lui pour lui signifier qu'elle aimait ce qu'il entreprenait.

À contrecœur, Trigger lâcha ses seins, se tenant en équilibre au-dessus d'elle. Le bruit de leurs peaux qui s'entrechoquaient était fort et érotique. Il sentit son orgasme approcher beaucoup plus vite qu'il ne l'aurait voulu.

— Touche-toi, intima-t-il. Je veux te sentir jouir autour de ma queue.

Gillian n'hésita pas à déplacer une de ses mains entre eux. Son ventre frappait le dos de sa main à chaque va-et-vient, mais elle ne le remarquait pas ou s'en fichait. Il pouvait sentir son doigt se frotter à son clitoris alors qu'elle faisait de son mieux pour se faire jouir.

— C'est ça, Di. Mon Dieu, tu es magnifique. Je t'aime tellement. Tu es tout pour moi...

Trigger était à peine conscient de ce qu'il disait ; il voulait seulement s'assurer qu'elle savait à quel point cela comptait pour lui. Combien *elle* comptait pour lui.

— J'arrive ! cria-t-elle, mais Trigger n'avait pas besoin d'être prévenu.

Ses muscles internes étranglaient pratiquement son sexe. C'était plus difficile de pousser en elle maintenant, mais il n'avait pas lâché.

— Walker ! s'exclama-t-elle, et elle poussa son bassin vers lui.

Trigger mit une main sous ses fesses et la pénétra aussi loin qu'il put, la tenant contre lui quand il explosa finalement. C'était comme s'il n'allait jamais s'arrêter de jouir.

Trigger ne voulait pas bouger. Il souhaitait rester à l'intérieur de la femme qu'il aimait plus que tout, pour toujours. En s'assurant de ne pas l'écraser, il s'abaissa jusqu'à ce qu'ils soient poitrine contre poitrine. Les jambes de Gillian se levèrent, et elle accrocha ses chevilles au bas de son dos. Ils respiraient tous les deux difficilement, et Trigger enfouit son nez dans l'espace où son épaule rencontrait son cou.

— J'adore que tout dans ma maison sente le chèvre-feuille. C'est un rappel constant de ton odeur. Quelle chance j'ai de t'avoir dans ma vie. S'il te plaît, ne m'exclus pas, Gilly.

Trigger savait que si ses coéquipiers l'entendaient la supplier, il n'en verrait jamais la fin... mais il s'en fichait.

— Savoir que tu souffres et que tu as délibérément quitté notre lit, ça me tue.

— Je ne le referai pas, le rassura Gillian.

— Merci.

Trigger releva la tête.

— Je t'aime.

— Je t'aime aussi, répondit-elle.

— Tu te sens mieux ? s'enquit-il.

Elle lui adressa un petit sourire.

— Oui.

— Je n'ai pas été trop dur ?

— Tu ne me ferais jamais de mal.

Ce n'était pas vraiment une réponse, mais vu la façon dont elle lui souriait et le serrait contre elle, il devait supposer que la réponse était non.

Trigger sentait son sexe se ramollir et savait que ce n'était qu'une question de temps avant qu'il ne glisse hors de son corps. Ses mains agrippaient ses biceps, et il regarda sa main gauche. En voyant la bague en diamant qu'il y avait glissée, et en considérant que, bientôt, elle serait sa femme, il soupira de contentement.

Il se déplaça sur le côté et grimaça quand il glissa hors d'elle. Il l'attira contre lui, de sorte que sa tête repose sur son épaule.

— Que puis-je faire pour t'aider ? questionna-t-il.

— Rien de plus. Tu me tiens dans tes bras. Tu me fais l'amour de façon si incroyable que je ne peux penser à rien d'autre, sauf à combien je t'aime.

Ses bras se resserrèrent autour d'elle. Il n'avait aucune idée de ce que cette fille allait représenter pour lui, quelques mois auparavant, lorsqu'il lui avait parlé pour la première fois au téléphone. Elle avait été la victime terrifiée d'un détournement d'avion, mais elle était déjà passée sous son radar. Elle n'avait pas paniqué, elle avait réalisé ce qu'il fallait pour se sauver et épargner un avion rempli d'autres personnes.

Trigger savait qu'elle pouvait choisir beaucoup mieux qu'un connard de militaire surprotecteur comme lui. Mais il allait faire tout ce qui était en son pouvoir pour qu'elle reste heureuse. Pour qu'elle ne veuille jamais le quitter.

— Pourquoi n'invites-tu pas tes amies pour une soirée entre filles, demain ? suggéra-t-il.

— Tu es sûr ? demanda-t-elle. Je sais que c'est pénible pour toi de devoir t'occuper de nous toutes quand on commence à boire.

Il sourit. Gillian et ses trois meilleures amies n'étaient pas de tout repos, mais il s'en fichait.

— Je suis sûr. J'adore penser que je peux tenir tes démons à distance tout seul, mais je suis conscient que ça te ferait du bien d'avoir un peu de temps entre copines.

— D'accord. Walker ?

— Oui, Di ?

— Je ne quitterai plus notre lit. Si je n'arrive pas à fermer l'œil, je resterai ici.

— Merci. Tu crois que tu réussiras à dormir, maintenant ?

— Oui. Je suis épuisée.

Trigger serra Gillian plus étroitement et connut le moment exact où elle s'endormit. Tout son corps se détendit contre lui, et il soupira de soulagement. C'était presque effrayant de se rendre compte de tout l'amour qu'il éprouvait pour la femme dans ses bras. Elle était sa vie. Elle n'avait pas besoin de lui, mais lui avait besoin d'*elle*. Il allait passer le reste de sa vie à s'assurer qu'elle sache à quel point.

LE PLUS BEAU NOËL

di Susan Stoker

Lorsque Chris et Sienna se rencontrent lors d'un accident au Texas, ces parfaits inconnus découvrent rapidement qu'ils sont inexplicablement liés... à plus d'un titre. Coïncidence ? Peut-être. Ou alors l'intervention de leur propre miracle de Noël.

Note de l'auteure

Cette histoire est totalement indépendante. Elle n'est rattachée à aucun des livres que j'ai écrits (même si vous y verrez un aperçu de certains agents de la Delta Force). Je l'ai inventée pour une anthologie de Noël qui n'est plus en vente. Je me suis dit que vous pourriez avoir envie de la lire comme un morceau de cette anthologie ! Bonne lecture !
-Susan

Le Plus Beau Noël

Partie 1 : L'accident

Sienna Bernfield n'avait même pas eu le temps de crier. Un moment elle se dirigeait vers le poste militaire de Fort Hood, et l'instant d'après, le monde explosa devant son véhicule de location de taille moyenne.

Une énorme camionnette brûla un feu rouge et percuta la Honda Civic qui se trouvait devant elle. Elle freina brusquement et regarda, incrédule, le camion pousser la petite voiture de l'autre côté de l'intersection et la coincer contre le mur d'un bâtiment en briques situé à proximité.

Agissant par instinct, Sienna stationna et sortit d'un bond. Elle courut vers l'accident, ignorant les passants qui criaient que le conducteur du fourgon fuyait. Sa seule préoccupation était de savoir qui se trouvait à l'intérieur de la voiture, maintenant froissée, piégée entre la calandre du camion et le mur du bâtiment.

En tant qu'ambulancière à Nashville, elle savait combien il était important de porter secours à une personne blessée le plus rapidement possible. « L'heure d'or », c'est-à-dire les soixante premières minutes après une blessure traumatique, était considérée comme la plus critique pour réussir un traitement d'urgence. Si la ou les personnes présentes dans la Civic étaient blessées, leur heure d'or avait déjà commencé.

Le côté passager avait été entièrement défoncé, et Sienna fut soulagée de n'y trouver personne assis. De la musique de Noël provenant d'un magasin voisin était diffusée en fond sonore tandis qu'elle cherchait comment atteindre le conducteur.

Les portières de chaque côté du véhicule étaient inaccessibles, le côté passager était bloqué par le camion, et le côté conducteur était collé contre le bâtiment en briques. Le pare-brise était fissuré, mais pas cassé, et il y avait du verre de la vitre arrière éclaté partout dans le coffre.

La matinée avait été fraîche, surtout pour le Texas, et Sienna portait un chemisier à manches longues et une veste. Sans s'arrêter pour réfléchir à ce qu'elle faisait, elle grimpa sur le hayon et balaya les débris du toit, avant de s'allonger sur le ventre et de regarder à l'intérieur de la voiture à travers le toit ouvrant.

Un homme était assis au volant, la tête appuyée contre les briques de l'immeuble dans la mesure où le carreau à côté de lui s'était brisé sous l'impact. Sienna pouvait distinguer du sang couler sur sa joue et dégouliner sur sa poitrine. Au premier coup d'œil, elle ne vit pas d'os dépassant de ses bras ou de ses jambes, ce qui était une bonne nouvelle. Mais cela ne signifiait pas qu'il n'avait pas de blessures internes ou vertébrales.

Le volant était plié vers le bas et le conducteur était manifestement coincé à l'intérieur du véhicule. Il n'y avait aucune chance pour qu'il puisse sortir ses jambes, pas sans l'aide mécanique des pinces de désincarcération.

Heureuse une fois de plus de sa petite taille d'un mètre soixante, Sienna se faufila à travers le toit ouvrant jusqu'à ce qu'elle soit accroupie sur le siège passager en ruine. Elle ne pouvait pas compter le nombre de fois où elle avait été la seule de l'équipe d'ambulanciers à ramper dans des égouts, sous des véhicules et dans d'autres endroits minuscules. Elle n'appréhendait même plus les petits espaces.

Elle posa ses doigts sur l'artère carotide de l'homme et recula sa main par réflexe lorsque ses yeux s'ouvrirent.

Immédiatement, elle s'approcha de lui et attrapa les deux côtés de sa tête du mieux qu'elle pouvait dans l'espace limité, essayant de le maintenir immobile pour ne pas exacerber une éventuelle blessure au cou.

— Vous allez bien, monsieur. Vous avez eu un accident de voiture, mais vous allez bien, lui dit-elle calmement.

Il leva une main et saisit son poignet, mais n'essaya pas de se dégager de son emprise ou de bouger.

Sienna pouvait imaginer son cerveau essayer de comprendre ce qui s'était passé et où il se trouvait. Elle distingua la seconde où sa situation fut enregistrée, car sa respiration s'accéléra et ses yeux se dilatèrent davantage.

— Je dois sortir, prononça-t-il d'une voix basse et contrôlée.

— Je suis désolée, lui répondit Sienna, ce n'est pas possible pour le moment. Mais vous êtes en sécurité. Les voitures n'explosent pas comme dans les films et les séries télévisées. Je suis sûre que les policiers et les pompiers sont en route. Ils vous feront sortir dès qu'ils le pourront.

— Vous ne comprenez pas, insista-t-il sur un ton que Sienna ne pouvait interpréter. Je suis claustrophobe. Je vais devenir fou si je ne sors pas d'ici.

* * *

Christopher King ferma les yeux, essayant de faire abstraction du fait qu'il était coincé dans la voiture ridiculement petite qu'il avait louée à l'aéroport d'Austin. Il avait réservé un SUV, mais quand il était arrivé, il avait été informé d'une erreur d'écriture et que le seul véhicule disponible pour lui était cette Honda Civic. Il s'était assuré que les employés savaient qu'il n'était pas content, mais finalement, il n'avait rien pu faire et il était parti dans la citadine bien trop minuscule à son goût.

Il était un homme grand d'un mètre quatre-vingt-cinq et ne se souvenait pas de la dernière fois qu'il était monté dans un véhicule aussi petit que celui-ci. Si son fils n'avait pas dû rentrer à la maison cette après-midi-là après un déploiement de neuf mois au Moyen-Orient, il aurait refusé de prendre la Civic. Mais il devait ramener ses fesses dans la région de Fort Hood, s'enregistrer à l'hôtel, se rendre à la base et faire en sorte d'être à la réception lorsque Tony arriverait avec son unité.

C'était la veille de Noël, et apprendre que son garçon rentrait ce soir avait été le meilleur cadeau qu'il aurait pu recevoir. Chris avait divorcé de son ex quand Tony n'avait que 5 ans. Il n'avait pas pu le voir grandir autant qu'il l'aurait voulu, alors il faisait désormais de son mieux pour rester impliqué dans sa vie, même si cela signifiait parcourir des centaines de kilomètres pour l'accueillir à la maison après un déploiement.

Chris n'aimait pas particulièrement la période des fêtes. Il n'était pas un Grinch, mais ce n'était pas amusant de décorer son appartement tout seul. Il n'avait personne de spécial à qui acheter des cadeaux, à part son fils, et personne ne lui en offrait non plus.

Il travaillait dur et jouait âprement. Il aimait camper dans les Smoky Mountains et avait récemment acquis une petite cabane de chasseur, où il se rendait presque tous les week-ends pour se détendre et se reposer.

Il avait servi pour le département de l'administration pénitentiaire pendant la majeure partie de sa vie. Son affectation actuelle était l'institution de haute sécurité de Riverbend, juste à l'extérieur de Nashville. Il n'était pas parti pour être gardien de prison, mais avec le temps, il avait découvert qu'il aimait ça... le plus souvent. Mais après un incident, il y a quelques années, une émeute qui avait impliqué la plupart de la maison d'arrêt et où il s'était littéralement retrouvé face à face avec sa propre mortalité, Chris avait pris la décision de changer de métier ou de trouver un moyen de prétendre à une retraite anticipée.

Il avait 49 ans. Trop jeune pour vraiment se retirer, et bien trop vieux pour recommencer à zéro avec un nouvel emploi, mais comme la rencontre avec un thérapeute n'avait pas permis de guérir sa claustrophobie, il était arrivé à un point où il devait prendre une décision.

Son plan avait été de venir au Texas, de voir son fils, puis de réaliser quelques changements dans son existence. Bien sûr, la vie semblait toujours lui envoyer une balle courbe.

Chris savait qu'il était à deux doigts de paniquer à l'idée d'être piégé, mais il ne pouvait pas empêcher sa réaction. Il avait ouvert les yeux pour voir un mur de briques d'un côté et du métal froissé tout autour. Il ne pouvait pas bouger ses jambes, et presque tout son corps lui faisait mal. Rien ne semblait cassé, Dieu merci, mais il était conscient qu'il ressentirait des douleurs pendant longtemps.

Il n'avait aucune idée d'où venait la femme à côté de lui. Elle n'était pas dans la voiture quelques minutes plus tôt, mais pour l'instant, il s'en moquait. Il l'entendait lui affirmer qu'il allait bien, mais la seule chose à laquelle il pensait était de sortir. *Il devait sortir.*

— Regardez-moi, ordonna la femme.

Chris ne voulait pas ouvrir les yeux parce qu'il verrait alors le pare-brise en toile d'araignée devant lui – ce qui le ramènerait directement à la prison en ce jour fatidique – et la façon dont il était piégé dans cette foutue voiture de merde qu'on l'avait forcé à conduire.

Sa voix s'adoucit et elle dit :

— Je m'appelle Sienna. Je suis ambulancière. Je ne suis pas une folle qui a décidé sur un coup de tête de monter dans une voiture accidentée.

Chris entendit l'humour dans sa voix et voulut y répondre, mais il éprouvait des difficultés à chasser de sa tête les images violentes de l'émeute du pénitencier.

— Je suis Chris, parvint-il finalement à prononcer entre deux halètements. Chris King.

— Vous vivez dans le coin ?

Il savait qu'elle essayait de le distraire, mais ça ne marchait pas.

— Non. Je suis du Tennessee.

— Vraiment ? Moi aussi. Je vis à Nashville. Et vous ?

Cela lui fit ouvrir les paupières de surprise. Il ne pouvait pas tourner la tête parce qu'elle le tenait immobile, mais il déplaça ses yeux dans sa direction.

— Moi aussi.

Elle sourit, et les pensées de l'insurrection qu'il avait vécue disparurent soudainement du premier plan de son esprit.

— Vous êtes vraiment de Nashville ? Vous ne prétendez pas ça juste pour essayer de me calmer ? demanda-t-il.

Sienna afficha un rictus.

— Non. Je vis vraiment là-bas. Depuis vingt-cinq ans environ.

— Depuis que vous êtes petite ? reformula-t-il.

Elle gloussa, et le son grave résonna dans le petit espace qu'ils occupaient. C'était comme si elle avait enveloppé ses épaules d'une couverture chaude. C'était si réconfortant. Il garda les yeux sur son visage, reconnaissant qu'elle soit capable de garder son esprit occupé.

— Merci. Non, j'ai déménagé là-bas après avoir été diplômée de l'université du Tennessee.

— C'est impossible, répondit Chris.

— Comment ça ? questionna Sienna.

— Que vous ayez la quarantaine. Trente-cinq ans, tout au plus.

Elle rit de nouveau, et une fois de plus, l'endroit où il se trouvait et ce qui se passait s'estompait, et tout ce qu'il pouvait voir, c'étaient ses magnifiques yeux bruns.

— Merci. C'est ma taille. Un mètre soixante, ça me fait paraître plus jeune.

Chris essaya de secouer la tête, mais elle exerçait une prise trop ferme sur lui pour qu'il puisse bouger d'un pouce.

— Non. C'est toi. Tu es très belle.

Elle rougit, et il se dit que c'était dommage. Une femme qui ressemblait à Sienna devrait être habituée aux compliments. Elle devrait les prendre à bras-le-corps. Elle avait de jolis cheveux châtain clair avec des reflets blonds. Ils étaient tombés sur ses épaules en ce moment, et elle avait une mèche noire sur une joue. Il fronça les sourcils, se demandant si elle s'était blessée en grimpant dans ce piège mortel avec lui.

À l'instant même où cette pensée le frappait, il se rappela où il était et qu'il était coincé. Il essaya de se déplacer sur le siège, mais ses jambes étaient bloquées sous le volant et le tableau de bord. Il sentait la pression du volant contre ses cuisses.

Fermant de nouveau les yeux, Chris perçut encore la terreur s'insinuer dans sa gorge.

— Si tu viens du Tennessee, que fais-tu au Texas ? Tu es perdu ?

Chris voulait désespérément qu'elle puisse le distraire avec ses questions. Il tenait toujours son poignet et pouvait distinguer son pouls régulier sous sa main. Il força ses paupières à s'ouvrir une fois de plus et constata qu'elle s'était déplacée jusqu'à être pratiquement assise sur ses genoux. Le volant l'en empêchait, mais elle avait fait de son mieux pour placer son visage directement dans son champ de vision. Il entendait vaguement des gens parler à l'extérieur de la voiture, mais il se concentra sur Sienna. Elle était la seule chose qui l'empêchait de perdre la tête.

— Mon fils rentre de son déploiement aujourd'hui.

Ses sourcils s'arquèrent.

— Vraiment ?

— Vraiment.

— Le mien aussi. Enfin, ma fille, pas mon fils.

Chris la regarda, incrédule. La pensée lui traversa l'esprit que tout ce qu'elle racontait était un mensonge, juste pour qu'il garde son calme, mais il doutait qu'elle mente sur le fait d'avoir un enfant.

— Quelles sont les chances ? demanda-t-il.

— Infimes, répondit-elle sèchement. Nous avons vécu dans la même ville pendant des années. Nous avons des enfants qui ont probablement à peu près le même âge. Ils sont tous les deux dans l'armée. Ils sont sans doute dans la même unité et ont été stationnés ensemble à l'étranger. Alors, ils ont voyagé au même endroit, au même moment. Je suis ambulancière et petite, et… nous voilà. C'est un miracle de Noël.

Quand elle le disait comme ça, ça semblait encore plus improbable, mais il aimait l'idée qu'elle soit son miracle de Noël. Elle était un cadeau juste pour lui.

Cela faisait longtemps qu'il n'avait pas apprécié un présent autant qu'il aimait l'idée qu'elle soit à lui.

— Je suppose que cela signifie que lorsque je sortirai d'ici, tu n'auras pas d'autre choix que de me laisser t'emmener déjeuner, prendre un café ou autre chose, flirta Chris.

Ses mots étaient taquins et désinvoltes, mais il les pensait. Pour une raison quelconque, il avait l'impression qu'ils étaient faits pour se retrouver.

— Marché conclu, acquiesça-t-elle doucement, un éclat de rose inondant ses joues.

Quelqu'un frappa sur le toit de la voiture, brisant le moment.

* * *

Sienna détestait la facilité avec laquelle elle rougissait. Elle rougissait quand elle était embarrassée. Elle rougissait quand quelqu'un la complimentait, quand les gars de la station dans le Tennessee la taquinaient. Elle voulait paraître cool et sophistiquée avec Chris, mais bien sûr, elle avait probablement l'air d'une vierge empourprée ou quelque chose comme ça.

Elle ne pouvait pas croire qu'ils avaient tous les deux des enfants dans la même unité et qu'ils étaient au Texas pour la même raison. Ça devait être le destin... n'est-ce pas ?

— Vous allez bien là-dedans ? s'enquit une voix d'en haut.

Sienna leva les yeux et vit un civil qui la regardait depuis le toit ouvrant. Elle acquiesça.

— Nous allons bien. Quand arrivent les ambulanciers ?

— Je ne sais pas, mais ils sont en chemin. Il y a un groupe de gars de l'armée ici. Ils ont poursuivi et rattrapé l'autre conducteur. Ils le gardent en sûreté jusqu'à ce que les flics arrivent.

— Quelqu'un doit transmettre aux pompiers qu'ils vont avoir besoin d'outils d'extraction pour sortir la victime. Il est probable qu'elle soit blessée à la tête ou au cou, lança Sienna à l'homme, son entraînement portant ses fruits.

Sans un mot, la tête du type disparut, et il ne resta plus qu'elle et Chris. Elle pouvait entendre d'autres personnes parler à l'extérieur, mais pour le moment, il semblait qu'elle et Chris étaient seuls au monde.

Se déplaçant et ignorant la façon dont ses genoux et ses hanches criaient de douleur à cause de la position inconfortable dans laquelle elle se trouvait, Sienna regarda de nouveau l'homme en face d'elle.

Le temps qu'il lui avait fallu pour transmettre l'état de Chris à l'autre homme, tout s'était écroulé dans sa tête. Il tremblait et transpirait, et elle ne pensait pas que c'était à cause de ses problèmes médicaux. Il avait indiqué qu'il était claustrophobe, et être cloué sur place, vu qu'elle le tenait immobile, ne devait pas être amusant.

— Je me souviens d'une fois où nous sommes arrivés sur une scène et avons compris qu'un enfant avait rampé dans un tuyau d'égout après un chaton et était resté coincé. Bien sûr, les gars avec qui je travaille sont tous grands et costauds, il n'y a pas eu de discussion à ce sujet, je savais que je serais celle qui devrait aller le chercher.

Chris n'avait pas encore ouvert les yeux, mais Sienna était certaine qu'il écoutait. Sans réfléchir, son pouce commença à caresser sa mâchoire tandis qu'elle continuait.

— C'était le lendemain de Noël, sa mère m'avait raconté qu'il avait joué avec son nouveau jeu toute la matinée et qu'elle l'avait finalement forcé à sortir pour faire une pause. Je me suis glissée dans cet égout. Je n'ai jamais été claustrophobe, mais j'ai eu du mal à me sentir bien à l'intérieur de ce conduit. J'ai atteint le garçon, et laisse-moi te dire que c'était l'enfer d'essayer de sortir de là en tenant sa jambe. Il donnait des coups de pied et criait, et le son résonnait dans ce petit tuyau d'évacuation. J'ai cru que j'allais devenir sourde quand je l'ai extirpé de là. Finalement, j'ai réussi à rejoindre l'ouverture, et mon équipe m'a tirée par les bottes, entraînant l'enfant avec moi. Nous étions tous les deux couverts de boue et de choses auxquelles je ne veux même pas penser, et au lieu de me remercier, le garçon s'est retourné et m'a hurlé dessus, prétextant qu'il jouait avec le chaton et que je n'avais pas le droit de le toucher. Sa mère l'a poussé dans la maison sans même un remerciement, probablement pour retourner à ce satané jeu que le père Noël lui avait offert.

Les yeux de Chris s'ouvrirent enfin... et au lieu de rire de sa dernière phrase, il avoua :

— Je travaillais à mon poste à la prison de haute sécurité, et il y a eu une émeute. Je me suis enfermé dans la salle d'observation, mais les détenus sont entrés. Ils ont cogné la vitre, qui ressemblait beaucoup à mon pare-brise en ce moment, jusqu'à ce qu'elle se casse. Ils m'ont battu à mort, puis m'ont emmené au cachot et m'y ont enfermé. Il faisait sombre, et je pouvais entendre les cris et les hurlements de la révolte autour de moi. Mais le plus effrayant, c'était l'odeur de la fumée des feux qu'ils allumaient. Je savais que personne ne savait où j'étais, et que si l'incendie devenait incontrôlable, je serais soit brûlé vif, soit asphyxié par la fumée. C'était comme si j'avais été enterré vivant.

Sienna ne pouvait pas lâcher sa tête, mais elle voulait le serrer dans ses bras plus qu'elle ne désirait quoi que ce soit d'autre dans sa vie. Elle se contenta de se pencher en avant et de poser son front contre le sien.

Il continua d'une voix étonnamment stable.

— La police et le SWAT ont fini par tout maîtriser, ont fouillé la prison cellule par cellule pour la sécuriser, et ils m'ont trouvé. On m'a expliqué que j'étais là-dedans depuis trois heures. J'ai eu l'impression que ça faisait des jours. J'ai toujours eu des problèmes avec les petits espaces depuis.

Sienna se retira et regarda dans les yeux bleu foncé de Chris. Il avait des cheveux blonds qui commençaient à grisonner aux tempes. Il avait des rides autour des yeux et de la bouche, ce qui signifiait qu'il riait probablement beaucoup. Son nez était tordu, il avait manifestement été cassé dans le passé, peut-être même lors de l'émeute dont il avait parlé. Il s'accrochait toujours à son poignet, comme si elle était une bouée de sauvetage, et elle supposait qu'elle l'était.

— Je ne te quitterai pas tant que tu ne seras pas sorti d'ici, jura-t-elle.

— Je vais bien, répliqua-t-il immédiatement, mais Sienna pouvait voir qu'il mentait.

— Bien sûr que tu vas bien, répondit-elle. Parle-moi de Tony, demanda-t-elle.

Il hésita, puis un côté de ses lèvres se releva.

— Tu essaies de me distraire, l'accusa-t-il.

— Ouais, admit-elle sans tergiverser. Alors... Tony ?

Elle vit Chris se forcer à changer de braquet et à penser à son fils plutôt qu'à sa situation difficile. Alors qu'il racontait combien il était fier de Tony et de ce qu'il avait accompli dans l'armée, elle l'évalua silencieusement.

Son rythme cardiaque était un peu élevé, mais c'était normal dans ces circonstances. Sa peau avait une bonne couleur, et il n'avait pas froid, ce qui était une bonne chose. Il parlait sans problème, donc il n'avait probablement pas de poumon collapsé. La coupure sur le côté de son crâne saignait lentement, mais rien qui ne l'inquiétait outre mesure. Les blessures à la tête saignaient généralement beaucoup, ce qui les aidait à se nettoyer. Il aurait besoin de points de suture, mais ils étaient assez simples à réaliser. Ses bras bougeaient bien, et il avait une bonne prise sur son poignet. Elle ne pouvait pas évaluer ses jambes depuis sa position et parce que le volant était en travers de son chemin, ce qui la préoccupait quelque peu.

— Tu n'écoutes rien de ce que je dis, n'est-ce pas ? demanda Chris après une pause.

Les yeux de Sienna se levèrent vers les siens avec culpabilité.

— Bien sûr que si.

Il gloussa et elle ne put que le regarder, choquée. Quand il sourit, tout son visage s'éclaira. Elle aimait le son qui grondait dans sa poitrine.

Honteuse de ressentir ne serait-ce qu'un iota d'attirance pour cet homme alors qu'il était littéralement piégé par les tonnes d'acier qui les entouraient, elle tenta de se contrôler.

— Quel âge j'avais quand j'ai appris que j'allais être père ? interrogea Chris.

Sienna lui lança un sourire narquois.

— Vingt et un ans. Tu aimais bien la mère de Tony, mais tu n'étais pas sûr de vouloir passer le reste de ta vie avec elle. Mais tu l'as quand même épousée, et ton fils est né.

— D'accord, lança-t-il d'un air mécontent. Je suppose que tu as écouté.

— Je suis une femme, rétorqua Sienna d'un air suffisant. Nous pouvons faire plus d'une chose à la fois. Comment vont tes jambes ?

— J'ai des picotements dans les pieds, répondit-il.

Puis il ajouta :

— C'est mauvais ?

— Je ne vais pas mentir. Ce n'est pas génial, mais ce n'est pas catastrophique non plus. Le fait que tu puisses les sentir, ça, c'est top.

— Mais je suis coincé.

Refusant qu'il fasse une fixation sur ce point et que sa claustrophobie reprenne le dessus, elle se lança :

— J'ai rencontré Randy quand j'avais 13 ans et lui 17. Je ne savais pas que ce n'était pas approprié à l'époque, et même si je l'avais su, ça ne m'aurait pas dérangée. Je l'aimais et je pensais qu'il m'aimait aussi. Il s'est avéré qu'il aimait faire l'amour... peu importe avec qui. Quand j'ai eu 18 ans, j'ai emménagé avec lui. Nous pensions que nous étions suffisamment adultes. Quand je suis tombée enceinte, il a décidé qu'il ne voulait peut-être pas devenir adulte après tout.

— Il t'a larguée ? Ce connard, grogna Chris. Miranda et moi n'étions pas les meilleurs mari et femme, mais on a toujours œuvré ensemble quand il s'agissait de Tony.

Sienna ne voulait pas admettre à quel point ça lui faisait du bien de l'entendre s'énerver en son nom.

— Oui, il m'a larguée. Mais ne sois pas désolé pour moi ou ma fille. Je suis retournée vivre chez mes parents, et ils m'ont aidée à élever Sarah. Ils m'ont encouragée à suivre des études supérieures. J'avais l'intention de devenir infirmière, mais dès mon premier tour en ambulance, j'ai été happée. J'ai adoré la façon dont les ambulanciers se précipitent pour tenter tout ce qu'ils peuvent afin de maintenir la personne en vie, jusqu'à ce qu'elle atteigne l'hôpital. C'était une énorme montée d'adrénaline. J'ai d'abord obtenu ma licence d'ambulancier, puis j'ai obtenu ma certification d'auxiliaire médical. Je n'ai pas regardé en arrière depuis.

— De là où je suis assis, tu es bonne dans ce que tu fais, rebondit Chris avec un petit rictus.

Sienna lui rendit son sourire, mais ne répondit pas verbalement. Elle n'arrivait pas à croire qu'elle éprouvait des sentiments aussi puissants envers cet homme. C'était fou. Mais elle ne pouvait pas nier que cela ne la dérangerait pas d'apprendre à mieux le connaître une fois qu'ils seraient rentrés dans le Tennessee.

— Merci, lâcha-t-elle après un moment.

Ils restèrent assis dans le cocon de la voiture accidentée, se dévisageant intensément l'un l'autre, et Sienna se demanda à quoi Chris pensait.

Elle ouvrit la bouche pour lui poser la question, quand quelqu'un cria de l'extérieur, les faisant sursauter tous les deux. Resserrant sa prise sur la tête de Chris, elle indiqua :

— La cavalerie est arrivée.

— En ce qui me concerne, elle était déjà là, lui déclara Chris, tandis que de l'admiration et quelque chose qu'elle ne pouvait pas interpréter brillaient dans ses yeux.

* * *

Aussi fou que cela puisse paraître, Chris était presque déçu que son temps avec Sienna ait été interrompu. Il y a vingt minutes, il aurait fait n'importe quoi pour sortir de la voiture, mais d'une certaine manière, Sienna avait été capable de réaliser ce qu'aucun thérapeute n'avait réussi... elle l'avait sorti d'une crise de panique simplement en le touchant et en lui parlant. Elle avait redirigé ses pensées, ce qu'il avait reconnu comme une tactique que d'autres avaient essayé. Dans le passé, il ne pouvait s'empêcher d'imaginer être enterré vivant ou suffoquer dans cette fichue cellule d'isolement, mais même s'il était toujours immobile et coincé dans cette foutue voiture, il ne pouvait songer à rien d'autre qu'à elle.

Elle avait commencé à transpirer, et ses cheveux collaient à son front et aux côtés de son cou. Elle devait être mal à l'aise, recroquevillée sur elle-même, tenant sa tête et son cou immobiles. Mais toute son attention était concentrée sur *lui*, pas sur son propre confort ou le manque de place.

Et il n'avait pas manqué la façon dont ses yeux s'étaient illuminés quand elle avait parlé de sa fille. Ni la façon dont son pouce caressait son cou pour essayer de l'apaiser. Elle était professionnelle, comme tout secouriste, mais il y avait vraiment quelque chose entre eux. Cela dépassait le cadre de la fonctionnaire aidant un citoyen en détresse.

Après l'arrivée des pompiers, les choses s'étaient mises en place très rapidement. Ils utilisèrent leurs outils pour démonter le capot de la voiture et séparer la caisse du moteur. Sienna garda son calme et lui détaillait les opérations à chaque instant, pour qu'il ne soit pas effrayé. Le bruit des machines était fort, et, lorsqu'ils ne pouvaient pas communiquer verbalement, elle gardait un contact visuel avec lui et passait constamment son pouce d'avant en arrière sur son cou, lui faisant savoir qu'elle était là.

À la seconde où le volant fut retiré et où la pression fut supprimée de ses cuisses, il poussa un soupir de soulagement. Ses orteils picotaient encore, mais il n'était plus prisonnier.

Ce ne fut que lorsque les mains de Sienna autour de sa tête furent remplacées par un collier cervical qu'il paniqua.

Refusant de lâcher son poignet, il cria d'urgence :

— Ne pars pas.

— Je suis juste là, l'apaisa-t-elle. Mais je dois m'écarter du chemin pour que les ambulanciers puissent te sortir d'ici.

Dès qu'il dut lâcher son poignet, toutes les autres choses dont Chris aurait dû s'inquiéter lui revinrent en pleine figure. Pendant les quelques minutes qu'il leur fallut pour l'extraire de la voiture et l'installer sur un brancard, il fit de son mieux pour ne pas céder à la panique. Une fois que les pompiers commencèrent à le faire rouler vers une ambulance, il ne put résister à la tentation de parler de nouveau à son sauveteur. Il essaya de tourner la tête pour chercher Sienna, mais le collier autour de son cou l'en empêchait.

— Sienna ? cria-t-il.

— Je suis juste là, ne panique pas, le rassura-t-elle.

Il sentit sa main sur son épaule alors que les pompiers et les ambulanciers continuaient à le déplacer vers le véhicule de secours.

— Tu vas trouver Tony ? Lui expliquer ce qui s'est passé ? Je ne sais pas quand je pourrai sortir de l'hôpital. Il pourrait me manquer, et je ne veux pas qu'il pense que je ne suis pas venu.

— Bien sûr que je le ferai, répondit-elle.

Le visage de Sienna apparut au-dessus du sien, et il sentit qu'elle glissait sa main dans la sienne. Il s'accrocha à elle et n'arrivait pas à croire que c'était si bon de lui tenir la main.

— Il y a un groupe d'hommes qui se sont arrêtés pour aider à réguler le trafic et qui ont appelé la police. Ce sont aussi eux qui ont poursuivi l'abruti qui t'a renversé et qui a décidé de s'enfuir. Pendant qu'on t'évacuait, j'ai parlé à l'un d'eux brièvement, et il a indiqué qu'il ferait ce qu'il pourrait pour s'assurer que ton fils sache où tu es et ce qui est arrivé.

Chris jeta un coup d'œil à l'endroit où Sienna faisait ses gestes et fronça les sourcils. Un groupe de six gaillards se tenait là. Ils étaient tous plus jeunes que lui et extrêmement en forme.

Irrémédiablement, il n'aimait pas l'idée que Sienna passe du temps avec eux... et qu'ils puissent attirer son attention avant qu'il en ait l'occasion.

Il leva les yeux vers elle.

— Sors avec moi, lâcha-t-il.

Elle cligna des yeux de surprise.

— Quoi ?

— Un rendez-vous. Quand je quitterai l'hôpital ou, si c'est trop tôt, quand on rentrera dans le Tennessee. On vit tous les deux à Nashville. Je veux sortir avec toi. Peut-être pour le Nouvel An.

Il retint sa respiration, attendant sa réponse.

— J'appréhendais ce voyage, lui répondit-elle tranquillement, en restant à l'écart des ambulanciers. J'aime ma fille, mais je ne suis pas vraiment à l'aise sur la base militaire. Je ne connais pas toutes les règles, et je suis paranoïaque à l'idée de faire un énorme faux pas. Je déteste effectuer ce genre de choses toute seule. C'est gênant, et voir tous les autres couples qui attendent leurs enfants me donne l'impression d'être une ratée parce que je ne suis pas moi-même avec quelqu'un. Mais maintenant je comprends pourquoi je devais venir. C'était pour te rencontrer.

— On doit le charger, madame, annonça un des ambulanciers. Nous allons l'emmener au centre médical de l'armée Darnall. C'est l'hôpital le plus proche. Il a eu beaucoup de chance de ne pas être blessé davantage.

Sienna acquiesça et effectua un pas en arrière. Chris resserra sa prise sur sa main.

— Attendez !

L'ambulancier avait l'air décontenancé, mais il n'insista pas pour le faire monter à la seconde même.

— Tu n'as pas répondu à ma question, lança Chris à Sienna.

Puis elle lui sourit, le plus beau sourire qu'il ait jamais vu, et souffla :

— Oui. J'aimerais sortir avec toi.

— Le meilleur Noël de tous les temps, répondit Chris, et il serra sa main, souhaitant pouvoir la porter à ses lèvres et l'embrasser.

Les sangles de la civière le maintenaient immobile, mais pour une fois, il ne pensait pas à sa claustrophobie, il pensait à l'endroit où il devrait emmener Sienna pour leur rendez-vous. La dernière chose qu'il vit avant que les portes de l'ambulance se referment était son magnifique sourire.

Partie 2 : L'ange

— Je n'arrive pas à croire que tu connaisses le père de Tony, lâcha Sarah plus tard dans la soirée, alors qu'ils se rendaient à l'hôpital pour voir Chris.

Le personnel de l'armée présent sur le lieu de l'accident avait tenu sa promesse et escorté Sienna jusqu'au poste. Elle avait appris qu'ils officiaient ensemble dans une sorte de peloton, et elle avait eu le sentiment qu'ils ne voulaient pas en parler, mais si elle devait deviner, elle dirait qu'ils étaient des forces spéciales. Ils semblaient émettre cette espèce de vibration autour d'eux.

Elle avait aussi remarqué les bagues à tous leurs doigts.

Elle avait détecté le regard jaloux que Chris leur avait lancé et avait voulu le rassurer en lui affirmant qu'elle n'était pas du tout attirée par ces hommes, mais elle n'avait pas non plus voulu l'embarrasser. Quand elle l'avait revu, elle aurait pu lui dire qu'ils semblaient tous mariés... et heureux, si leurs discussions sur leurs femmes étaient une indication.

Elle avait suivi les véhicules des gars de l'armée à travers les portes et jusqu'à un bâtiment au milieu du poste militaire très fréquenté. Ils l'avaient accompagnée à l'intérieur et l'avaient présentée au commandant de l'unité de sa fille. Il savait qui était Tony, car c'était apparemment un excellent soldat qui avait fait bonne impression à de nombreux officiers de l'unité. Il avait fait escorter Tony et Sarah jusqu'à son bureau.

Sienna avait été ravie de revoir sa fille. FaceTime et les e-mails ne valaient pas des retrouvailles en chair et en os. Elle était heureuse de constater par elle-même que Sarah était saine et sauve. Puis elle avait accueilli Tony chez elle et avait raconté au jeune homme tout ce qui était arrivé à son père et ce qu'elle savait de son état de santé.

Maintenant, ils étaient tous dans la voiture de location de Sienna et traversaient le poste militaire pour se rendre au centre médical.

— C'est fou que vous viviez tous les deux à Nashville, lança Tony.

C'était un garçon très poli qu'elle avait apprécié dès le début. Il avait à peu près le même âge que Sarah, mais apparemment ils ne se connaissaient pas vraiment. Même s'ils avaient été déployés ensemble, Tony était dans l'infanterie et Sarah était cuisinière, donc ils ne fréquentaient pas les mêmes cercles lorsqu'ils étaient à l'étranger.

— Oui, hein ! répondit Sienna. Je pensais qu'il plaisantait au début. Quelles sont les chances que nous nous rencontrions ici au Texas, tous deux originaires de Nashville, et avec des enfants dans la même unité ?

— C'est assez étrange. C'est peut-être votre miracle de Noël, plaisanta Tony.

— C'est exactement ce que j'ai dit ! rit Sienna.

Puis Tony dégrisa et demanda :

— Vous êtes sûre qu'il va bien ?

Sienna acquiesça et tenta de rassurer le jeune homme.

— J'en suis certaine. Il s'est cogné la tête sur la vitre côté conducteur, mais je pense que c'est toute l'étendue de ses blessures. Il a eu beaucoup de chance.

— Je ne comprends pas pourquoi il conduisait un si petit véhicule, avoua Tony. Il ne loue jamais rien de moins grand qu'une berline ou un SUV.

Sienna haussa les épaules.

— Je ne sais pas, je suis persuadée qu'il te l'expliquera quand nous serons à l'hôpital, mais d'après ce que j'ai compris, cette voiture lui a sauvé la vie. Les airbags rideaux latéraux l'ont vraiment protégé. Ça aurait pu être bien pire.

— Merci d'avoir été là pour lui, lui confia Tony.

Sienna gara sa voiture sur une place de parking du centre médical et se tourna vers Tony.

— Du peu que je connais de ton père, j'ai le sentiment qu'il se serait très bien débrouillé même si je n'avais pas été présente. Il n'a vraiment pas été blessé si gravement que ça.

— Mais vous avez dit qu'il était piégé, insista-t-il.

Sarah observait la conversation avec intérêt.

— Il l'était, confirma Sienna.

— Il est claustrophobe. Il n'aime pas l'admettre, mais d'après ce qu'il m'a raconté ces derniers mois, alors que j'étais déployé, cela empire, sans aucun signe d'amélioration.

— Je ne suis pas certaine que quelqu'un veuille accepter quelque chose à son sujet qui pourrait être considéré comme une faiblesse, déclara Sienna. En tant que soldat, je suis persuadée que tu as croisé d'autres personnes blessées qui luttaient pour faire face à ce qu'ils avaient fait ou vu pendant leur déploiement. Ce n'est pas différent. Ce n'est pas parce que ton père a du mal à accepter l'émeute à la prison qu'il n'est pas fort ou courageux. Dans la mesure où la première chose qu'il m'ait révélée soit sa claustrophobie, cela me fait le respecter davantage, pas moins. Ce n'est pas être viril ou dur que de cacher ce que l'on ressent. Souviens-toi de ça.

Tony la regarda fixement pendant un moment, puis ses lèvres se contractèrent.

— Oui, madame.

Sienna secoua la tête.

— Désolée. Ayant consulté ma part de thérapeutes à cause de ce que j'ai vu et accompli, j'ai tendance à être passionnée par le sujet. Viens, allons à l'intérieur et voyons si nous ne pouvons pas trouver ton père. Je sais qu'il est probablement impatient de te voir.

Les trois entrèrent dans l'hôpital et se dirigèrent vers l'étage de Chris. Ils traversèrent un long couloir, et Tony poussa la porte d'une chambre, mais Sienna s'arrêta avant de le suivre plus loin.

Sarah se retourna tout juste arrivée dans la pièce et demanda :

— Maman ? Tu viens ?

Pendant une fraction de seconde, Sienna se demanda ce qu'elle fabriquait. Sarah et elle auraient dû se rendre au restaurant chinois le plus proche, comme c'était leur coutume le soir du réveillon. Elle aurait dû déposer Tony et s'en aller.

Pourquoi était-elle excitée de revoir Chris ? Ce n'était pas comme s'ils sortaient ensemble. Ils étaient des étrangers. Elle avait été la première sur la scène d'un accident plus de fois qu'elle ne pouvait le compter.

Pourquoi Chris King était-il si différent ?

Avant qu'elle ait eu le temps d'attraper Sarah et de s'échapper, elle entendit le cri de joie de Chris en voyant son fils. Et c'était ça. En entendant sa voix grave et rauque, ses pieds avancèrent automatiquement, comme s'ils possédaient leur propre esprit.

Refermant la porte derrière elle, Sienna sourit à la scène qui se déroulait devant elle. Tony était assis sur le côté du lit et embrassait son père. Le père et le fils n'avaient aucun problème à montrer leur affection l'un pour l'autre. Sienna aima cela. L'émotion authentique qui émanait des deux hommes était facile à voir et à ressentir dans la pièce.

Quand ils finirent de se saluer, les yeux de Chris rencontrèrent ceux de Sienna.

— Hé, dit-il avec un large sourire. Tu es revenue.

— Exactement, répondit Sienna, sachant qu'elle rougissait une fois de plus, sans pouvoir le contrôler.

Elle avait l'impression d'avoir de nouveau 15 ans chaque fois qu'elle était en sa présence. Elle n'aurait pas rougi, mais le regard qu'il lui lançait lui signifiait qu'il était tout aussi intéressé par elle qu'elle l'était par lui.

Elle réussit à s'asseoir et à avoir une conversation normale avec les autres personnes présentes dans la pièce, mais Sienna était plus que consciente de la façon dont Chris continuait à la regarder furtivement, tout comme elle le faisait envers lui. La tension entre eux était si forte qu'elle n'arrivait pas à croire que Sarah et Tony n'en parlaient pas.

Après avoir été rassuré une dixième fois sur l'état de santé de son père et sur le fait que le médecin ne le gardait que pour la nuit par précaution à cause d'une légère commotion, Tony se leva enfin.

— Si tu vas vraiment bien, Papa, je vais sortir. Certains des célibataires de l'unité se réunissent pour une fête de Noël et de retour improvisée.

Tony se tourna vers Sarah.

— Tu veux venir ?

Elle regarda sa mère.

— Oh, eh bien... nous allions trouver un restaurant chinois et dîner...

Sienna secoua la tête vers sa fille.

— Ce n'est pas grave. Allez-y. Amusez-vous bien. Je te parlerai demain.

— Tu es sûre ?

Les yeux de Sienna se tournèrent vers Chris, et lorsqu'elle constata qu'il la fixait d'un regard si intense, elle rougit immédiatement.

— Je suis sûre, confirma-t-elle distraitement, en maintenant le contact visuel avec Chris.

Leur lien fut rompu lorsque Tony se pencha pour embrasser son père une fois de plus. Sienna se leva pour embrasser sa fille. Une fois leurs enfants partis, Sienna se sentit immédiatement mal à l'aise.

Mais Chris tendit sa main, paume vers le haut, et lança :

— Viens ici.

* * *

Chris retint son souffle en attendant que la belle femme attrape sa main. Il avait attendu ce qui lui avait semblé être des heures, mais qui n'était en réalité que des secondes. Il la vit prendre une profonde inspiration, puis parcourir les quelques pas nécessaires pour se mettre à ses côtés.

À la seconde où ses doigts se refermèrent sur les siens, Chris se détendit. Il tira sur sa main jusqu'à ce qu'elle se tienne juste à côté du matelas. Il tira une fois de plus, et elle s'assit à la place que son fils occupait une minute auparavant.

— Merci d'être venue avec Tony, lui confia-t-il pour en finir avec cette partie avant de passer à des sujets plus intéressants. Je sais qu'il a une vingtaine d'années, mais c'est toujours mon petit garçon, et je détestais l'idée qu'il apprenne mon accident par quelqu'un d'autre.

— Le commandant a fait du bon travail en s'assurant qu'il savait que tu allais bien, avant que je lui donne des détails, lui indiqua Sienna.

Chris aimait le son de sa voix. Elle était basse et égale, et elle le détendait actuellement tout comme lorsqu'ils étaient à l'intérieur de la voiture accidentée plus tôt.

— Et merci d'être montée dans ma chambre avec lui.

— Je t'en prie.

— Tu as faim ? demanda-t-il.

— Oui, je pourrais manger, répondit-elle.

— Chinois ? lança-t-il avec un sourire.

Elle lui rendit son sourire.

— C'est une tradition. Je ne suis pas la meilleure cuisinière qui soit, et, un soir de Noël, j'ai travaillé douze heures avant de rentrer à la maison et de constater qu'il n'y avait pas grand-chose à manger. Alors, j'ai fait en sorte de sortir le grand jeu à Sarah. C'est devenu une tradition après ça. Mais...

— Mais ? questionna-t-il quand elle marqua une pause.

— J'ai une confession à faire, souffla Sienna sérieusement.

— Oui ?

— Je n'aime pas la cuisine chinoise, chuchota-t-elle. C'était le seul restaurant ouvert cette veille de Noël, il y a des années.

Chris sourit. Puis il rit. Quand elle gloussa en réponse, il rit encore plus fort. Avant qu'il ne s'en rende compte, ils étaient tous les deux en train de s'esclaffer et de se tenir l'estomac à force de se gausser. Quand ils se calmèrent, il prononça :

— J'aimerais pouvoir te préparer un fabuleux dîner de réveillon, mais j'ai bien peur que ce soit impossible cette année.

— Une autre fois, éluda Sienna avec un rictus timide.

Chris sentit son cœur se gonfler. Il ignorait s'ils se parleraient encore dans un an, mais il l'espérait.

— Et si tu commandais quelque chose à emporter, nous pourrions manger ici ensemble. Les médecins ont dit que je n'avais pas de restrictions alimentaires. Ils me gardent ici par précaution. Je pourrai sortir demain matin si je n'ai pas de douleurs pendant la nuit.

— Ça me paraît être une bonne idée. Que penses-tu de hamburgers ?

— Whataburger ? renchérit Chris.

— On est au Texas… quoi d'autre ? plaisanta Sienna.

Chris savait qu'il tenait toujours sa main, mais elle n'avait pas bougé pour la lui retirer.

Après un moment, elle demanda :

— Qu'est-ce qu'on fait ?

— On apprend à se connaître, lâcha immédiatement Chris.

— C'est fou, souffla-t-elle plus pour elle-même que pour lui.

— Ce qui serait dingue, ce serait d'ignorer cette connexion intense que nous semblons avoir, répliqua Chris, prenant un risque. Je t'aime bien, Sienna. Beaucoup. Je n'ai aucune idée de ce qui se passera dans le futur, mais pour l'instant, je veux juste profiter de ta compagnie et mieux faire ta connaissance. Quel genre de musique tu aimes, quelle est ta couleur préférée, et peut-être des détails sur les quarante et quelques années précédentes que tu as vécu.

Elle gloussa, mais ne répondit pas.

— Tu éprouves la même chose, hein ? questionna Chris, craignant soudain d'être le seul à ressentir l'intense connexion entre eux.

— Oui, mais ça me fout la trouille, admit Sienna.

— Je suis dans un lit d'hôpital avec une commotion cérébrale, que pourrais-tu craindre ? plaisanta Chris avec un sourire.

À cela, elle se redressa et hocha la tête.

— Tu as raison.

— Bien sûr que j'ai raison.

Sienna roula des yeux.

— Je vais aller trouver un Whataburger en espérant qu'il soit ouvert. Je reviendrai.

Elle se leva, mais Chris ne lâcha pas sa main.

Il la regarda fixement, puis opina du chef. Passant son pouce sur le dos de sa main, il la laissa finalement tomber.

— Dépêche-toi alors. Conduis prudemment. Fais attention aux camionnettes non conformes. J'ai entendu dire qu'elles pouvaient être dangereuses.

Elle sourit à sa boutade et hocha la tête. Attrapant son sac à main, elle sortit de la pièce et se retourna une fois la porte franchie. En se léchant les lèvres, elle souffla doucement :

— Je serai bientôt de retour.

— OK.

Chris ferma les yeux quand elle partit et prit une profonde inspiration. Il ne savait pas ce qui se passait avec Sienna, mais il n'avait rien attendu avec autant d'impatience depuis longtemps que son retour.

* * *

Sienna jeta un coup d'œil à sa montre et fut surprise de constater qu'il était presque minuit. L'infirmière de nuit était venue plusieurs fois pour vérifier comment allait Chris, mais elle était satisfaite qu'il se porte bien. Elle avait dit à Sienna que les heures de visite se terminaient à 22 heures, mais que comme c'était la veille de Noël, elle fermerait les yeux si elle restait plus longtemps que ça.

Ils avaient mangé leurs hamburgers et n'avaient pas arrêté de parler depuis. Il était extrêmement facile de discuter avec Chris. Elle avait l'impression de le connaître depuis des années, et non depuis moins d'un jour.

— Quelle heure est-il ? demanda Chris.

— Presque minuit.

— Tu peux prendre mon sac à dos pour moi ?

Sienna cligna des yeux devant cette requête surprenante. Elle était assise sur une chaise à côté de son lit, appuyant ses coudes sur le matelas. Il était couché sur le côté, et ils avaient formé une sorte de bulle intime au cours des dernières heures.

S'exécutant, Sienna se leva et attrapa son sac qui se trouvait près du mur. Elle le lui tendit et le regarda le fouiller. Elle était curieuse, mais ne prononça rien. Après un moment, il en sortit quelque chose, puis se pencha pour poser le sac sur le sol à côté du lit. Il tendit la main une fois de plus, et automatiquement, Sienna la prit.

Il l'encouragea à s'asseoir sur le bord du matelas et la considéra avec un regard si intense que Sienna en eut le souffle coupé.

— Noël n'a jamais été ma fête préférée. La plupart du temps, j'étais seul, car Tony était avec sa mère. Les années où je l'avais, je m'inquiétais constamment de savoir s'il comparait les vacances chez moi à celles qu'il passait habituellement avec sa mère.

Il haussa les épaules d'un air gêné.

— Je me mettais tellement de pression pour que tout soit parfait pour mon fils que je n'ai jamais vraiment pensé à la signification de cette fête. Que c'était le moment d'être reconnaissant pour ce que l'on avait et de donner aux autres. Lorsque Tony a obtenu son diplôme d'études secondaires, je me suis porté volontaire pour travailler la plupart des jours fériés, simplement parce que je me sentais moins seul. Quand j'ai été pris au milieu de cette émeute, j'ai cru que j'étais fichu. Que les flics trouveraient mon corps battu et brisé dans cette cellule, et que ce serait fini.

Sienna émit un bruit de protestation au fond de sa gorge, et Chris se releva et brossa une mèche de cheveux derrière son oreille.

— Tu sais déjà que je lutte contre la claustrophobie. Je me suis mis en tête de prendre ma retraite et de trouver autre chose à faire. Quand j'étais coincé dans cette voiture, la première pensée qui m'est passée par la tête était « pas encore ». Mais ensuite, j'ai entendu la voix d'un ange. *Toi*, Sienna. Tu étais là. Me forçant à garder le contrôle.

— Chris, protesta-t-elle, mais il posa un doigt sur ses lèvres pour la forcer à se taire.

Ses lèvres picotèrent à l'endroit où son doigt se posa, et Sienna voulut ouvrir la bouche pour prendre son doigt à l'intérieur, mais elle essaya de se concentrer sur ce qu'il racontait à la place.

— Tony m'a donné ça pour Noël quand il avait 10 ans. Il disait que c'était un porte-bonheur et qu'il me conduirait à trouver mon propre ange. Je l'ai porté sur moi tous les jours depuis.

Il prit sa main et y plaça quelque chose.

Sienna baissa les yeux pour voir une petite pierre dans sa paume. Un personnage grossier était dessiné sur la surface, la peinture s'écaillait, mais un ange tout mignon aux cheveux bruns était tout de même reconnaissable.

— Joyeux Noël, prononça-t-il doucement, et il enroula ses doigts autour de la petite pierre.

Elle comprit le sens de ses mots et sursauta, levant les yeux pour rencontrer les siens.

— Je ne peux pas accepter ça.

— Si, tu peux. Je t'en prie. J'ai besoin que tu l'aies. Je dois m'assurer que tu es en sécurité n'importe où.

La pierre semblait brûler, créant un trou dans sa main. Elle n'avait jamais reçu quelque chose d'aussi spécial auparavant.

— Je ne sais pas quoi répondre.

— Tu n'as pas à dire quoi que ce soit, la rassura-t-il. Cela semble tellement juste. Comme si c'était naturel. Tu es mon ange, Sienna. Mon ange de Noël.

Après un moment, il enroula sa main autour de sa nuque.

La chair de poule apparut sur ses bras lorsque les callosités de sa paume effleurèrent son cou sensible.

Chris ne bougea pas, il ne l'attira pas vers lui. Il ne fit pas pression sur elle pour quoi que ce soit. Il la fixa simplement, chaque émotion étant facile à lire dans ses yeux et sur son visage.

Il la désirait. Il croyait vraiment qu'elle avait été envoyée pour l'aider quand il en avait besoin. La veille de Noël en plus.

Pourquoi ne *serait-elle* pas son ange ? Peut-être avait-elle été missionnée pour être à cette intersection exacte quand c'était nécessaire. Quelles étaient les chances que leurs enfants soient dans la même unité militaire ? Ou qu'ils vivent dans la même ville ?

Faisant fi de toute prudence, et décidant de suivre son instinct une fois dans sa vie, Sienna se pencha en avant, réduisant la distance entre eux. Elle sentit les doigts de Chris se resserrer sur sa nuque et vit son petit sourire quelques secondes avant que ses lèvres ne se posent sur les siennes.

Sienna avait embrassé et été embrassée de nombreuses fois au cours de son existence. Certaines fois étaient agréables, d'autres moins. Mais le baiser de Noël qu'elle partagea avec Chris était plus intense, plus torride, plus... significatif que tout ce qu'elle avait connu auparavant.

Elle ferma les yeux et s'abandonna aux sentiments qui parcouraient son corps. Elle le désirait, mais elle pouvait goûter la douce promesse sur ses lèvres.

Il l'étreignit contre lui fermement, mais pas trop fort pour qu'elle sache qu'il la lâcherait immédiatement si elle reculait. Leurs langues se taquinèrent un instant avant qu'il ne penche la tête pour l'emmener plus profondément. Sienna émit un bruit guttural et posa une main sur sa poitrine pour garder son équilibre.

Elle ignorait combien de temps ils s'étaient embrassés, mais quand il se retira finalement, elle gémit en signe de protestation.

Lorsqu'elle ouvrit les yeux, elle s'attendait à voir Chris sourire, ou du moins s'amuser de la façon dont elle semblait pathétique. Mais au lieu de cela, quand elle capta son regard, elle ne remarqua que de la tendresse.

— Joyeux Noël, Sienna, prononça-t-il doucement.

— Joyeux Noël, Chris.

— Je veux toujours sortir avec toi pour le Nouvel An, lui souffla-t-il.

Sienna ne put que hocher la tête.

Puis il se lécha les lèvres, et ses yeux se dirigèrent vers sa bouche avant de revenir rencontrer les siens.

— Je ne changerais rien à cette journée. Pas une seule seconde.

Déglutissant difficilement, Sienna opina du chef.

— Tu devrais y aller. Je suis sûr que tu es fatiguée, et je sais que tu as des projets avec Sarah demain.

Sienna hocha encore la tête.

Chris sourit.

— Peut-être un dernier baiser avant de partir ?

Sienna appréciait qu'il demande et ne prenne pas simplement ce qu'il voulait. Elle se pencha de nouveau en avant.

Vingt minutes plus tard, son numéro enregistré dans son téléphone et inversement, Sienna se tenait dans l'embrasure de la porte. De la musique de Noël était doucement diffusée quelque part dans le hall, mais à part ça tout était calme.

— Je te parlerai demain, lança Sienna à Chris.

Ils s'étaient embrassés jusqu'à ce que Chris se retire avec un gémissement. Elle était consciente qu'elle devait se rendre à son hôtel, mais aussi que c'était la dernière chose dont elle avait envie.

— Oui, je sais, dit Chris.

Elle pouvait voir qu'il était aussi réticent qu'elle à l'idée de se quitter.

— Envoie-moi un message quand tu arrives à ton hôtel

pour que je sache que tu es saine et sauve, intima-t-il. Je m'inquiéterai sinon.

— Je n'y manquerai pas.

C'était agréable de constater qu'il était angoissé. Cela faisait longtemps que quelqu'un ne s'était pas soucié de vérifier si elle était rentrée à la maison ou non.

Elle toucha la pierre d'ange de Chris dans sa poche. Elle ne savait pas ce qu'elle avait accompli dans sa vie pour être au bon endroit au bon moment pour rencontrer Chris, mais elle remercia sa bonne étoile.

Souriante, elle recula le reste du chemin hors de la chambre d'hôpital et se retourna pour marcher dans le couloir, un énorme sourire dessiné sur son visage.

Elle n'avait aucune idée de ce que leur avenir leur réservait, mais elle avait un bon pressentiment. Pour lui. Pour *eux*.

Cette nuit-là, elle fit un rêve. Chris et elle étaient assis dans deux fauteuils à bascule, se tenant la main et regardant le soleil se coucher sur l'océan. Sarah et Tony étaient là avec ce qu'elle supposait être leurs conjoints, et il y avait des enfants qui couraient partout. Chris se tournait vers elle, et le regard d'amour dans ses yeux était plus clair et familier que tout ce qu'elle avait jamais vu.

— Je vous aime, madame King.

— Et je vous aime, monsieur King, répondit-elle.

Sienna se réveilla en souriant et attrapa la pierre d'ange que Chris lui avait donnée la nuit précédente. Elle la serra dans son poing et la porta à sa poitrine.

— Merci de me l'avoir envoyé, chuchota-t-elle. Joyeux Noël.

DU MÊME AUTEUR

<u>Autres livres de Susan Stoker</u>

Ace Sécurité

Au Secours de Grace

Au Secours d'Alexis

Au Secours de Bailey

Au Secours de Felicity

Au Secours de Sarah

Sauvetage à Eagle Point

Un sauveteur pour Lilly (29 Mars 2022)

Un sauveteur pour Elsie (28 Juin 2022)

Un sauveteur pour Bristol

Un sauveteur pour Caryn

Un sauveteur pour Finley

Un sauveteur pour Heather

Un sauveteur pour Khloe

Delta Force Deux

Un refuge pour Gillian

Un refuge pour Kinley

Un refuge pour Aspen

Un refuge pour Jayme

Un refuge pour Riley

Un refuge pour Devyn

Un refuge pour Ember

Un refuge pour Sierra

Hawaï : Soldats d'élite

Un paradis pour Élodie

Un paradis pour Lexie

Un paradis pour Kenna

Un paradis pour Monica (10 May 2022)

Un paradis pour Carly

Un paradis pour Ashlyn

Un paradis pour Jodelle

Mercenaires Rebelles

Un Défenseur pour Allye

Un Défenseur pour Chloé

Un Défenseur pour Morgan

Un Défenseur pour Harlow

Un Défenseur pour Everly

Un Défenseur pour Zara

Un Défenseur pour Raven

Forces Très Spéciales Series

Un Protecteur Pour Caroline

Un Protecteur Pour Alabama

Un Protecteur Pour Fiona

Un Mari Pour Caroline

Un Protecteur Pour Summer

Un Protecteur Pour Cheyenne

Un Protecteur Pour Jessyka

Un Protecteur Pour Julie

Un Protecteur Pour Melody

Un Protecteur pour l'avenir

Un Protecteur Pour Les Enfants de Alabama

Un Protecteur Pour Kiera

Un Protecteur Pour Dakota

Forces Très Spéciales : L'Héritage

Un Sanctuaire pour Caite

Un Sanctuaire pour Brenae

Un Sanctuaire pour Sidney

Un Sanctuaire pour Piper

Un Sanctuaire pour Zoey

Un Sanctuaire pour Avery

Un Sanctuaire pour Kalee

Un Sanctuaire pour Jane

Delta Force Heroes Series

Un héros pour Rayne

Un héros pour Emily

Un héros pour Harley

Un mari pour Emily

Un héros pour Kassie

Un héros pour Bryn

Un héros pour Casey

Un héros pour Wendy

Un héros pour Mary

Un héros pour Macie

Un héros pour Sadie

Un héros pour Annie (Feb 2022)

Autre

Un moment suspendu : Recueil de nouvelles

AUDIO

Un paradis pour Élodie

Au Secours de Grace

Au Secours d'Alexis

Au Secours de Bailey

À PROPOS DE L'AUTEUR

Susan Stoker est une auteure de best-sellers aux classements du New York Times, de USA Today et du Wall Street Journal. Elle a notamment écrit les séries Badge of Honor: Texas Heroes, SEAL of Protection et Delta Force Heroes. Mariée à un sous-officier de l'armée américaine à la retraite, Susan a vécu dans tous les États-Unis, du Missouri jusqu'en Californie en passant par le Colorado, et elle habite actuellement sous le vaste ciel du Tennessee. Fervente adepte des fins heureuses, Susan aime écrire des romans où les sentiments laissent place au grand amour.

http://www.StokerAces.com

 facebook.com/authorsusanstoker

 twitter.com/Susan_Stoker

 instagram.com/authorsusanstoker

 goodreads.com/SusanStoker

www.ingramcontent.com/pod-product-compliance
Lightning Source LLC
Chambersburg PA
CBHW060241100726
47907CB00003B/721